戦国、夢のかなた

岡本さとる
Satoru Okamoto

角川春樹事務所

目次

登場人物紹介

明石掃部《かもん》――宇喜多家の家臣。大坂の陣で大坂五人衆として戦う。大坂城が落城した後、脱出し、赤木森《しん》右《え》衛門《もん》として生きる。天草では大矢野《おおやの》松《まつ》右《え》衛門《もん》として暮らす。

真田大助――真田信繁（幸村）の嫡男。大坂の陣の後、六車《むぐるま》大蔵《だいぞう》として助けられる。天草では千束《せんぞく》大三郎《だいさぶろう》として暮らす。

福島正則――関ヶ原で東軍徳川家のもと戦い、安芸広島五十万石の太守となるが、豊臣家の恩顧を忘れず改易に。晩年は信濃の小大名となった。天草では松島市兵衛として暮らす。

坂崎出《で》羽《わの》守《かみ》――石見津和野で三万石を領する五十絡みの武将。掃部に吉利支丹の教えを説く。

小西行《ゆき》長《なが》――堺の豪商・隆佐の子。宇喜多家出入りの商人の養子となり、やがて秀吉に仕えるようになった。掃部に吉利支丹の教義を勧める。天草を吉利支丹の里にした。

枡《ます》屋《や》五郎兵衛――平戸にて、徳川家の下で廻船業を営む。小西隆佐の許《もと》にいた吉利支丹。

千《せん》姫――徳川家康の孫娘で、秀頼の正室。大坂の陣のあと城外へ脱出した。千代姫の義母。

千《ち》代《よ》姫――豊臣秀頼が侍女であった娘に授けた子。かつて大助に懐いていた。大坂の陣後、鎌倉・東慶寺にて天秀尼《てんしゅうに》という名で仏門に入る。

天草四郎――大助と千代姫の子。対外的には浪人・益田甚兵衛の子（千束善右衛門の甥）として生を享《う》け、大助の養子となる。

河本小《こ》太《た》郎《ろう》——大助の家来。もとは五郎兵衛の奉公人。

河本楓《かえで》——小太郎の姉。掃部の侍女。大助と夫婦を装い、東慶寺の天秀尼に会いに行く。

千東善《ぜん》右衛《え》門《もん》——天草大矢野島の大百姓。小西家旧臣で掃部と同志だった。

大江源右衛門

森《もり》宗《そう》意《い》軒《けん》——小西家旧臣。天草で善右衛門とともに吉利支丹として暮らす。

渡辺伝兵衛——天草大矢野島の庄屋。吉利支丹。

山《やま》善《ぜん》左《ざ》衛《え》門《もん》——千東善右衛門と盟友。島原の百姓。

寺沢広《ひろ》高《たか》——かつて吉利支丹だった天草領主。小西家との交流があった。

三宅藤兵衛——天草の統治を任された富岡城城代。元は明智光秀の重臣・明智左馬之助の子。吉利支丹であったが、寺沢家家臣となり広高に仕える際に棄教した。

松倉豊後守《ぶんごのかみ》重政——肥前日野江の領主。島原城を完成させたが、領民に重税を課し、吉利支丹狩りを行うなどして一揆の原因を作る。

宮本武蔵《むさし》——関ヶ原の戦いでは掃部の下で槍働きをしていた。後、名だたる剣豪となる。

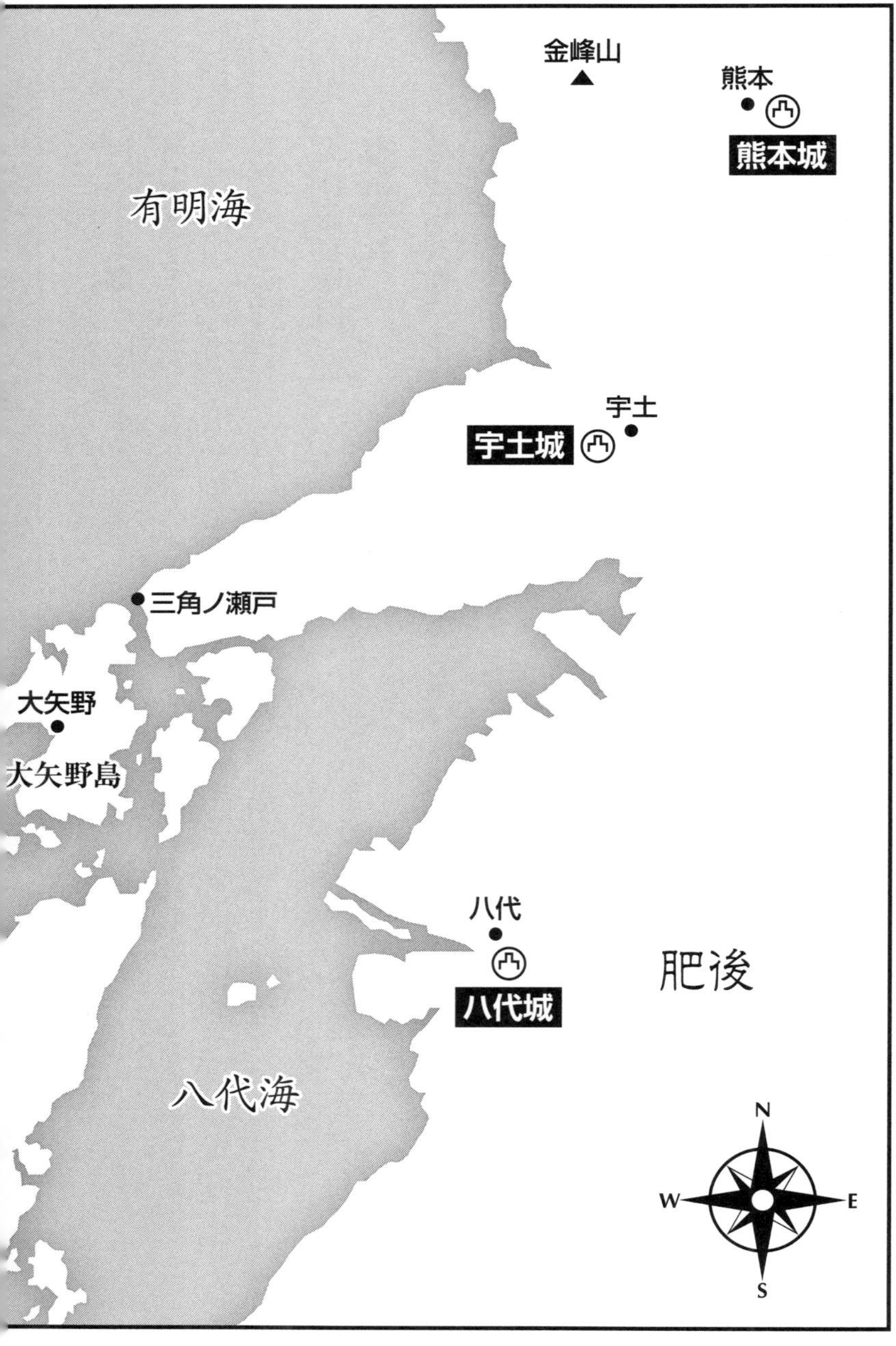
金峰山
熊本
熊本城
有明海
宇土
宇土城
三角ノ瀬戸
大矢野
大矢野島
八代
八代城
肥後
八代海
N
W
E
S

島原·天草地域
肥前
島原城
島原
雲仙岳
千々石灘
小浜
北有馬村
南有馬村
島原湾
原城
天草灘
口之津村
湯島
（談合島）
富岡城
上津浦
本渡城
下島
島子
下津浦
上島
天草諸島

装画　伊藤大朗
装幀　多田和博

戦国、夢のかなた

第一話　弁才船

一

その男は若者のことを、

「大《だい》……」

と、呼んだ。

「そなたの名は、六車大蔵《むぐるまだいぞう》じゃ」

それゆえ〝大〟と呼ぶのだ。

男の名は〝赤木森右衛門《あかぎしんえもん》〟といい、今二人が乗っている弁才船《べんざいせん》では、誰《だれ》からも、

「門《もん》様」

と呼ばれて敬まわれていた。

歳《とし》は四十の半《なか》ば。偉丈夫《いじょうふ》で精悍《せいかん》な面魂《つらだましい》の中に、優しさと思慮深さが漂っている。

そのような〝門様〟が言うゆえ、若者は呼ばれるがままに応《いら》えを返していたのだが、六車大蔵などという名にはまるで馴染《なじみ》がなかった。

彼はすっかりと過去の記憶をなくしていたのである。

まだ世に生まれ出て、十五、六年しか経《た》っていないであろうに、物心がついてからの僅《わず》か十年ばかりのことが思い出せないのだ。

どうやら武士であったらしい。

ふと、長いような短いような眠りから覚めた時、大は徳川《とくがわ》軍麾下《きか》の将、坂崎出羽守《さかざきでわのかみ》の軍陣に寝かされていた。若き身で、大坂の陣に攻城側として加わっていたのだ。

顔は硝煙《しょうえん》によって鴉《からす》のように黒く煤《すす》けていて、体中に手傷を負い、その痛みを堪《こら》えることにしばし時を費したのだが、それが落ち着くと、

「おれはいったい何者なのだ……」

呆然《ぼうぜん》たる心地となった。

それでも自分が生まれながらに武家に育ったという意識はあり、面倒を見てくれた武士達には、武士の言葉で応《こた》え、所作や立居振舞も自然に出た。

小者《こもの》達への接し方も鷹揚《おうよう》に出来たから、騎乗《きじょう》の士《さむらい》であったのに違いない。そして、周囲にいる者は皆、彼が若年にも拘《かか》わらず、丁重に扱ってくれたのである。

やがて、軍陣の長である、坂崎出羽守が自ら訪ねてきてくれた。

出羽守は、石見津和野《いわみつわの》で三万石を領する五十絡《がら》みの武将で、小肥《こぶと》りながら戦場を駆け巡った顔は日に焼け、鬼神《きじん》のようないかつい面相であった。

運び込まれた大の様子を聞くと、しかつめらしい表情となり、何度も低く唸《うな》ったが、

「前のことなどみな忘れてしもうた方がよいのかもしれぬの」

やがて苦笑いを浮かべると、大の回復を待って馬に乗せ、家来《けらい》に堺《さかい》まで護送させた。かくなる上は、そなたをよく知る者の許《もと》に届けるゆえ、その下知《げち》に従えというのである。

——おれは、この坂崎出羽守なる将の家来ではなかったのか。

大は、その処置に首を傾《かし》げながらも、自分が誰かさえもわからぬ身である。ただ、言われるがままに身を任せた。

自分の名が何なのかどうしても思い出せないと言う大を、坂崎家の家中《かちゅう》の者達は一様に気の毒そうに見て、

「それならば、五郎兵衛《ごろべえ》殿のところで、当座の間、何と名乗るか決めてもらえばよろしかろう」

と言って、大を〝こなた〟〝そなた〟などと呼んで、自分が以前は何という名であったかは、

「そのうちに、自《おの》ずと思い出すことでござろう」

などと言葉を濁《にご》すばかりであった。

それが何とももどかしかったが、そもそも自分の名を覚えていないのだ。それを教えられたとて、確かにそうであったとも思えまい。今はどうでもよいから、自分をよく知るという、五郎兵衛なる者に一刻も早く会ってみたかった。

幸いにも肉体の回復は、周りの者達も驚くほど早く、大は坂崎家の二蓋笠《にかいがさ》の旗指物《はたさしもの》に護《まも》られて、陣を出るとすぐに堺の湊《みなと》に着いた。

五郎兵衛というのは、枡屋《ますや》という廻船《かいせん》を営む商人で、

「これはご無事で何よりでござりまする」

大を見るや、にこやかに頬笑《ほほえ》んで、湊に碇泊《ていはく》していた浪福丸《なみふくまる》という弁才船に彼を迎えた。

「こなた様をよく知っているというのは、わたしではのうて、こちらのお方でござりまして……」

そこで引き合わされたのが、〝門様〟と呼ばれる赤木森右衛門であった。

「何がさて、生きていてくれてよかった……」

赤木森右衛門は、大が記憶を失っていると聞いて一瞬、悲しそうな顔をしたが、五郎兵衛同様すぐに笑顔となり、

「この後は、黙ってわしの言う通りにしてくれ」

と、まず船内の一室に彼を連れていって、自分と同じ、麻の布子《ぬのこ》に小袴《こばかま》姿に着替えさせた。

腰に短刀だけは差したものの、武士の身形《みなり》からいきなり水夫《かこ》の恰好《かっこう》となり、記憶を失ったこの若者の頭はますます混乱した。

「そなたの名は、六車大蔵じゃ」

だが〝門様〟は、そんなことにはお構いなく、それからは彼を〝大〟と呼んで、他の水夫に引き合わせ、船内を案内したりした。

一通りそれが済んで、合羽《かっぱ》（甲板《かんぱん》）の上から湊を見下ろすと、坂崎出羽守の家来達は、もう何処《いずこ》へか立ち去っていた。

「門様……」

大は、最早《もはや》自分が頼るべきは、この男しかいないのだと悟って、思いつくがままにあれこれと問うた。

赤木森右衛門と名乗った〝門様〟は、水夫の形はしているが、明らかに他の者達とは、喋《しゃべ》り方や立居振舞が違う。威《い》が備わっているのだ。

戦乱の世にあっては、百姓が武士になったり、武士であった者が商人として腕を揮《ふる》った。

赤木もまた、武士であったのが、海の向こうに生き場を求め、数々の荒波を越えてきた男なのかもしれない。海賊船が襲ってきたなら、堂々と迎え撃ってやるというような気迫が総身《そうみ》から放たれている。

「六車大蔵というのは、坂崎出羽守様に仕えていた者でござるか」

「いかにも」

「六車大蔵は、大坂の城攻めに加わったが、戦で怪我《けが》をして、自分が誰かさえもわからなくなった……」

「うむ、それゆえ武士を捨て、新たに商人になったということじゃな」

「そのように進めたのは、坂崎のお殿様でござるか」

「いや、このわしじゃ」

「門様は某《それがし》の何なのじゃ。身内ならば教えてくだされ、何ゆえ六車大蔵は、坂崎出羽守様にお仕えするようになったのじゃ」

大は頭を抱えた。

「わしは、そなたの父親と、因縁《いんねん》のある男でな」

「某の父親と?」

「いかにも。共に戦場で働いた仲であった」

「ならば門様はやはり武士なのか」

「そういうことになるが、何ゆえこの船に乗っているかは、大きな声では言えぬ。この先の旅は長い。まずゆるりと船の上で心と体を休め、自分が何者であるか思い出すのじゃ」

赤木森右衛門は、あれこれと言わず、今は自分同様、浪福丸の水夫として過ごすようにと告げたのであった。

二

弁才船はすぐに湊を出て、瀬戸内《せとうち》の海を西へと進んだ。

海は穏やかであった。

明石《あかし》の沖合を通り、淡路島《あわじしま》をすり抜けるように行くと播磨灘《はりまなだ》へ出た。

季節は夏である。

吹き来る潮風も心地よく、大は五郎兵衛から操船《そうせん》を教わりながら心を休めた。

門様は、大の過去については触れず、船の向こうに見える浜辺が播磨のどの辺りであるか、あれは何という島であるかを教えたりして、にこやかに見守ってくれた。

彼は大の過去を知っているのだ。お前は以前こうだった、こんなことをしていたのだなどと、告げたかったに違いないが、大の頭の中を乱さず、少しずつ思い出すように仕向けてやろうとしたのだ。

大にとってはそれがありがたく、また、門様の自分への厚情がひしひしと感じられて、彼への信頼が日毎《ひごと》増した。

海を見つめながら、大は頭の中を整理してみた。

まず自分は、大坂の役に出陣していたのは確かである。

そこで、大きな火薬の爆発に巻き込まれて意識を失ったに違いない。硝煙によって顔が真っ黒になっていたのがそれを物語っている。

そして、気が付けば坂崎出羽守の陣中にいた。

それゆえ、自分は出羽守の家来で、攻城中に爆発に遭い、家中の者に助けられて帰陣したのだと思ったが、考えてみれば、ただ坂崎出羽守の手の者に助けられただけなのかもしれない。

しかし、出羽守は己が家来として扱い、意識が回復すると、すぐに堺へと自分を護送した。

そして、出羽守の家来達は、自分を浪福丸へ送り込むとそのまま帰っていった。

船頭は枡屋五郎兵衛であるが、船内では一介の水夫である赤木森右衛門の方が格上に見える。

となれば、出羽守は始めから自分を助けた後は、この〝門様〟に引き渡すつもりであったような気がする。

それゆえ自分が乗り込むや、すぐに船は湊を出たのではなかったか。

これはいったいどういうことであろう――。

堺の湊を出て五日目の朝。

「門様、お前様は、某の名が坂崎出羽守様の家来・六車大蔵だと申されたが、それは世を忍《しの》ぶ名でござるな」

大は、船の合羽に彼を誘い問うてみた。

「左様、そのように名乗っておくのが、そなたの身のためであり、周りの者の身のためでもあるのじゃ」

門様は静かに応えた。その表情は満足そうな笑みに充《み》ちている。

あれこれ頭を整理して、記憶を呼び戻さんとする若者の姿が心地よかったのであろう。

大は得心がいった。

坂崎出羽守の家来達が、自分の名を告げずに、〝そなた〟〝こなた〟と呼んで言葉を濁したのは、自分の名がおいそれと口に出せないものであるからだ。

「某は、城を攻めていたのではのうて、城を守る大坂方の者であった。そうではござらぬか」

「うむ、わしと共にな……」

門様は、小さく笑って頷《うなず》いた。

「門様と共に……。ならば坂崎様は、敵方の某を助け出し、同じく敵方の門様に託《ことづ》けて、共に落ちのびさせてやろうとしてくだされたのでござるか」

「出羽守は、頑強な男ではあるが、情には厚い。かつての誼《よしみ》を思い、助けてくれたというわけじゃ」

「ならば、赤木森右衛門というのは」

「本当の名ではない。そなたに六車大蔵と名乗っておけばよいと申したのと同じことよ。赤木森右衛門……、よい名だと思うたのじゃが、この船の者達は、森右衛門というのがどうも言い辛《づら》いようでのう。門しか言わぬようになったのじゃ」

門様は、そう言って大の傍《そば》から離れた。

少し、大の頭を冷やす間を与えてやろうと考えたようだ。

門様は、大が十六歳であることは教えてくれた。

立派に元服は済ませているとはいえ、自分が、落武者であったと知れば、動揺をきたす若さではある。

——落武者か。しかも、なかなかにその名は通っていたようだ。

徳川方の将兵は、血眼《ちまなこ》になって自分を探しているかもしれない。或《あ》いは、もう死んだと思われているか——。

門様は、自分の父親と因縁があると言った。

とすれば、自分は親子で大坂城に入ったことになる。

その父はどうなったのであろう。

大は、遠くに見える島影に目をやり、少し強くなった波のしぶきを浴びながら物思いに耽《ふけ》った。

恐《おそ》らく父は討死を遂げたのに違いない。

坂崎出羽守の陣で目覚め堺に連れて行かれた折、大は焼け野となった町、崩《くず》れ落ち黒焦《くろこ》げとなった大坂城の無惨《むざん》な姿をまのあたりにしていた。

自らも生死の境をさまよったのである。己が父は一手の将であったと思われる。まず生きてはいまい。だが、その父がどのような人であったかは頭に思い描けない。

それゆえ事実を推測できても、感慨として湧《わ》いてこないのがもどかしかった。

坂崎軍の陣で目覚めてから、大坂城攻防戦の概容を知ったが、昔《いにしえ》の歴史を初めて教わるような感覚で、そこに自分がどう関ったかを己が心と体で思い出さぬことには、自分がこの世に存在する意義に辿《たど》り着けない。

「何ゆえここに至ったかを覚えておらぬそなたには、あえて何も告げまい。だがこれだけは覚えておいてもらいたい。そなたとわしは落人《おちうど》じゃ。見つかればただではすまぬということをな」

門様はそう言った。

大が過去の自分を覚えていれば、坂崎出羽守の厚情に深く感謝の意を表わしていたはずだ。そして、今は赤木森右衛門と名乗る大坂方の武将と、この船でどのような話をしていたであろう。

二人で、大坂城を落した徳川家康《いえやす》なる将軍に再び戦を挑み、一泡《ひとあわ》吹かせてやろうと策を練ったのであろうか。

となれば、自分はその辺りにいる十六歳の若者ではない。

夢や目標を定め、それを完遂《かんすい》するために生きるのが男である。

それは記憶がなくとも肌でわかる。だが、どの道を進むにも人には苦難が立ちはだかり、苦難をはねのけるための熱い想《おも》いと強い意思は、過去の自分を取り巻くものから生まれるのではなかろうか。

幸いなことに、大にはこのような思考を巡らせるだけの才智が備わっていた。

――何としても思い出すのだ。だが焦ってはならぬ。まずひとつひとつ刻《とき》を遡《さかのぼ》るのだ。

波間を行く船のごとく、大の心は揺れに揺れていた。

三

その夜。大は夢を見た。

彼は、きらびやかな衣裳《いしょう》に身を包んだ女御《にょうご》達と共にいる。そこは御殿の広間であった。

柱や天井には金箔《きんぱく》の飾りが施《ほどこ》されていて、華麗な襖絵《ふすまえ》が屋内にいるのを忘れさせるような美しいところであった。

あどけなき笑顔を浮かべた、十になるやならずの姫君が、大をじっと見つめている。

大は何か御用がおありなのだろうかと、姫を上目遣いに見た。

その刹那《せつな》――。

激しい炸裂音《さくれつおん》と共に、美しい御殿は砕け散り、辺りは火に包まれた。逃げ惑う女御達の中に、立派な体格をした涼しげな武将がいる。

大は駆けた。その武将と女御達を守って御殿を出ると、大廊下の向こうに扉がある。それは抜け穴に続いていた。

大はその扉をこじ開けて中を覗《のぞ》こうとするが、燃えさかる炎が邪魔をする。

やっとのことで抜け穴の行方《ゆくえ》を確かめた時。新たな爆発が起こった。

「おのれ……！」

大は爆風に飛ばされ、意識が遠のいていく。

これしきのことに負けてなるものかと、大はぐっと目を見開いた——。

そこで目が覚めた。

「夢を見たか……」

同じ船室に起居する門様が労《いたわ》るように言った。

三百五十石積の弁才船とはいえ、これに乗っている弁才衆の居住の間は狭い。

それでも、門様こと赤木森右衛門と大と呼ばれる六車大蔵の二人には、船頭の五郎兵衛が使うべき右舷側《うげんがわ》の帆柱《ほばしら》の横にある〝挟の間《はさみ》〟が割り当てられていた。

二人がいかに優遇されているかがわかるが、門様が大を同部屋にしているのは、その身を案じてのことであった。

「おかしな夢でござりました」

うなされていたのであろう。大の額《ひたい》には大粒の汗が浮き出ていた。

「何かを思い出そうとしている表われじゃ」

「左様でござりましょうか」

「心と体が、思い出そうとして動いているのじゃよ」

「それならばようござりまするが……」

大は手の甲で汗を拭《ぬぐ》った。

「どのような夢であった」

「美しい御殿の内にいる女御が見えましてござる」

大は、今見た夢を熱く語った。

見ている時は総身を興奮させる夢も、覚めてしまうとすぐに忘れてしまうものだ。覚えている間に語っておこうと頭を捻《ひね》ったのである。

「恐らくそこは大坂城の内であろうな」

「やはり左様で」

「そなたは、城の内にいて、前《さき》の右大臣《うだいじん》様のお側《そば》近くにお仕えしていたゆえにな」

「某が、前の右大臣様に？」

前の右大臣とは、故・太閤秀吉《たいこうひでよし》の遺児にして大坂城の主《あるじ》であった豊臣秀頼《とよとみひでより》を指す。

大はそれを理解していたゆえに驚いた。

「ならば、夢に見た涼しげな御方《おかた》が……」

秀頼であったのかもしれないと思えたからだ。

それほどまでの高貴な人に近侍《きんじ》していたとなれば、自分の身分もまた大したものなのであろう。

では、夢の中で自分に頰笑みかけてきた幼き姫は誰なのか。しかし、問いかけようにも、夢の中で見た姫の面影を口では言い表わせず、大はまた頭を抱えた。

「焦ることはない。そなたの頭の内は壊れておらぬ。いつか必ずはたと思い出すはずじゃ」

「それにしても、何ゆえあのような恐ろしい夢を見たのでしょう」

大がぽつりと言った時。

門様は、じっと外の気配に耳を澄ませていたが、たちまち厳しい顔付きとなって、

「それは、そなたに武士としての勘《かん》が、備わっているからかもしれぬな」

低い声で言った。

「武士としての勘、でござるか」

「いかにも、戦いの気配を寝ながらにして覚えたのかもしれぬ」

「もしや……」

大は声を潜《ひそ》めた。

船における戦いの気配となれば、海賊の襲撃が迫っていることになろう。

記憶を失っているとはいえ、そのような概念は大の頭の内に刻まれていた。

「最前から気になっていたが、この船を狙《ねろ》うておるたわけがいるようじゃ……」

そう言うと門様は、部屋の隅に置いてある木箱の中から、太刀《たち》を取り出すと腰に差して、窓から注意深く外を眺めた。

そこへ五郎兵衛がやって来た。

「やはり出たようで……」

五郎兵衛の腰にも長めの脇差《わきざし》が差してあった。

備前《びぜん》の浜伝いに行く弁才船に、お宝が積まれていると思ったのであろうか。怪しげな小船が、波

間に気配を消しつつ、長島《ながしま》に夜泊している浪福丸に、すり寄って来ているのが幽《かす》かに見える。

「小早《こばや》だな」

門様が呟《つぶや》いた。

小早とは、水軍や海賊が使う軍船で、小船ながら動きが早い。水上これを操り、狙《ねら》う船を火矢や焙烙玉《ほうろくだま》などで攪乱《かくらん》しつつ、船に乗り移り掠奪《りゃくだつ》をする。そんな海賊が数多《あまた》いた。

「暴れられるのも、今が最後だと思うたようじゃな」

「そのようで……」

五郎兵衛はニヤリと笑った。

大坂の陣の開戦で、日の本は諸大名の参戦によって領国統治が乱れていた。

そういう折には、必ず現われるのが盗賊や、山賊、海賊である。

火事場泥棒のごとく、稼げる時に動いておこうと、治安の緩《ゆる》みを衝《つ》いて、瀬戸内の海にも俄《にわか》海賊が発生していた。

「まったく侮《あなど》られたものじゃな」

門様は嘆息すると、窓の外に向かって十字を切った。

無益な殺傷はしたくないが、海賊共が船を襲い弁才衆を殺害し、物資を奪うつもりであれば降りかかる火の粉は払わねばならぬ。どうか戦いをお許しくださいと神に祈ったのだ。

五郎兵衛がこれに倣った。

「吉利支丹《きりしたん》……」

大は呟いた。

船に乗ってから気付いたのだが、赤木森右衛門を名乗る門様も、五郎兵衛以下弁才衆も、海の上では時に十字を切り、天に祈っていた。

それが吉利支丹の信仰だというのを、大は今改めて思い出した。

「主よ、我らを悪より守り給え。我らの罪を許し給え……」

そういえば、吉利支丹は年々強い迫害を受け、時に権力者によって禁教令が敷かれていた。

時の権力者は、徳川将軍家であった。

その名が心に浮かんだ時、大は心の底から不快な想いがした。徳川将軍家こそ、己が仇敵《きゆうてき》であると彼の五感が伝えていたのだ。

そして門様は、相当な身分の武士であっただけでなく、敬虔《けいけん》な吉利支丹であるがゆえに、弁才衆の尊敬を集めていることに、大は改めて気付いたのであった。

「五郎兵衛殿はどう見た」

門様が訊《たず》ねた。

「先ほどから、目を凝らして様子を窺《うかが》いますに、小早と申しても、いかにも俄《にわか》拵《ごしら》えの様子にて。さしずめ食い詰めた浪人共が、海賊となったのでござりましょう」

五郎兵衛は、こともなげに応えた。

「こちらが寝静っているようならば、巧みに乗り移り、切り取りを働く。そんなところかのう」

「恐らくは」

「手はずはいかに」

「最早、備えは固めてござりまする」

寝静っている風を装い、既に弁才衆は残らず配置についていると五郎兵衛は言う。

「大したものよの」

「これしきの備えがなければ、戦乱の世に交易などできませぬ」

「なるほど、左様じゃな」

門様は五郎兵衛と頷き合い、

「大、そなたはこれにいよ。動くでないぞ」

と、二人で船室を出た。

一人残された大は、落ち着いていられずに、窓から外を眺めたり、忙しく部屋の内を歩き回ったが、件《くだん》の木箱を開けてみると、彼が船に乗り込んだ折に帯びていた太刀がそこにあった。

大はそれをゆっくりと鞘《さや》から抜いてみた。

僅かな灯火が、燈台《とうだい》の油皿に輝いていて、白刃を妖《あや》しく光らせた。

大は不思議な昂揚《こうよう》に襲われた。自分の体内に流れる武士の血が熱くたぎっているのだ。動くなと言われても、じっと船室に籠《こも》っていられるものではなかった。

大は、寝衣に帯を締め、小袴をはくと太刀を腰に差した。

坂崎軍の陣からこの船へとやって来た折は、ただただ呆然としていて、腰の太刀の重みも覚えなかったが今は違う。

ずしりとした太刀の重みは、彼の四肢にほどよい緊張を与え、五感に刺激を与えた。

木箱には棒手裏剣《ぼうしゅりけん》もいくつか入っていた。大はそれを三本ばかり懐に収め、そっと船室を出た。

垣立《かきだつ》の陰に身を隠す、門様と五郎兵衛の姿が見えた。大は二人に気取られぬよう身を低くして、彼もまた一方の垣立に取り付いた。そこからは浪福丸に横付けした小早の合羽がよく見える。

合羽の上には、数人の男達がいて、浪福丸に乗り移る機会を窺っているようだ。

やはり海賊船である。

賊共は、鉤《かぎ》のついた縄梯子《なわばしご》をそっと浪福丸の船体にかけ始めた。

とにかく船に乗り移り、刃向かう者を撫《な》で斬《ぎ》りにして、荷を奪う魂胆か――。

縄梯子は二ヶ所にかけられた。刀を背に括《くく》りつけた賊共は、身軽な動きで、次々と縄梯子に取り付いた。

それでも尚《なお》、門様と五郎兵衛は動かない。垣立の陰に身を隠しつつ様子を見ている。大も身を縮めて二人に倣った。

やがて、先頭の二人が垣立の上にすっくと立った。

しかしその時。

俄に船の屋倉が明るくなり、壁の狭間《はざま》から次々と火矢が放たれ、眼下の小早に命中した。

火矢は小早に蠢《うごめ》く海賊達の姿を明らかにした。

それと同時に、門様と五郎兵衛が立ち上がり、手にした羽目板で先頭の二人を殴りつけた。賊の二人は不意を衝かれて、堪《たま》らず小早へ落下した。

小早の上には十人ばかりの海賊がいる。五郎兵衛がこ奴《やつ》らを見下して、

「この船に目ぼしい物はない！　諦《あきら》めて引き下がればよし。あくまでも乗り移ると言うならば、次は容赦なく斬る！」

と、船乗りらしい少し嗄《しやが》れたよく通る声で言い放った。

「おのれ！」

賊の一人が、五郎兵衛に向かって弓を射た。

五郎兵衛はすかさず羽目板で受け止めて、

「危ないことをするな」

不敵な笑みを浮かべた。

その時、弓を射た男は、屋倉から放たれた矢に胸を貫かれていた。

「うむ……！」

海賊の頭目らしき大男が雄叫《おたけ》びをあげた。

熊《くま》のような体に、手や胸許《むなもと》から獣のごとき体毛が覗くこの頭目は、豪胆無比《ごうたんむひ》で勇猛《ゆうもう》を謳《うた》われているのであろう。これと狙った船に反撃を受け、すごすごと引き返しては面目が立たぬとばかり、

「皆殺しにしろ！」

と、己が船の消火もそこそこに、手下達に突撃を命じた。

熊の頭目は余ほど頭に血が上ったのであろう。夜陰《やいん》に紛《まぎ》れてそっと船に侵入しようとしていた計略を捨て去り、自らが浪福丸に焙烙火矢《ほうろくびや》を放った。

これが浪福丸の船上で炸裂した。

さすがの門様も五郎兵衛も飛び下がって、飛散する鉄片をよけた。

大も船首へと逃げた。

幸いにも威力の低い焙烙火矢で、引火も起こらなかったが、この隙《すき》に乗じて海賊共は身軽な動きで縄梯子を登り切り、次々と船に乗り移ってきた。

すると、その内の一人が油の入った壺《つぼ》を松明《たいまつ》と共に屋倉に投げつけた。

パッと船上に火が燃えあがった。

狭間から矢を射かけていた弁才衆は、堪らずに外へ出て、消火に当たる者と、迎え討つ者とに分かれた。

「なかなかやりよるわ」

門様は少しも慌てず、太刀を抜き放つと、海賊共に立ち向かった。

熊の頭目は、この間に悠々と縄梯子を登っている。

手下達は武士崩れなのか、殊《こと》の外《ほか》腕が立つ。

五郎兵衛以下、異国の海で海賊と渡り合ったことのある弁才衆も劣勢を強《し》いられた。

だが、門様の武芸は群を抜いていた。

弁才衆が追い立てられると海賊共の前に立ちはだかり、抜き放った太刀を縦横無尽に揮い、たちまち相手に手傷を負わせる。

その度に、弁才衆は力を盛り返したのである。

四

大は船首に立つ弥帆柱《やほばしら》の陰から、目を見開いたまま、船上で繰り広げられる闘争を眺めていた。

炸裂する焙烙火矢。パッと燃え上がる炎。死闘する男達の咆哮《ほうこう》……。

それらが大の心を揺らし、大坂城での記憶をおぼろげに蘇《よみがえ》らせた。

そうだ。確かに自分は大坂城の本丸にいた。おびただしい数の敵軍が城内に侵入し、壮大な天守が炎上した。

「最早《もはや》これまで……」

悲嘆したのは城主・秀頼。夢に出てきた涼しげな若武者である。彼を側近の者達が護衛《ごえい》して、城主の母堂、妻、妾、女中達共々に山里丸へ逃れた。

その中に自分もいた。秀頼を守り矢弾《やだま》を潜《くぐ》り抜け、山里丸へと入ったのだ。

ここに一縷《いちる》の望みがあることを、大は知っていたような気がする。

だが、それを思い出せない。

――土蔵《どぞう》だ。

山里丸の土蔵へ出ると、そこに空井戸があり、横穴が堀端の船着き場に続いていることを、大は知っていた。

そこに活路は見出《みいだ》せないかと、大は空井戸を検《あらた》めんとした。

この時、既に徳川家康の孫娘で秀頼の正室であった千姫《せんひめ》は、豊臣の臣・大野治長《おおのはるなが》の策によって城外に脱出していた。

秀頼の命乞《いのちご》いをするためであったが、徳川方はこれを許さず、山里丸へ攻め寄せた。もう逃れる術《すべ》はない。

大は、何とかして秀頼を空井戸に導こうとしたのだが、外から鉄砲、大筒を撃ち込まれて、秀頼とその生母・淀《よど》の方《かた》は世をはかなみ自刃の覚悟を決めた。

「諦められてはなりませぬ！」

大は叫んだ。

しかしその刹那、矢倉に大爆発が起こった。

爆死したと見せかけるために用意した火薬に、攻城側が撃ち込んできた大筒の火が移ったのだ。

「おのれ……！」

そのように叫んだ気がする。そしてそのまま大は意識を失ったのだ。

「おれはいったい誰であったのだ……」

前の右大臣・豊臣秀頼の側近くに仕え、父は大坂方の将であった自分は――。

頭の中が壊れそうな感覚が押し寄せた。

船上では依然、海賊と浪福丸の弁才衆が斬り結んでいた。

門様は既に三人に深傷《ふかで》を負わせ、尚もかかりくる相手に奮戦していた。

相変わらず表情には余裕があったものの、思いもよらぬ敵の強さに、手こずっている様子は否《いな》めない。

そこへ、ゆったりと熊の頭目が浪福丸に現われて参戦した。

「たかが商人相手にだらしがないぞ！」

熊の頭目は、手下を叱咤《しった》すると、弁才衆に斬り付け、その重い太刀筋で彼らを後退させた。

弁才衆の一人が、肩を斬られた。

「しっかりしろ！」

それを門様が助けるが、頭目の参戦に力を得た手下が門様に殺到した。

「ええいッ！」

ここにおいて、大は太刀を抜いて敢然と争闘の場に飛び込むと、たちまち海賊の一人を袈裟《けさ》に斬り、熊の頭目に一太刀入れた。

「大！」

門様は、叱《しか》るように声をかけたが、その顔は笑っている。

「武芸は忘れておらなんだか！」

大は、ハッとした。

武士であった身を思い出し、混乱する思考から逃れんとして、自らも争闘の場に無我夢中で飛び込んだが、体は勝手に動き、両の腕は見事に剣を使いこなしていた。

「小癪《こしゃく》な奴！」

熊の頭目は、大の太刀をかわして構え直すと、剛剣を一太刀返してきた。

「何の！」

大はこれを撥《は》ねあげた。

「大、でかしたぞ！」

門様がその技を称して、大に代わって熊の頭目に突きを入れ、後退させた。

——でかしたぞ！

同じ言葉を誰かにもかけられた。それは大坂道明寺《どうみようじ》の戦闘の折。

敵は伊達政宗《だてまさむね》の先鋒《せんぽう》・片倉《かたくら》隊。

——その戦で、おれは名のある武士を討ち取った。

その折の槍《やり》を揮った手の感触、手応えが蘇り、大はまたひとつ思い出した。

「でかしたぞ！」

そう声をかけてくれたのは、他ならぬ父であったことを。

「ええい！」

大は、後退した熊の頭目に襲いかかった。蘇った記憶が、彼を勇気付けた。

——海賊ごときに後れを取るものか！

大は力いっぱいに太刀を振り下ろしたが、坂崎出羽守の臣・六車大蔵として腰に帯びていた太刀は鈍《なまくら》で、これを受け止めた熊の頭目の太刀の強さに負けて、火花と共に刀身が折れた。

「小僧！」

熊の頭目は、ここぞと剣を薙《な》いだ。

「大！」

駆け寄る間もなく門様が叫んだ時。大は見事な跳躍をみせ、またたく間に帆柱によじ登ったかと思うと、懐の棒手裏剣を投げつけていた。

「な、何と……」

投げつけた棒手裏剣は三つ。そのいずれもが熊の頭目の体に突き立っていた。こ奴がばたりとその場に倒れた時、海賊共は武器を捨てて降参した。

大は猿《ましら》のごとき身のこなしで、するすると帆柱から下り立つと、門様の前で畏《かしこ》まった。

「この度は、お助け下さり、真《まこと》に忝《かたじけの》うございました」

その姿は、若年ながらも、戦陣の垢《あか》にまみれた堂々たるものであった。

「真田左衛門佐《さなださえもんのすけ》が一子・大助《だいすけ》。厚く御礼申し上げまする」

彼はついに自分の名を思い出した。とはいえ、他人に聞かれてはならぬと、門様だけに届く声で言った。

真田左衛門佐――。諱《いみな》を信繁《のぶしげ》、幸村《ゆきむら》として知られる。大坂の陣において、徳川家康をあわやというところまで追い詰め、猛将・島津忠恒《しまづただつね》をして、

「真田日本一《ひのもといち》の兵《つわもの》、古《いにしえ》よりの物語にもこれなき由……」

と、感嘆せしめた、この時代を代表する武将である。

大助はその嫡男で、徳川軍を上田合戦において二度まで大敗させた、祖父・昌幸《まさゆき》からの名将の血を引く若武者であったのだ。

「うむ。思い出したか。それは何よりじゃ」

ほっと一息ついた門様に、

「門様は定めて、父上と共に御出陣なされた、明石掃部頭《あかしかもんのかみ》様にて」

真田大助は、また呟くように言った。

「ふふふ、わしの名も思い出してくれたか。いかにも左様じゃ……」

満面に笑みを湛《たた》えた赤木森右衛門こと門様は、故・太閤秀吉の猶子《ゆうし》にして、備前宰相《びぜんさいしょう》と謳われた宇喜多権中納言秀家《うきたごんちゅうなごんひでいえ》の家来・明石掃部頭全登《たけのり》であった。

掃部は吉利支丹として名高く、父・幸村も一目置く智略を備えた武将であると、大助は予々《かねがね》尊敬の念を抱いていたのだ。

「まずお立ちゃれ。親子ほど歳が離れていたとて我らは同志じゃ。よしなに頼みまするぞ」

明石掃部は大助を立たせて手を取った。

その二人の前に、五郎兵衛と弁才衆は寄り集まり、一斉に恭《うやうや》しく平伏したのであった。

第二話　戦国武将

一

浪福丸は、備前沖を西へ、瀬戸内の小島をすり抜けるように進んだ。

先般の海賊《かいぞく》共は、大坂の陣にあぶれた食い詰め浪人共の集まりであった。いずれも腕に覚えのある者だが、最早《もはや》戦国の世も終り、武門の意地であるとか、家名をあげるなどという想《おも》いは捨て、実利を取らんとして海賊を始めたという。

総勢十五名の内、掃部、五郎兵衛達に討たれて命を落したのは六名。さらに大助の手裏剣《しゅりけん》を受けた熊《くま》の頭目。残る手負いの八名は命を助けられ、小早《こばや》に戻された。

「かく慈悲深き船を襲うとは……」

海賊共は感嘆して、何処《いずこ》へともなく船で去っていったが、自分達が襲った船に、天下の名将・明石掃部と真田大助が水夫に身をやつし乗っていたとは夢にも思うまい。

真田大助は記憶をほぼ取り戻したが、死んだはずの自分が大坂城から助け出され瀬戸内の海上にいることが未《いま》だ釈然とせず、戸惑うばかりであった。

「なに、今は焦ることもない」

掃部はそんな大助を父親のようにやさしく見守ってくれた。

掃部は大助を、それからも大と呼び、大助も掃部を門様と呼び続けた。

二人は船上で肩を並べてよく語らった。それによって大助は次第に他の記憶をも取り戻し、何ゆえに自分が掃部に助けられて生き長らえているか、その運命を確かめ合うことになる。

そして、それを語るには、まずこれまでの明石掃部の生き様に触れねばなるまい。

明石掃部頭全登は、備前国保木《ほぎ》城主・明石景親《かげちか》の子として生まれた。明石氏は、備前国に武威《ぶい》を張る浦上《うらがみ》氏の被官であったが、同じ被官の宇喜多氏が主家にとって代わり勢力を広げると、これに臣従し、掃部は直家《なおいえ》、秀家の二代にわたって仕えた。

やがて、織田信長《おだのぶなが》の重臣・羽柴《はしば》秀吉の中国攻めで宇喜多家は織田家に臣従し、信長亡き後、豊《ほう》太閤《たいこう》として天下人になった秀吉に重用され、宇喜多家の興隆《こうりゆう》が始まった。直家の妹を母に持ち、直家の娘を娶《めと》り秀家の義兄となった掃部にとってもそれは重要なことであった。

秀吉は秀家を己が猶子《ゆうし》とした上で五大老の一人に任じ、その家老を務める掃部をも豊臣家の直臣として取り立て、十万石の所領を与えた。ここに掃部は押しも押されもせぬ戦国武将となった。

この間、掃部は主君・秀家に従って数々の合戦に出て武名をあげたが、やがて彼は敬虔《けいけん》な吉利支《きりし》丹《たん》としても知られるようになる。

掃部に吉利支丹の教えを説いたのは、他ならぬあの坂崎出羽守であった。彼と明石掃部の関《かか》わりは深い。

出羽守は、かつての名が宇喜多左京亮《さきょうのすけ》直盛《なおもり》(詮家《あきいえ》)。備前宰相と呼ばれた宇喜多秀家とは従兄弟《いとこ》で、彼は明石掃部と共に宇喜多家の重臣の一人として家政を支えた。一戦仕《つかまつ》っても己が一分を押し通すという古い戦国気質に凝《こ》り固まった厄介《やっかい》な武将であったが、掃部とも従兄弟にあたり気が合った。

同じ宇喜多家中《かちゅう》ではあるが、明石家は、直家の時代に浦上家から宇喜多家へ転身したという経緯《いきさつ》から、客将の待遇であった。それゆえに家中の誰からも一目置かれていたし、穏やかで人の話を聞くのが上手な掃部には出羽守も心を開いたようだ。

掃部は、豊臣秀吉が企てた朝鮮《ちょうせん》出兵に従軍し、文禄《ぶんろく》二年(一五九三)に帰国すると、同年には息つく間もなく大坂城改修普請《ふしん》に従事した。同じく朝鮮に出陣していた出羽守は、帰国すると小《こ》西行長《にしゆきなが》の勧めで洗礼を受けた。

小西行長は、堺の豪商・隆佐《りゅうさ》の子で、宇喜多家出入りの商人の養子となり、その才覚を認められ、宇喜多家の家来《けらい》を経て秀吉に仕えるようになった経歴を持ち、出羽守とも親交があった。

出羽守がどれだけ天主の教えを理解し傾倒したかは謎《なぞ》であるが、彼は殺伐《さつばつ》とした合戦の日々にあって、吉利支丹の教義に清新さを覚えたのであろうか、

「おれは〝パウロ〟となった。掃部、おぬしも洗礼を受けてみよ」

などと言って、しきりに掃部に洗礼を勧めてきた。

掃部もまた、小西行長に勧められて、吉利支丹に興をそそられていたが、元より思慮深い彼は、異国の宗教に新鮮味を覚えながらも、警戒する想いもあってまともに向き合うこともなく月日が経《た》

っていた。出羽守が勧めた時も、生返事を続けていたのであるが、これと思えば頑迷《がんめい》なまでに突き進むのがこの男である。

「掃部、おぬしはおれの言うことが信じられぬと申すか、天主の教えはよいぞ。一度パードレの話を聞いてみよ。どうあっても聞かぬと申すなら、おれもおぬしとの付き合い方を考える」

ついには恫喝《どうかつ》するかのように談じ込んできた。

何かの折にへそを曲げられても困ると思い、出羽守の誘いに渋々応じてみると、掃部はたちまち吉利支丹に傾倒していった。

〝心を尽くし、精神を尽くし、思いを尽くして、あなたの神である主を愛せよ〟

この掟《おきて》が掃部の胸を打った。

教会の窓越しに見る空の美しさ。どこまでも澄み渡った聖歌の響き、それらが掃部の心にしみついた戦乱の無情を洗い流してくれたような気がした。

「左京亮殿（出羽守の前名）のお蔭《かげ》にて、天主の教えに出会うことが叶《かの》うた……」

掃部は自分に天主の教義を無理強《むりじ》いした出羽守に感謝したものだ。

しかし、やがて、掃部は出羽守と敵味方に分かれることになる。

豊臣秀吉が身罷《みまか》り、風雲急を告げると、宇喜多家に内訌《ないこう》が起こったのだ。

秀家は、太閤秀吉の寵《ちょう》厚き美丈夫《びじょうふ》の武士であったから、自然と秀吉の派手好きを受け継ぎ、華美な暮らしを好んだ。古武士である出羽守はそれが気に入らない。黙っていればよいものを、その気性ゆえに、諫言《かんげん》がつい口をつく。そうなると、秀家も出羽守が煙たく、遠ざけるようになる。

そのうちに出羽守は、秀家が新たに召し抱えた家来達と、何かというと衝突するようになった。戸《と》川《がわ》、花房《はなぶさ》、岡《おか》といった重代の家来達は、出羽守に同情し彼に与《くみ》したので、家中は二つに割れた。

これに立腹した秀家に対し、彼らは剃髪《ていはつ》した上で、出羽守の大坂屋敷に立て籠《こも》り、徳川家康の裁定を仰ぐまでの騒ぎとなった。

その結果、これに加担した出羽守以下重臣達は宇喜多家から去り、他家の預かりとなった。

そして世の中は、宇喜多家だけではなく、豊臣家の天下を簒奪《さんだつ》せんとする徳川家康と、反徳川の旗を揚げた五奉行の一人・石田三成《いしだみつなり》に分かれて、相争うことになるのである。

二

奥州《おうしゅう》で上杉景勝《うえすぎかげかつ》が家康に反旗を掲げ、家康が味方の諸将を率いて上方から東下をした隙《すき》に、石田三成は仲間を募《つの》り、秀吉の遺児・秀頼を擁《よう》して遂に兵を挙げた。

伏見《ふしみ》城を落し、近江《おうみ》を進軍し美濃《みの》へ出た石田三成の西軍に対し、家康率いる東軍も江戸から反転し、美濃へ入り岐阜《ぎふ》城を落した。そして両軍はここに睨《にら》みあった――。

真田大助は、生まれたばかりでこの頃のことは何も覚えていないが、真田家は当主・昌幸とその長子・信之《のぶゆき》が袂《たもと》を分ち、昌幸は次子・幸村と共に西軍に属し、上田《うえだ》城に籠って西上する徳川秀忠《ひでただ》の大軍を食い止め大いに打ち破った。

物見の部隊が囮《おとり》になって、上田城へと徳川軍を誘い出す。若い秀忠は、一捻《ひとひね》りに押し潰《つぶ》してやると一気に攻めたが、伏兵に本陣を衝《つ》かれ混乱する。そこへ上田城の本軍が城門を開きどっと攻め寄せ、猛烈な鉄砲による射撃を浴びせた。

この折の幸村の戦いぶりは実に素晴らしいもので、真田の軍勢は、散々に徳川軍を苦しめた上で、上田城内に兵を収め城門を閉ざした。

秀忠は上田城が容易に落ちぬと悟り、抑えの兵を残し美濃路《みのじ》へと向かったが、その到着を待たずして、東西両軍は関《せき》ヶ原《はら》においてぶつかった。

備前宰相・宇喜多秀家は西軍の大将格で出陣した。家老である明石掃部は一万七千の兵のうち、八千を率いてその先鋒《せんぽう》を務めていた。

慶長《けいちょう》五年（一六〇〇）九月十五日。その日は昨日からの霧が深く立ちこめ、敵味方の陣地が読めず、天満山《てんまやま》へ陣取った宇喜多軍は、動けずにいた。

「あの時の身が引き締まる想いは未《いま》だに忘れられずに夢に見る。その時わしは思うたのじゃ。己《おの》が采配《さいはい》にいかほどの覚えもなかったことをな」

と、掃部は後に語った。

掃部の初陣は、豊臣秀吉がまだ羽柴姓であった時の四国攻めであった。この頃の秀吉は、織田信長を京の本能寺《ほんのうじ》において討った逆臣・明智光秀《あけちみつひで》を、山崎《やまざき》において破り、反目する柴田勝家《しばたかついえ》達、織田家の将を討ち果して天下の権を掌握《しょうあく》していた。ゆえにさしたる槍《やり》働きもせぬうちに味方は圧倒的な兵数と調略で次々に城を落し四国を平定した。

続く九州攻めも同じような戦いが続き、小田原《おだわら》攻めでは宇喜多秀家が船手の総大将として出陣し、掃部も従軍したが、大軍で城を囲む秀吉の戦法にかかると、激戦などないままに小田原城は落ちた。文禄、慶長の朝鮮出兵では、秀家に従って渡航し、何度も激戦に身を置いたが、味方の軍勢はいずれも日の本を代表する猛将揃《ぞろ》い。掃部が活躍する場はそれほど巡《めぐ》ってこなかった。

ゆえに関ヶ原は、明石掃部にとって腕の見せどころであった。

ようやく辺りを覆《おお》う霧が晴れてきた。

すると薄靄《うすもや》の中から、東軍の一隊が宇喜多勢に鉄砲を撃ちかけてきた。敵は松平忠吉《まつだいらただよし》であった。忠吉は徳川家康の第四子で、その後見役であった徳川四天王の一人・井伊直政《いいなおまさ》が、手柄を立てさせようとして抜け駆けに出たのだ。

たちまち鬨《とき》の声があがり、気がつくと掃部は、馬上戦場を駆け宇喜多勢を指揮していた。掃部の備えは万全であった。思慮深い彼は、予《あらかじ》め配下の武将との間に、兵の進退を綿密に打合せていたので、各隊の武将は機敏に働き、一斉射撃で松平忠吉、井伊直政隊に反撃した。直政は歴戦の強者《つわもの》である。霧に目測を誤まり、明石隊の間近に出てしまった不利を悟り、すぐに後退したが、この銃撃戦によってついに関ヶ原に戦闘が始まった。

松平忠吉、井伊直政に替わって前線に出てきたのは、東軍の先鋒・福島左衛門大夫正則《ふくしまさえもんのたいふまさのり》であった。豊臣秀吉子飼の武断派で知られるこの男は、石田三成との確執が募り、この戦では東軍に身を投じ、戦意を昂揚《こうよう》させていたから、抜け駆けをまのあたりにして出し抜かれたと息まいた。

「後れをとるな！」

正則は、遮二無二《しゃにむに》兵を進ませた。

相手にとって不足はない。福島勢を迎え撃つ明石隊は、ここでも各武将が段取り通りに兵を動かし、鉄砲を撃ちかけるや槍隊を繰り出し、騎兵を突撃させた。

福島正則もまだ血の気が多かった。

「怯《ひる》むな！　怯むな！」

と、むきになってかかり来る。掃部はこれを引き寄せては、件《くだん》の戦法で痛手を与え、頃《ころ》やよしと手勢八千をもって激しく総突撃を敢行した。

堪《たま》らず福島隊は数丁も退却を迫られたが、そこは猛将・福島正則である。

「退《ひ》くな！　押し戻せ！」

と、兵を叱咤《しった》しつつ、態勢を取り直して再び宇喜多勢に挑む。

それでも、兵数においても勝る宇喜多勢の優位は変わらず、福島隊は潰乱《かいらん》した。

これを見た東軍の諸将が、福島隊を助けんとして宇喜多隊に横撃を加えたので、掃部は一旦《いったん》兵を収めて、次なる戦いに備えたのだが、この時の采配が、明石掃部全登の名を天下に知らしめた。

しかし、巧みな駆け引きをしたと称《たた》えられたものの、掃部はその時のことを思い出すと、ただ夢中で眼前にいる敵と戦ううちに、気が付けば撃破していたに過ぎぬと思われた。

人はいざとなれば、感情に支配され、しっかりと物事を理解出来なくなるものだ。戦術については、理屈ではなく五体に沁《し》み込ませるまで、あらゆる戦闘を想定しての演習や評定が、日頃から必要であることを、この時ほど思い知らされたことはなかった。

だが、綿密に戦術を立ててきた掃部が、ここで大きな後悔をさせられることになる。

西軍の有力武将・小早川秀秋《こばやかわひであき》が、敵に寝返ったのである。

秀秋は、宇喜多秀家と同じく、故・太閤秀吉の猶子であった。出自は秀吉の正室・北政所《きたのまんどころ》の兄・木下家定《きのしたいえさだ》の五男であったから、秀家よりも尚《なお》、豊臣家に近い。親類縁者が少ない秀吉は、秀秋を〝金吾《きんご》〟と呼んで特にかわいがり、従三位権中納言《じゆさんみごんちゆうなごん》にまで推挙し、小早川隆景《たかかげ》の養子に据《す》えた。小早川隆景は、中国地方の英傑《えいけつ》・毛利元就《もうりもとなり》の三男で、兄の吉川元春《きつかわもとはる》と共に、毛利宗家の〝両川《りようせん》〟として知られた名将である。

その翌年には、隠居した養父・隆景の跡を継ぎ、まだ十四歳の身で、彼は筑前名島《ちくぜんなじま》にて三十五万七千石を領する大大名となった。

十六歳の折に隆景が亡くなると、それまでの秀俊《ひでとし》から秀秋と改名し、〝金吾中納言秀秋〟として押しも押されもせぬ存在となった。

太閤秀吉は、この若者を地位に見合った武将に育てられぬままにこの世を去ったが、名家である小早川家には、隆景以来の名将が家中に揃っている。関ヶ原においては、西軍の将として颯爽《さつそう》と一万五千の兵を率い、南西に位置する松尾山《まつおやま》に陣を敷いた。

戦況は、宇喜多勢の奮戦によって、西軍が東軍を押していた。ここで松尾山から小早川軍が押し出せば、石田三成、小西行長の軍勢を攻めあぐねている、東軍諸将は一気に崩れるであろう。

しかし、小早川勢は動かない。この時、既に小早川家には、徳川家康の調略が施されていて、秀秋は東軍への内応を約していたのだ。

それでも戦況を見れば、自軍が動けば西軍に勝利が転がり込み、裏切り者の汚名を着ることなく、西軍の英雄となれることは容易に判断出来たであろう。

太閤秀吉の猶子で小早川家を継ぐ秀秋は、戦後、大きな地位が約束されたはずだ。

だが秀秋はその小心さゆえに動けなかった。

家康の焦りと怒りは募り、ついに小早川隊への発砲を命じ恫喝した。これに怯《おび》えた秀秋は、容易《たやす》く脅《おど》しに屈し、ついに東軍に寝返った。一万五千が東軍に寝返ったのだ。その時まで日和見《ひよりみ》を決め込んでいた西軍の諸将が、ここへきて雪崩《なだれ》を打って東軍に寝返った。

「無念じゃ……」

宇喜多秀家は、西軍の敗北を悟り歯噛《はが》みして、

「かくなる上は、せめて金吾中納言を討ち果してくれん！」

残る手勢をまとめて、秀秋と一戦仕るといきり立った。

「この場は、掃部が殿軍《しんがり》を務めまするゆえ、まずは岡山《おかやま》へ」

掃部はそれを懸命に止め、所領の岡山へ戻り、城に籠って徳川方を迎え撃つように訴えた。

「是非もないか」

秀家は、やむなく関ヶ原を離れた。そしてこれが、主君・秀家との今生《こんじょう》の別れとなった。

掃部は秀家を逃しつつ、群がり来る東軍の兵をけ散らしながら西へと脱出した。

しかし、秀家と掃部が帰国に手間取る間に、岡山城では掠奪《りゃくだつ》が起き、すっかりと城は荒れ果ててしまった。やっと岡山へ戻った秀家は、これに絶望して九州へ落ち延びた。二人は落ち合う機会のないままに離れ離れになってしまったのである。

三

幾ら奮戦し、合戦に名を残したとて、敗軍の将達の行く先は空《むな》しく悲しいものであった。真田家も同様で、関ヶ原で西軍が敗れると、昌幸、幸村父子は降伏し、生まれたばかりの大助共々、父子三代で紀伊国九度山《きいのくにくどやま》に入った。

宇喜多秀家は、その後、島津義弘《しまづよしひろ》を頼って九州薩摩《さつま》に逃れたが、西軍に与した島津家も関ヶ原から逃げ帰ったばかりで、秀家を匿《かくま》いきれなくなり、その身柄は徳川家康の許《もと》に引き渡された。

それでも、島津家や、妻・豪姫《ごうひめ》の実家である加賀前田《かがまえだ》家の取りなしもあり、秀家は死罪を免《まぬが》れ、八丈島《はちじょうじま》へ遠流《おんる》となった。島へは前田家の他に、旧臣・花房正成《まさなり》らから援助物資が送られ、秀家はこの地で今も穏健《おんけん》に暮らしている。

九州へ落ち延びた明石掃部は、黒田如水《くろだじょすい》に助けられた。如水は官兵衛《かんべえ》の名で知られる、豊臣秀吉の天下獲《と》りを助けた天才的な軍略家であった。

掃部の主家・宇喜多家が、中国地方の雄・毛利家から織田方へと寝返った時、まだ子供であった掃部は、宇喜多直家の息・秀家と共に人質として秀吉の許で暮らした。黒田如水とはその頃から深い付合いがあった。そもそも如水の母が、掃部の遠縁に当たる播磨の国人《こくじん》・明石氏の出で、

「そなたとは縁続きであるようじゃ。よしなに頼みまするぞ」

まだ子供の頃、如水はこう言って掃部をかわいがってくれたものだ。

如水もまた吉利支丹であったから、掃部に同情し、弟・黒田直之《なおゆき》に預け筑前秋月《あきづき》に住まわせてくれた。

掃部はこの地で、関ヶ原に大きな忘れ物をしてきた想いに、日々煩悶《はんもん》した。

「あの時、何ゆえこんなことがわからなかったのか。何ゆえにあのようなことをしでかしてしもうたのか。そのような想いばかりが今も残る……」

周りの者にこんな言葉を漏らしていたのだ。

後悔のひとつ目は、小早川秀秋の裏切りを見抜けなかったことである。

毛利家の当主・輝元《てるもと》は西軍の盟主に祭り上げられたが、吉川家の当主広家《ひろいえ》は徳川家康に通じていて、一族の毛利、小早川両家にも不戦を働きかけていたのは薄々わかっていた。

とはいえ、石田三成は、戦勝の後は大坂城にいる豊臣秀頼の後見人となってもらいたいと秀秋に持ちかけていた。

――この身がやがて関白になる。

それは秀秋にとって夢のような話で、その利に飛びついたゆえに西軍についたのだ。

西軍が東軍相手に優位に戦えば、秀秋も決断するだろうと思っていた。

ところが、秀秋がこれほどまでに小心で臆病《おくびょう》とは思いもよらなかった。掃部は、勇気と智恵《ちえ》を備えた主君・秀家を間近で見ていたゆえに、秀秋を計る物差しを違《たが》え徳川に先を越された。

「金吾中納言が動かぬのなら、まず我らが小早川隊に脅しをかけるべきであった」

秀秋は、宇喜多隊の強さを認めていた。それゆえ家康への寝返りをためらったのだ。あの時、秀家と計って松尾山へ攻め寄せれば、流れは変わっていたかもしれなかったのだ。

さらに悔いが残るのは、宇喜多秀家と逸《はぐ》れてしまったことであった。

負け戦と悟った後、掃部は殿軍を務め、主君・秀家を逃がしたが、共に岡山城へ入り再び東軍を迎え撃てぬままに、宇喜多勢は四散してしまった。

西軍の島津義弘は僅《わず》かな兵で、堂々敵中を突破し、苦しみながらも遠国薩摩に無事帰った。それを思うと、あの時まだ宇喜多勢に余力はあった。

一丸となって素早く戦場《いくさば》から離脱して畿内《きない》へ出る。この辺りは西軍が支配していたのであるから、時を移さず駆け抜ければ、岡山には東軍の勢力が及ぶ前に到着したのではなかったか。

秀家と掃部が共にかかれば、備前の宇喜多勢力を糾合し、堅固な岡山城に籠り、ここで東軍を迎え撃ち大いに戦えたであろう。

西は西軍の毛利家の所領が続く。九州には件の黒田如水がいて、東軍に与した息・長政《ながまさ》に代わって留守居をしていたが、動乱に乗じて次々と近辺の城を落していた。

戦後は黙して語らなかったが、如水はこの時、九州から西国に勢力を築いて、あわよくば徳川家康に対抗せんとする意思を秘めていたと思われる。

宇喜多家が岡山城で東軍の兵を食い止めれば、如水と手を組み、関ヶ原の無念を晴らせたかも知れない……。これもみな自分の不甲斐《ふがい》なさが招いた因果であったと、掃部は後悔を噛《か》みしめ、天主に祈りを捧げる暮らしを送ったのであった。

しかし、時勢は掃部にそのような日々さえも許さなかった。

新たに成立した徳川幕府は、次第に吉利支丹への弾圧を強めていった。如水が死に、続いて直之も没すると、如水の嫡男・長政は徳川将軍家の顔色を窺《うかが》い、吉利支丹への迫害を強めて掃部を秋月から追放したのであった。

失意の掃部は、肥前平戸《ひらど》でこの浪福丸の船頭である、枡屋五郎兵衛と邂逅《かいこう》を果した。

五郎兵衛は、京の茶屋四郎次郎《ちゃやしろうじろう》の息のかかった商人である。茶屋四郎次郎は代々公儀呉服師を世襲《せしゅう》している徳川家の御用商人で、今は三代目の清次《きよつぐ》が朱印船貿易の特権を得ていた。

五郎兵衛は名うての船頭で、当代・茶屋四郎次郎に重用され、徳川家の御用をも務めているのだが、その実はかつて小西隆佐の許にいた吉利支丹であった。彼は関ヶ原の役での敗戦によって捕えられ処刑された小西行長の仇《あだ》を討たんと、徳川の懐《ふところ》に入り込みながら、淡々とその日がくるのを待っていた。全国各地に散らばる吉利支丹勢力を、交易船によってひとつに繋《つな》ぐ。そんな役割をも担っていた。五郎兵衛の真意を知る掃部は、

「徳川を倒さねば、吉利支丹は根絶やしにされてしまうであろう」

大いに語らい気脈を通じた。

掃部は、まず枡屋五郎兵衛の海運を使い、八丈島から秀家を奪還しようかと何度も考えたが、関ヶ原で別れる時に秀家が言った、

「たとえこの身が囚《とら》われたとて、救《たす》け出そうなどという気を起こすでない。そなたはどこまでも生き残り、機を見て徳川の鼻を明かしてやるのじゃ」

という言葉を思い出し、それを思い止《とど》まった。やがて大坂の役が勃発《ぼっぱつ》すると、掃部は豊臣家への

恩顧《おんこ》と吉利支丹守護を掲げ大坂城へ入らんと決断する。しかし、徳川軍は天下の兵を擁し、戦いの分が悪いのは言うまでもない。そこで彼は関ヶ原の折の教訓を生かし、大坂城が陥落した時いかに反徳川の将を救出するかを予め五郎兵衛と諮り、ある計略を立てたのである。

四

大坂入城を果す前、掃部は枡屋五郎兵衛の手の者に化けて石見国津和野に赴いた。

ここに、かつての盟友・宇喜多直盛がいた。直盛は、関ヶ原の役では旧主に敵対し、東軍に身を投じて戦い、戦後その功をもってこの地に三万石の大名に封ぜられ、名も坂崎出羽守成正としていた。

出羽守は、剛直ではあるが武士の情けを知る男で、宇喜多家を離れる時も、

「おれは、おぬしには何ら遺恨はない」

と、わざわざ掃部に告げてから立ち去ったものだ。

掃部は、その友情を信じ、徳川家出入りの商人・枡屋五郎兵衛の使いとして、赤木森右衛門を名乗って、津和野の産物を海路搬送する許しを請うのを名目に、出羽守の御前に出る機会を得た。

出羽守は、会うや赤木森右衛門の正体が掃部であると見抜いたが、これには理由があるのであろうと察し、

「赤木森右衛門とな。大儀であった。まず城下を見せてやろう……」

と、その場を取り繕い、掃部を城外に連れ出した。

頑迷であるが、危険を冒《おか》してまでも、山深き津和野の地へ自分を訪ねてきた掃部の想いには、しっかりと応《こた》えんとするのがこの男の信条であった。

「よくぞ参ったな」

出羽守は、掃部を馬に乗せ、くつわを並べて城下へ続く坂をゆったりと下った。

津和野城は壮大な山城で、強固に組まれた石垣が、駒《こま》を進めるにつれて頭上にそそり立つ。

石垣を整備し、天守を築いたのも出羽守であった。

「真《まこと》に、よい城でござりまする」

掃部は、一商人の使いとして言葉をかけた。

二人の周りには、遠巻に出羽守の家来が随行しているので、話す声は届かぬはずだが、掃部は浪々の身と、一城の主《あるじ》との身分の違いをわきまえたのだ。

「何と労《いたわ》しいことじゃ……」

感情の起伏が激しいこの男は、共に宇喜多家の重臣で、万石以上の禄《ろく》を食《は》んだ身であった掃部が、商人に身をやつしていることを憂《うれ》え、声を詰まらせた。

「何の、こなた様にも不遇はござった。それが今ではこれほどまでの城の主。この身にもまた天運が降り注ぐやもしれませぬ」

掃部は、以前と変わらぬ出羽守の直情に満足をした。

「近く、大坂城に入るつもりにて……」

「やはり、な」

「それに当たって、頼みがございまする」

「頼みとな？　何なりと申せ」

出羽守は頬笑《ほほえ》んだ。彼は、掃部に吉利支丹になるよう勧めておきながら、徳川家の意に従い、今は棄教していた。その後ろめたさが、これで少しは晴れると思ったのであろう。

「大坂落城の折は、前の右大臣様を、城から助け出してもらいたい……」

山里丸の矢倉に続く土蔵の中に空井戸がある、この中にいざという時は秀頼公を落ち延びさせるように図るゆえ、その辺りを探索してもらいたい。秀頼には、真田左衛門佐幸村の一子・大助が付き従っているはずであると頼んだのだ。

掃部は、大坂入城に先立って、己が同志となる諸将と密書をかわしていた。その中に真田左衛門佐がいた。共に故・太閤秀吉にかわいがられ、引き立ててもらった間柄で、二人共に徳川家康嫌いにして、関ヶ原においては西軍に付き浪人となった。

大坂で戦闘が始まれば、左衛門佐幸村こそ頼りになる味方になるはずだと、掃部は見ていた。その想いは幸村も同じであった。二人は入城する前から、繋《つな》ぎを取り合い、大坂城に入ってからの行動を予め相談したのである。

徳川家康は、大坂城を落した時、秀頼を生かしてはおくまい。それを何とか阻むことは出来ぬものか――。

掃部は幸いにも、かつて大坂城改修の普請を受け持ち、監督していた。それゆえ、何処《どこ》にどのような抜け穴があるかを知っていた。それで思いついたのが空井戸であった。

矢倉に火を放ち、爆発を起こさせる。よもや生きていまいと思わせ、空井戸の中の横穴に潜む。それに先立って、秀頼の正室・千姫を城から脱出させる。

千姫は現将軍・徳川秀忠の娘にして徳川家康の孫である。姫によって秀頼の命乞《いのちご》いを出来るやもしれぬ。その役目は、坂崎出羽守をよく知る武将・堀内氏久《ほりうちうじひさ》に託す。

出羽守は、氏久と落ち合いまず千姫を救出し、千姫の命乞いが叶《かな》えばよし。叶わぬ時は、山里丸の矢倉が爆発を起こすゆえ、逃げ遅れた千姫付きの女中を探索する名目で、件の空井戸を検《あらた》め、騒ぎに紛れて己が陣屋《じんや》へ連れ帰り、坂崎家の負傷兵として戦場を離脱させる。

その後は、堺の湊《みなと》で徳川家の御用商人・茶屋四郎次郎の下で廻船業《かいせんぎょう》を営む、枡屋五郎兵衛に彼らを託す。

「そこまでのことを頼みたい……」

掃部は頭を下げた。

「なるほど、それはおもしろそうな」

出羽守は何やら生き生きとした表情になった。

「その、枡屋五郎兵衛というは何者じゃ」

「かつて堺の小西隆佐殿の許に五郎八《ごろはち》という者がいたのを覚えておりませぬか」

「うむ、覚えている……」

隆佐の使い走りをして吉利支丹の間を駆け回っていた頃、五郎兵衛は五郎八と呼ばれていた。

「そうか、あ奴が茶屋四郎次郎の許に……。隆佐殿も抜け目なき御仁よ」

出羽守は何度も頷くと、

「委細承知いたした。任せておけ」

あっさりと掃部の頼みを聞き入れた。

「忝《かたじけ》のうございまする……」

深く頭《こうべ》を垂れた掃部に、出羽守はいつものしたり顔で、

「礼など申すな。むしろよい話を持ってきてくれたものよ。考えてもみよ、千姫がいかな道筋を通って城を抜け出ずるかを予め聞いていて、連れ出すのが堀内氏久とくれば、千姫を助けるに手間はいらぬ。見事助け出した暁《あかつき》には、徳川から褒美《ほうび》がくだされるであろう」

まず己が利を伝え、

「さらに、豊臣家の忘れ形見をこの手で落ち延びさせるとはおもしろい。おれは徳川将軍家には義理があるが、どうも好きにはなれぬ。豊臣の血筋が絶えぬとあれば、いつか世に徳川を叩《たた》こうという気配が生まれた時、彼《か》の君を旗頭にいただいて、戦うこともできようものじゃ。その折は、またおぬしと共に槍を揮《ふる》いたい」

と、きたるべき争乱を願い、不敵に笑ったものだ。

武士の意地を貫いて、旧主の宇喜多家から離れ徳川方につき、津和野三万石に封ぜられて尚、

「おれはこれでよかったのか……」

という想いが、出羽守に取り付いていた。徳川家康は、故・太閤秀吉から、五大老筆頭として、遺児秀頼を託されながら、天下を簒奪したに止《とど》まらず、あれこれと言いがかりをつけて、豊家を滅さん

としている。出羽守は、棄教《ききょう》までして従った家康に対して、言いしれぬ不満を抱いていたのである。

五

こうして、明石掃部は大坂入城を果した。そして、そこからが真田大助と記憶を共有する、大坂の役の始まりであった。

だが、掃部も大助もその合戦に敗れた。

明石掃部の他にも、真田幸村、後藤又兵衛《ごとうまたべえ》、毛利勝永《かつなが》、長宗我部盛親《ちょうそかべもりちか》……。戦上手の武将が何人も城に入った。諸将は一様に掃部と同じく、戦国の世に忘れてきたものを取り返さんとしてこの戦にかけ、大いに奮戦した。

だが、若き豊臣秀頼にはこれらの将を使いこなせるだけの力が備わっていなかった上に、生母・淀の方とその取り巻きの迷走が、戦況を悪化させていった。

老獪《ろうかい》な徳川家康は、浪人部隊に苦戦し、なかなか城が落せぬとなると、形ばかりの講和に持ち込み、淀の方とその取り巻きを欺《あざむ》き、城の堀を埋めた上で再戦を果し、じわじわと大坂方の兵力を削《そ》いでいった。

大助の父・真田幸村以下、主だった将達は大軍相手に最期の意地をみせ、大いに敵を破りながらも次々と討死を遂げていった。

決戦の日。掃部は精鋭の騎兵三百を率いて船場に潜んだ。天王寺口《てんのうじ》で真田幸村隊、毛利勝永隊が敵を引きつけ、混乱させる隙に乗じて、敵の左翼《さよく》から迂回《うかい》して背後に回り家康の本陣を衝《つ》く――。

という作戦下にいたのだ。

それは幸村の発案であり、彼は勝永と共に、何段もの敵の備えを打ち破り、家康の本陣へ迫った。

この折の真田、毛利の両隊の奮戦は凄《すさま》じいものであった。

徳川方は、本多忠朝《ほんだただとも》が討死。小笠原秀政《おがさわらひでまさ》隊、保科正貞《ほしなまささだ》隊は粉々に蹴散《けち》らされ、両将は重傷を負い、秀政はその夜、こと切れた。

家康の陣は踏み荒され、家康自身も逃げ惑ったが、徳川方も圧倒的な兵力をもって懸命に防戦し、幸村は大軍に呑《の》み込まれ、あと一歩のところで玉砕。勝永も退却を余儀なくされた。これによって掃部は策略通りの進撃が出来なくなった。

それでも掃部は、毛利隊を追撃せんとする徳川方に突撃を敢行して、藤堂高虎《とうどうたかとら》隊を蹴散らし、越前《えちぜん》松平忠直《ただなお》隊を混乱させ、さらに越前隊の混乱で浮き足立つ、水野勝成《みずのかつなり》隊をも打ち破った。

いかに明石隊が精兵揃いだったかがわかる。

「徳川の大御所はどれに!」

掃部は大坂の市街を南に疾駆《しっく》したが、家康の影は見当たらず、やむなくその勢いをもってさらに南へ駆け抜け、戦場を離脱した。

彼は吉利支丹ゆえに自害が出来ない。その上にある使命を帯びていた。

掃部は関ヶ原に続いて再び逃げた。そうして堺に逃れた掃部は枡屋五郎兵衛の弁才衆に身をやつし、落ち延びる道を選んだのだ。

第三話　六文銭

一

浪福丸は、方々の島に寄り、夜泊しながらさらに西へ進んだ。

枡屋五郎兵衛は、現在、肥前平戸に本拠を置いていた。そこから九州の北海を通り瀬戸内に出て、徳川方の物資を大坂、堺方面に運搬する仕事に明け暮れていたゆえに、

「大坂の陣が落ち着きますれば、瀬戸内の島々でゆるりと珍しい物を求めとうござりまする」

と、茶屋四郎次郎に申し出て、その一方では密《ひそ》かに隠れ吉利支丹《きりしたん》勢力と繋《つな》ぎをとっていた。

船の上は吉利支丹にとっては解放された場で、時として〝主の祈り〟が唱えられた。

天にましますわれらの父よ
願わくは　御名の尊まれんことを
御国の来たらんことを
御旨の天に行わるる如く
地にも行われんことを

われらの日用の糧を　今日われらに与え給え
われらが人に赦すごとく
われらの罪を赦し給え
われらを試みに引き給わざれ
われらを悪より救い給え
アーメン……

真田大助は、失われた記憶を取り戻すことに努めていたが、夕凪《ゆうなぎ》を落陽が赤く染める頃《ころ》にこれを聞くと、妙に心が落ち着いて母を思い出した。

——今頃はどうなされているのか。ご無事であればよいが。

上方とその周辺では、豊臣方の残党狩りが激しく行われていよう。自分は死んだことになっているゆえ、母は夫と息子の死に、〝天晴《あっぱ》れなお働き祝 着《しゅうちゃく》に存じまする〟などと言いつつ、心の内でさぞ嘆き悲しんでいるに違いない。

思えば九度山に蟄居《ちっきょ》していた頃が、母にとって一番楽しかった日々ではなかったか。一度は共に大坂城へ入ったが、激戦を予期した父・幸村が、妻と娘を再び紀伊の伊都《いと》郡に潜ませた。

「ご武運を……」

その時の今生《こんじょう》の別れを覚悟した母の、凜《りん》とした姿に垣間見《かいまみ》える哀《かな》しさが、大助の目に焼き付いている。

真田幸村の妻にして大助の母・竹林院《ちくりんいん》は、既に紀伊・浅野《あさの》家の手の者に捕えられていた。命は助けられ剃髪《ていはつ》の上、娘のおかねの嫁ぎ先である石川貞清《いしかわさだきよ》の援助を受けて京で暮らすことになるのだが、この時の大助には知る由もない。

掃部と語らい戦話など聞くうちに、残酷な記憶が蘇《よみがえ》ってきて大助の心を悩ませたが、〝主の祈り〟を聞く度に気持ちが納まった。大助は、吉利支丹の気持ちがわかるような気がした。

その教えと天主を崇拝《すうはい》する者にとっては、禁教令を発し、棄教を迫り、意に添わぬとあればこれを迫害せんとする徳川将軍家は、正に魔王なのであろう。

その魔王は、太閤秀吉の遺児・秀頼をも締めつけ、あれこれと言いがかりをつけてこれを滅し、父・幸村も多くの真田の家来《けらい》達もこれに殉《じゅん》じた。大助にとっても憎むべき相手であった。

掃部が関ヶ原、大坂と、豊臣家への恩顧と吉利支丹解放のために戦に臨《のぞ》み、五郎兵衛と策を練ったという話は、彼の心を打った。

では、己が十六年の人生はどのようなものであったのか――。

父・左衛門佐幸村は、武勇智略に長《た》けた誇るべき武将であった。明石掃部とは歳も近く、父もまた太閤秀吉恩顧の武将として、徳川家康に対して終生敵愾心《てきがいしん》を抱いていた。

祖父・昌幸の代から、真田家は徳川家と争い続け、先日まで決戦が繰り広げられた大坂の役はその集大成といえるものであった。

冬の陣の折は〝真田丸《さなだまる》〟という出丸を設けて、徳川方の寄せ手を迎え撃って大いに悩ませた。

そして、夏の陣においては、天王寺口の戦で、家康の本陣に果敢に突撃を繰り返した。

軍勢の数において圧倒的優位に立つ家康を、

「もはやこれまでか……」

と、一時は切腹を決意させるまでに煮え湯を飲ませたのは天下の痛快事である。戦上手で知れた徳川家康をここまで追い詰めた者もいまい。

大助はそれほどの武将の嫡男《ちゃくなん》である。明石掃部が真田大助を大坂城から救い出したことは、せめてもの徳川家に対する抵抗であったかもしれない。

――だが、このおれは、それに値する武将なのか。

真田左衛門佐の嫡男といっても、物心ついた時は、紀州の九度山での蟄居を強《し》いられていた。祖父と父から、九度山では兵法を教わったが、所詮《しょせん》は耳学問で、まだ子供であった大助には、十分に理解など出来なかった。

祖父が亡くなり、その数年後に大坂で合戦が行われると、既に元服を済ませていた大助は、父に連れられて九度山を脱出し大坂城に入った。

――いよいよ自分にも、合戦で腕を揮《ふる》う時がきた。

その時は、難攻不落を謳《うた》われた大坂城の威容をまのあたりにして、誇らしいような、心躍るような想《おも》いに体が震えたのを覚えている。

冬の陣は、ただ夢中であった。

兵馬が駆け抜け、矢弾《やだま》が飛び交う中での戦闘は、恐ろしいものであったが、戦う武士の血が沸き立ち、うっとりとするほどの興奮を覚えたものだ。

十二月四日の戦闘では、五百の兵を率いて西の柵門《さくもん》を出ると、徳川方の松倉重政《まつくらしげまさ》、寺沢広高《てらざわひろたか》の隊へと襲いかかり、見事に打ち破った。

夏の陣では、やや戦に慣れ、道明寺の戦で首級《しるし》をあげた。

しかし、それらはすべて父・左衛門佐幸村の采配《さいはい》に従い出撃しただけで、自分はひたすらに敵と刀槍《とうそう》で渡り合うことに終始していて、将として兵を駆け引きさせたとはいえない。

最終決戦となった天王寺口の戦には、従軍させてもらえなかった。

それゆえ、伝説となった真田幸村赤備えの突撃がどのようなものか、己が目で見ていない。城にもたらされた敗報によって、その突撃が凄《すさま》じいものであったと知っただけのことなのだ。

「お前は城に残り、上様をお助けせよ」

幸村は徳川家を天下人と認めず、あくまでも秀頼を〝上様〟と呼んで大助にそう命じた。

山里丸の矢倉に続く土蔵《どぞう》には空井戸があり、その中に続く横穴は堀に続いている。まず土蔵に火を放ち空井戸の中に潜んで助けを待てば、きっと徳川方の何者かが落してくれると言うのだ。それが明石掃部との策謀であったことは初めて知ったが、

「たとえこの度の戦に敗れても、上様御存命とあれば、また徳川を討てるやもしれぬ」

それが真田幸村の存念であったのだ。

——だがあの日。おれは上様をお守りできなんだ。

かねての手はず通り、大坂城から千姫を脱出させた。秀頼を始め豊臣家の者達が山里丸に逃れ、爆発の陰で空井戸の中へ身を隠すという段取りも、豊臣家の臣・大野治長によって首尾よく進めら

れていた。

矢弾が降り注ぐ中、大助は空井戸の有無を確かめ、そこへの移動を言上したが、淀の方以下、秀頼を取り巻く者達は悲嘆に我を忘れて取り乱し、大助の進言がなかなか耳に入らない。

大助は、何とか秀頼を導こうとしたが、敵が撃ちかけた大筒に治長が負傷して、女達がさらに取り乱し、収拾がつかぬ間に仕掛けのための火薬に引火して、秀頼は爆死した。

——所詮はまだ子供でしかなかったのだ。

大助は自分を嘲笑《あざわら》った。

徳川家康を討つ肩助けも果せず、父から託された秀頼の命を守ることも出来なかった自分に、この先何が出来るのであろう。

記憶が蘇り、心身が落ち着きをみせると大助は悩み多き十六歳の青年に戻った。

自分の名も思い出せず、わけがわからぬまま波に揺られていたつい先日までを思えば、ありがたいことなのかもしれないが、九度山を出て大坂城に入ってからの日々は、まだ若い大助にとって、あまりにも刺激が強過ぎたといえよう。

海賊共と戦い、記憶を取り戻した時の勢はたちまち影を潜め、溜息《ためいき》ばかりをつき始めた大助の様子を見て、掃部はほのぼのとした笑顔を見せた。

老練な古兵には、若者の心の動きまでもが手に取るようにわかるのであろう。

二

「この身は何ゆえ生き長らえて、波に揺られ人目を憚《はばか》りながら生きているのか……。そんなことを考えているのかのう」

三日ばかりがたった朝。明石掃部は、その双眸《そうぼう》に強い光を宿して大助を見た。

真《ま》っ直《す》ぐで当を得た問いかけに、船縁《ふなべり》の垣立《かきだつ》にもたれて雲の流れを見ていた大助は、威儀を改めて、その目を掃部に移した。

「いかにも、その通りにござりまする」

大助は、掃部の瞳《ひとみ》に吸い込まれそうな安堵《あんど》を覚えつつ、心の内をさらした。

「我が真田一族は、勇猛《ゆうもう》にして智略に優れた戦上手で知られていたようでござるが、この大助にはさしたる武功も、才覚もござりませぬ。生き長らえたとて詮《せん》なきことかと……」

大助は、苦しそうに言った。

「そのようなことを申すではない。そなたを城内からここまで連れ出すには、これでなかなか手間《てま》暇《ひま》がかかっておるのじゃぞ」

掃部はにこやかに言った。

「それは、忝《かたじけな》く思うておりまする」

「自分のような者が生かされたとて、この先何ができよう。そう思うておるのじゃな」

「左様にて」

「確かに豊家は滅んだ。あの難攻不落と謳われた大坂城も落ちた。少し前までは思いもかけなんだ有り様を、そなたは間近に見てしもうた。徳川将軍家の力に恐れ戦《おのの》き、太閤殿下の御恩を受けた者共が、殿下の忘れ形見に矢を放ち、城に火をかける……。あってはならぬことが当り前のようにまかり通るのが世の中じゃ。そなたはそれを思い知らされた」

「いかにも。最早《もはや》、徳川の天下に揺るぎはござりませぬ」

「降参するしか道はないか」

「門様にとって信ずる道とは、吉利支丹を守ること。某《それがし》にはそのような大義がござりませぬ」

「大義はある」

掃部は言葉に力を込めて、

「まず、わしが何ゆえ大坂の役の折、戦場から逃げたかを話そう」

掃部は意外な話を持ち出した。

「逃げたわけではござりますまい。お味方が敗れ最早勝機がないと見て、退《ひ》かれただけと心得ておりまする。吉利支丹は自害ができませぬゆえ」

「自害はできぬが、討死はできよう。突撃に突撃を繰り返せば、あるいは徳川家康を討てたかもしれぬ……」

大坂夏の陣最後の決戦の折、掃部は滅びゆく者の美しさ、潔さを見るにつけ、魔に魅入《みい》られた。大坂方の名将が華々しく散っていく中、掃部は自らも、己が武勇を見せてやると、徳川家康の本陣を求めた。少しでも可能性があるならば、最後の一人まで戦い、首を討《う》たれるならば本望だと、滅びゆく武将の陶酔《とうすい》に襲われたのだ。

豊臣秀頼、真田大助、千姫の救出は既に手を打ってある。それが思惑《おもわく》通りに進むかどうかは天運に任せればよい。

「その時、わしの脳裏に、右大臣家のお言葉が浮かんだのじゃ」

前の右大臣・豊臣秀頼は、最後の決戦に臨んで自ら出馬すると言い及んだが、結局は生母・淀の方や、家康から秀頼の助命を餌《えさ》に籠絡《ろうらく》された側近の意に押され、城を出なかった。

しかし、掃部は秀頼から出陣に際して、特別に声をかけられていた。

周りからは、大坂方の大将格の一人である明石掃部への励ましに見えたが、その折秀頼は、珍しく掃部を従えて閲兵《えっぺい》を行いながら、このように囁《ささや》いたのだ。

「どうやら、我らに勝ち目はなさそうじゃ。真田左衛門佐は、討死を望んでいるのやもしれぬ。じゃがそちは死ぬでないぞ。この城が落ちたとて、余は死なぬ。何としても落ち延びて、徳川と戦うてやる。その時はそちが頼りじゃ」

秀頼は、いざという時の落ち延び方を、明石掃部が画策していることを知っていた。

掃部は、坂崎出羽守の名も、枡屋五郎兵衛の名も秘した上で、

「まず千姫様をお逃がし申し上げ、助命嘆願が叶わねば、山里の丸の矢倉に逃げた後、火薬に火を放ち井戸の中へ……」

それだけを側近の大野治長と、秀頼の側近くにいるようにと、真田幸村から命ぜられた大助には

伝わるようにしてあった。治長は、それを秀頼の耳にだけ入れていた。淀の方や女中達に報《しら》せるとどのように騒ぎ立てるかしれたものではないからだ。

秀頼はこの時、大坂城での暮らしに絶望を覚えていたのであろう。

ことあるごとに口を差し挟んでくる生母・淀の方。その威《い》をかりて城中に力を誇示せんとする女共、側近の家臣達……。

殊《こと》に淀の方は、故・太閤秀吉の寵愛《ちょうあい》深き人で、その母は織田信長の妹・お市《いち》の方《かた》である。華麗なる血脈が醸《かもしだ》す威風をもって、ひたすら自分に愛情を注ぐ母に、秀頼は逆えずにいた。

その優柔不断が、大坂を滅ぼそうとしている。

天王寺口・岡山の決戦で、たとえ真田、毛利、明石の軍勢が家康の首を取ったとしても、それは一時豊臣家の武門の意地を見せるだけのことであろう。

敵は既に、二代目の秀忠が将軍となり、雲霞《うんか》のごとき兵を擁《よう》しているのだ。どうせ、内堀、外堀共に埋められたこの城は、遅かれ早かれ落ちるものだと秀頼は達観していたのだ。

かくなる上は、母も城も捨て、己一人で豊臣の世を再びといつか旗を揚げん――。

と、秀頼なりに若者の情熱を燃やしたのかもしれない。

「豊臣と真田と吉利支丹。この三つが揃《そろ》えば、徳川を討てよう」

秀頼は囁く声に力を込めた。

「余はつくづくと考えさせられた。高山右近《たかやまうこん》、小西行長、明石掃部……。この国の真《まこと》の吉利支丹は、誰よりも信が置ける。さらに徳川に強い真田の者……。もう少し、千代《ちよ》が大きゅうなっていれば、すぐにでも大助に妻《め》あわせ、豊臣と真田の血を引く者を残せたものを……」

秀頼は繰り言のように語ったが、掃部にはそれが今の偽らざる秀頼の心の叫びに聞こえた。

秀頼は一通り閲兵を終ると、

「掃部、死ぬでないぞ」

もう一度、言葉に力を込めて掃部に告げた。

「今思えば夢を見ていたような……」

掃部は少しうっとりとして、その記憶を辿《たど》った。

吉利支丹を貫く者が、誰よりも信じられるという秀頼の想いは、掃部の心に突き立っていた。

豊臣と真田と吉利支丹――。

この三つが揃えば徳川を討てるというのも真に当を得ているではないか。関ヶ原でも大坂でも、奮戦も空しく負け戦に身を置く切なさに、自滅覚悟の突撃を続けんとした掃部は、かくしてその秀頼の言葉によって目が覚めたのである。

三

明石掃部に、大坂の役の話を改めて聞かされて、真田大助は驚きに目を見開いた。

何よりも、大助の心を騒がせたのは、秀頼が大助に千代姫を妻あわせようとしていたことだ。

千代姫は、秀頼が侍女であった成田五兵衛《なりたごへえ》なる者の娘に授けた子で、大坂城の外で育てられていたのだが、大坂の役が起こるに当って、大坂城に入った。

大助は、秀頼から度々、姫の遊び相手を命じられていた。大助が若年であるゆえと考えたが、千代姫は大助に懐《なつ》いていた。馬場で大助が抱えて馬に乗せたこともあった。

まだあどけない童女であったが、戸惑うほどに大きな瞳を大助に真っ直ぐに向けて、

「千代は大助殿のお妻様になりとうござりまする」

と、告げたこともあった。

やがて、冬の陣を迎える時。千代姫は再び大坂城を出て身を潜めたのだが、城を出る時、玉のような涙を流して大助に別れを惜しんだ。

その後、落城の折の誤爆で、大助は一時あらゆる記憶をなくしてしまったが、きらびやかな御殿で自分にあどけない笑顔を向ける、幼《いたい》けな姫君を何度も夢に見た。

やがて、海賊に浪福丸が襲われ、記憶を取り戻した大助は、夢に見たあどけない姫が千代姫であったのだと、切なさに胸が締めつけられた。千代姫は、秀頼から何度も、

「千代、そなたはいつか、あの真田大助に嫁すのじゃぞ」

と、耳打ちされていたのかもしれない。

——いや、きっとそうだ。そうに違いない。

落城の日のこと。山里丸へ避難する最中に、秀頼は確か、

「大助、そちに千代の話をいたさねばならなんだ」

そう告げたはずだ。

城を狙《ねら》った大筒が爆音をたて秀頼の声をかき消し、そのまま語る間がなかったのだが、あの時、秀頼はそれを伝えたかったのに違いない。

その千代姫は今頃どうしているのであろうか、或《ある》いは捕えられて命を奪われたやも知れぬ。

「わたしの妻に千代姫を……。右大臣家がそのような……」

大助は大きく息を吐いてしばし沈黙した。

豊臣と真田と吉利支丹――。

掃部は、秀頼と大助を無事に枡屋の船に乗せ、九州に落ち延び、いつか徳川と戦わんという想いに取り憑《つ》かれたのだろう。

「左衛門佐殿が、そなたを天王寺口の合戦に連れていかれなんだのは、こ度の戦は負けると覚悟をお決めなされたゆえじゃ」

「父も、右大臣家の想いを知っていたのでしょうか」

「聞かされていたに違いない。それゆえ自分が死ねば、後の夢を大に託そうとなされたのじゃ。いつかまた世に大乱が起こる日が来ると信じて」

「さりながら、わたしは、爺《じい》様や父のようにはとても……」

「いや、そなたの傍《そば》には、この明石掃部が付いておる。左衛門佐殿は、そなたが父と共に、華々しゅう討死を遂げるつもりでいるのをわかっておられた。それゆえ、自害ができぬ吉利支丹の明石掃部に、生きて大助を次の大戦に導くよう望まれたのじゃ」

あらゆる人の想いによって、自分は生かされている。そう考えると大助の四肢に力がみなぎってきた。

「そなたの大義は、生きてその日を待つことと心得よ」

「生きてその日を待つ……」

「豊臣と真田と吉利支丹。肝心の右大臣家を生かすことはできなんだ。さりながら、ここにはそなたとわしがいる。再び旗を揚げる日がいつになるかは知れぬ。じゃがそなたの親父《おやじ》殿も、同じような想いで、九度山に籠《こも》られたのではなかったかな」

武士には、男には、殺されても捨て切れぬ、こだわりというものがある。坂崎出羽守が大助を救ったのも、そのこだわりがあったからであろう。戦国を生きた武将たちがこの世にいる限り、いつかまた天下に風雲急を告げる日が必ず来る。

「その時にこそ、わしは悔やまれるこの十五年の歳月に決着をつけたいのじゃ……」

掃部は体の底から絞り出すような声で言った。

大戦が済むと戦国武将達は、大封を得て家勢を大いにあげる者、すべてを失い再起を図《はか》る者、武名をあげて散ってゆく者――。

色々な道に分かれる。そしてそれは紙一重のところで変わるものであるが、自分は大名の子息として絹の衣服を身にまとい、女官に囲まれ城に暮らす身よりも、このように世を憚りながら、来たるべき争乱に備え己を研磨する暮らしの方が幸せであると、大助は今素直に思える。

「門様、わたしはもう迷いませぬ。己が戦う運命を、まっとうしとうございます」

大助は、海を見つめながら力強く応《こた》えた。

雲の流れは次第に早くなっていた。

強くなった風は帆《ほ》を激しく叩《たた》き、波を高くした。

うねりに揉《も》まれ始めた船の上で、大助は精神を昂揚《こうよう》させ、掃部は笑顔でそれを見守る。

豊臣家が滅び去り、磐石《ばんじゃく》たる徳川の天下に、風雲急を告げる日は果して来るのであろうか。

第四話　兵法者

一

しばらく瀬戸内には梅雨空《つゆぞら》が続いた。

浪福丸はその間も休まず航行し、安芸《あき》の島々に寄り添うように進み、やがて周防灘《すおうなだ》に出た。

この辺りの沿岸は波が穏やかで、弁才船《べんざいせん》にはありがたい海域である。

右手に見える陸地は、毛利家の封土である。

かつて宇喜多家は、毛利家に屈したが、織田信長が羽柴秀吉をして中国攻めを開始せしめてから、織田方へと転じ、干戈《かんか》を交えた。

その後は、毛利家も秀吉に臣従し、共に織田信長亡き後の天下平定戦で戦った。

一時は百万石を超える所領を有していた中国の雄も、関ヶ原における敗戦によって、周防、長門《ながと》に押し込められて、三十数万石の大名となっていた。

「それでも、三十万石あまりの所領と家名が残った。いつかきっと毛利が徳川に、関ヶ原の仇《あだ》を討つ日が来る」

船の垣立《かきだつ》に寄り添い、明石掃部がしみじみとして言った。宇喜多家の滅亡が彼の心をさいなむ。

並び立つ真田大助が、大きく相槌《あいづち》を打った。

その後ろでは、河本小太郎《かわもとこたろう》という若者が澄まし顔で控えている。小太郎は、大助と同じ年恰好《としかっこう》で、枡屋五郎兵衛の奉公人であるが、元は武士ではないかと大助は見ていた。

船上で大助が、棒切れを手に弁才衆相手に武芸の稽古《けいこ》をする時も、この小太郎だけは筋が飛び抜けてよい。身軽でしなやかな体から繰り出す剣技は、太刀筋《たちすじ》がなかなか読めず、さすがの大助も手こずっていた。

年恰好が近いゆえに、大助は日頃《ひごろ》から小太郎には親しげに声をかけていたのだが、彼は、大助が真田家の若殿とわきまえているのか、いつも言葉少なに畏《かしこ》まるのであった。

「小太郎は、我が家に仕えていた者の子でのう。関ヶ原で敗れた後、父子共々五郎兵衛殿に預かってもろうたのだが、元は東信濃《ひがししなの》の出というから、そなたの家来《けらい》にどうかと思うておる」

ある日、掃部は大助に言った。

「某《それがし》の……」

大助は照れ笑いを浮かべた。所領とてない身が家来などとはおこがましかった。

「武将たる者は、いつの時でも家来がいる。なかなか使える男じゃぞ」

掃部は、大助の意図を推し量り、ニヤリと笑った。

それから、小太郎は大助の家来となり、嬉々《きき》として仕えたのである。

掃部から訓示を受け、己が天命を知った大助は一皮むけた感がある。物言いにも落ち着きが出てきて、家来を従える姿には十六歳とは思えぬ威風が漂っていた。

地図でさえもろくに見たことのない防長《ぼうちょう》の国が海の向こうに広がっている。
九度山に籠《こも》り、大坂城に籠り、限られた土地しか知らぬ大助は、日の本の広さを知り、江戸から遠く離れた本土の西端に位置するここでならば、

「いつか関ヶ原の無念を晴らさんと、毛利殿だけではのうて、島津殿も立ち上がる日が来るやもしれませぬな」

掃部の言葉が頷《うなず》けた。

周防灘は、やがて長門と豊前《ぶぜん》、秋津島《あきつしま》である本州と九州の海峡で尽きる。
海峡を抜けると一気に玄界灘《げんかいなだ》に乗り出し、平戸に向かいたいところであるが、浪福丸は表向き、時に湊《みなと》に立ち寄り商売をして戻ることになっていたので、下関《しものせき》に寄らぬわけにはいかなかった。

中国、朝鮮の船が大坂方面に向かうには、必ずこの湊を通らねばならないことから、下関は交易の湊として栄えていた。

どの湊でも枡屋五郎兵衛は信用があった。彼が湊を歩くと、下関に集まって来た商人達から次々と声がかかる。浪福丸には、五郎兵衛ならではのおもしろい品が積まれているとの評判が立っているからだ。竹細工、組紐《くみひも》、焼き物など、五郎兵衛が貧しい瀬戸内の島民達から買い集めてきた物ばかりなのだが、

「こんな物を買わされてござる」

と、彼が笑いながらその経緯《いきさつ》を語ると、聞いている方は何やら楽しくなってきて、つい自分も〝買わされてしまう〟のである。連中はがらくたよりも五郎兵衛の話を買うようだ。

「戯《ざ》れ言《ごと》を並べれば物が売れるとは、まったくもって楽な商いじゃ」

この日の五郎兵衛は、小豆島《しょうどしま》で手に入れた焼き物を二十個くらい見せて、

「これは見てくれが悪いが、焼き方に工夫があるそうな。なんでも窯《かま》で焼いた後、小屋の内へしもうておいたところ、窯の火が燃え移り、小屋ごと焼けてしもうた。それゆえ焼くのに銭が随分かかったとぬかすゆえ、仕方のう買《こ》うてやったというわけじゃ」

焼け跡から出てきた正しく〝焼き物〟を買わされた経緯を語ると、

「これはよい！」

集まってきた商人達は、大笑いしながらこぞってこれを買っていった。

弁才衆の中に交じって、この様子を掃部と大助も眺めている。

「武将には、あのような人を引きつける物言いもまたのうてはならぬ。命を落すやもしれぬ戦であったとて、兵がついてくるのは、この御大将の傍《そば》にいたいという強い想《おも》いがあってこそじゃ」

掃部が呟《つぶや》くように大助に言った。

「大の親父《おやじ》殿も祖父《じい》様も、えも言われぬおかしみのある御仁であった」

「某のような小童《こわっぱ》には、おかしみを身につけるのは、何よりも難しゅうございまするな」

大助は目を細めた。

五郎兵衛の周りには次々と人が集まってきて、四方山話《よもやまばなし》をしていく。

「おう、五郎兵衛殿か……」

声をかけたのは、五郎兵衛と同じ年恰好の竹若《たけわか》という荷船の船頭であった。

「おう、竹若殿か。近頃はどうじゃ。励んでおるか」

竹若は見るからに剽《ひょう》げていて、五郎兵衛は彼と気が合うのであろう。いかにも楽しそうに言葉を返した。

「それがどうもいかぬ……」

竹若はしかめっ面をしたが、それがまたおかしみに溢《あふ》れている。

大助は引きつけられて、二人の様子をそっと窺《うかが》った。

「いかぬとは、いかがいたした？」

眉《まゆ》をひそめつつも、五郎兵衛の顔は笑っている。

「まず、おれの船は、取るに足らぬ荷船じゃが、つつがのう務めを果してきた。それが近頃は、積荷が崩れて海に落ちたり、岩に船をぶつけたり、おかしなことばかりが起こる……」

「ほう、それはいかぬの。何かに祟《たた》られているのかもしれぬ」

「それよ、それよ」

「思い当たることでもござるか」

「恐らくは、巌流《がんりゅう》の祟りかもしれぬ」

「何じゃそれは」

「宮本武蔵《みやもとむさし》という近頃評判の兵法者がいてな。これに佐々木《ささき》巌流なる者が討たれたのじゃ……」

二

この海峡に、〝舟島《ふなしま》〟という小島が浮かんでいる。

慶長十七年（一六一二）。この島で、宮本武蔵と佐々木巌流なる二人の兵法者が果し合いに臨《のぞ》んだ。

大坂の役が始まる二年前のことで、世は徳川幕府の下で、束《つか》の間《ま》の泰平《たいへい》を謳歌《おうか》していたので、この果し合いは人目を引いた。

二人は刀術について論争となり、ついにはそれが果し合いに及ぶまでになった。

そうして決闘の場に選んだのが、この舟島であった。

結果は、宮本武蔵の勝利に終るのだが、その評判は、打ち倒された巌流に軍配があがっていた。

というのも、いざ約定通り、巌流が島へ渡ろうとした時、伊崎《いざき》の浦人《うらびと》が、

「武蔵は弟子を引き連れて島へ渡った由。多勢を相手には敵《かな》いませぬぞ」

と言って彼を引き留めた。

しかし巌流は、武士に二言はない、約定を破れば恥となると言って聞かなかった。

「武蔵が助太刀頼みでこの巌流を討ったならば、それは彼《か》の者の恥となろう」

巌流は覚悟を決めて島に渡ったものの、弟子四人の加勢を得た武蔵に討たれたという。

浦人達は巌流に武士の潔さを認めて、その墓を建ててやり、舟島を〝巌流島〟と呼ぶようになったのだそうな。

それでも、巌流の無念はこの世に残り、近頃では、航行する船へ代る代るに悪戯《いたずら》をすると噂《うわさ》されるようになったのである。

「兵法者が化けて船に悪戯をするというのも、何やら情けない話じゃな」

五郎兵衛はふっと笑った。

「そこが、佐々木巌流よ。時折はおれを思い出してくれというところがまた人らしくてよい」

「ははは、いかにも。だが、祟られる方はたまったものではないのう」

「命あるだけでもよいということじゃ」

五郎兵衛と竹若は高らかに笑った。

「宮本武蔵……」

大助は頭を捻《ひね》った。高名な兵法者なのであろうが、その名に覚えがない。それゆえ、まだ自分の記憶がすべて戻っていないのかと思われたのであるが、

「そなたが知るほどの者でもない。一城の主《あるじ》を夢見たようじゃが、所詮《しょせん》はただの剣術遣いよ」

掃部はあっさりとした口調で言った。

「門様はご存知で？」

「関ヶ原の折、わしの下で槍《やり》働きを、な」

「左様でござりましたか」

「美作《みまさか》に、新免無二《しんめんむに》という者がいてな。一時、宇喜多家に仕えておったのじゃが、これがなかなかの武芸達者であった……」

その無二の近在に住む百姓が、足軽働きに出て鉄砲玉を浴び、その息子が孤児となった。名を弁《べん》助《すけ》といって相当の悪童で喧嘩《けんか》も強かったから、

「刀術をやってみるか」

無二が内弟子にして育てたところ、弁助は剣の筋がよくめきめきと頭角を現わし始めた。

「おれは一軍の将となり、一国一城の主になってみせる」

戦国の世に生まれた若者が、何百何千と口にしたであろう野望を胸に、弁助は宇喜多家先鋒《せんぽう》の明石掃部隊に身を投じ関ヶ原で戦った。

「おもしろい男であった」

と、掃部は覚えている。

「御家老様、この弁助をお側《そば》に置いてくだされば、百人力でござりまするぞ」

などという口はばったい物言いにもどこか愛敬《あいきよう》があり、野を駆ける猪《いのしし》のように鍛えられた体は、いかにも屈強そうであった。

「うむ、頼もしき奴《やつ》よ。じゃが、その大口は、まず百人を倒してから申すがよい」

掃部がそう応《こた》えてやると、

「まず、ご覧じ候《そうら》え！」

弁助は、正しく猪のように戦場《いくさば》を疾駆《しつく》し、小早川の裏切りによって西軍が大混乱に陥《おちい》る中でも、

「何の、おれの槍を受けてみよ！」

と、前へ出た。

掃部はそれを見て、

「これは負け戦じゃ。お前はまだ若いゆえ、生きていれば望みが叶《かな》う日もきっとこよう。ひとまず逃げよ。よいか、死に急ぐでないぞ」

弁助に強く申し渡した。

弁助は、名将の誉れ高い明石掃部が己が身を案じてくれたことに感激した。

「ならば、御家老様のお供仕《つかまつ》りまする！」

勢い込んで殿軍《しんがり》を務める掃部の隊で槍を揮《ふる》ったが、そのうちに逸《はぐ》れてしまった。

「負け戦で乱れていたゆえに、若い弁助には殿軍をこなすのは難しかったと思うが、およそ兵の駆け引きなどできぬ男じゃ」

「それゆえ、兵法者として生きていこうとしたのでござりますな」

大助は、世に出んとして、方々で派手な果し合いをしてきたという宮本武蔵を思い、

「なるほど、おもしろい男でござりまするな。さりながら、その弁助なる者が、宮本武蔵となったのを、いつ知られたのでござる」

「かの大坂の役で、水野日向守《ひゅうがのかみ》の許《もと》にて出陣していたのを見かけてのう」

水野日向守は、〝鬼日向〟の名で知られる徳川家の武将である。諱《いみな》は勝成。戦上手で知られていて、掃部も夏の陣では道明寺で戦った。

水野隊が後藤又兵衛、薄田隼人《すすきだはやと》という大坂方の名将を討ち取り、さらに進軍をしたところに、真田隊と共に打ちかかり、これを後退させたのだが、その折に、

「我は宮本武蔵なり！」

馬上やたらと名乗りをあげる武士を見かけて興をそそられた。

水野隊は、後藤、薄田との戦闘に疲れていて、勢いは明石、真田隊にある。

――どこぞで見かけたような。

掃部は、宮本武蔵が気にかかり、

「参る！」

と、馬腹を蹴《け》ってこの者に槍を向けた。

「うむ……？」

宮本武蔵は、迫り来る騎馬武者を見て目を丸くした。彼にはそれが、あの日関ヶ原で、

「よいか、死に急ぐでないぞ」

と、自分を諭した明石掃部であるとわかったのだ。

武蔵は退《ひ》いた。

恐らく彼は、この戦場において明石掃部と槍を合わせることも、或《あ》るいはあるかもしれぬと思っていたことだろう。だが、実際にまのあたりにした時、何も出来なかった。かつての恩義を覚えたばかりではなく、掃部に言いようのない畏怖《いふ》を覚えたのであろうまた或いは、

「死に急ぐでないぞ」

という言葉は今もこの胸の内にしまってあると、その場から退却することで無言のうちに伝えたかったのかもしれない。

とにかく――。外でいかに気勢をあげていても、親に見つかった途端に大人しくなる悪童のように、武蔵は逃げたのだ。

――あの時の童《わっぱ》か。

掃部は彼が関ヶ原で配下にいた弁助であったと思い出した。

――大人になりよった。宮本武蔵などと、大層な名を名乗りくさって。

それ以前もその先も、掃部は宮本武蔵について詳しく知る由もなかったが、大坂夏の陣を経て、枡屋五郎兵衛に助けられ浪福丸に乗るうちに、宮本武蔵なる兵法者が刀術好きの武士の間では、なかなかに知られた存在であることを知った。

そして今、巌流島での果し合いを、下関で耳にしたのだ。

「道明寺の合戦には、某も出陣しておりましたが……」

大助は小声で、覚えていないと告げた。

「ふふふ、覚えておらずともよい。たかが葉武者《はむしゃ》一人のことじゃ」

掃部は取るに足らぬと頭を振った。

「太閤殿下はこう仰せになられた。刀や槍が使えずとも、知恵と度胸があれば、立派な大将になれるとな。宮本武蔵は、己に一軍の将になる才覚が備わっておらぬのがわかるゆえ、果し合いなどで名を揚げんとするのであろう」

「そうしてあわよくば一軍の将にならんと……」

「であろうな。おれはただの兵法者づれではない。それを世に見せつけんとして、大坂の役にも参陣したのであろうが、あ奴《やつ》が一軍を率いて戦うた評判はまるで聞かぬ」

「それでも、生きていれば望みが叶う日もきっとくるのではござりませぬかな」

大助は、掃部が若き日の武蔵に言ったという言葉を口にした。

掃部は苦笑いを浮かべて、

「あるいはそれを信じて生きているのかもしれぬな。武蔵に討たれた佐々木巌流とやらも、いずれは一軍の将となりたかったのかもしれぬが、果し合いで死ねばそれまでじゃ。卑怯《ひきょう》と言われても、勝った武蔵の方が名を残すであろう。だがそれも、一人の兵法者としてじゃ」

「戦なき世にあって、大も、一軍の将となれましょうか」

「なれる。そなたは生まれながらにして、その才が備わっておる」

「生まれながらに?」

「いくら精進を重ねたとて、なれるものではない。それが将たる者じゃ。そなたが千軍万馬を率いる姿を見てみたかったものじゃと、親父殿はそう思われていたであろうよ」

掃部の言葉に、大助がしんみりとした時、二人の向こうでは、荷の前で五郎兵衛と竹若が、声を張りあげて笑い合っていた。

三

浪福丸は、九州北側の沿岸を航行し、五日後に平戸の湊に着いた。

「ここはいったい……」

船を降りた時、真田大助は瞠目《どうもく》した。まるで異国へ来たような心地がしたのである。

肥前平戸島の東岸にある湊は、南蛮《なんばん》貿易が盛んで、かつて近隣諸国に恐れられた海賊・松浦党《まつらとう》の拠点として、名高い。

そのような土地柄、湊町として大いに栄え南蛮風の町並が方々で見られる。枡屋が店を構える近辺は、まるで唐《とう》の国《くに》に来たような中華風で、町を歩くとどこからか、胸の内を締めつけるような切ない胡弓《こきゅう》の音色が聞こえてくる。

大都大坂と、大坂城の神が住むがごとき宮殿を知る大助も、これにはすっかりと目を奪われた。

枡屋は、茶屋四郎次郎の出店《でだな》としての機能を有していて、一際大きな店構えであった。

大きな土間に続く広間は応接用で、立派な唐風の椅子《いす》に腰をかけ、中国の海賊貿易商人達と渡り合う五郎兵衛は、方々の湊で商人相手に軽口を叩いていた様子からは測ることの出来ぬ威風を漂わせていた。

枡屋の信用はこの辺でも確《しか》としたものだ。しかも奉公人ひとりひとりが五郎兵衛の吟味を受けた者で、下男下女に至るまで文武を身につけている。

しかも、皆が吉利支丹であった。

日の本の西端に位置する肥前国の島である。日増しに強まる禁教の波もここでは緩やかで、南蛮人に紛れ、公然と吉利支丹を自任する者もいる。

それでも五郎兵衛は、ここでも吉利支丹であることを他人には一切見せず、どこまでも徳川将軍家の方針に従順な態度を見せて、決して気を緩めなかった。

礼拝をする折は、数人で地下蔵へと入り、仏事を装い礼拝をした。いつかこの国で吉利支丹が認められ、クルスを首にかけ大手を振って歩ける日がくるまでは、少しの抜かりがあってもならない。その日がくる前に、吉利支丹が滅んでいては元も子もないのだ。

彼の日々の努力によって、明石掃部と真田大助は生かされている。


浪福丸の航海に紛れての大坂脱出はひとまず終った。

掃部と大助は、しばらく平戸で枡屋の奉公人として時を過ごすことになった。

主の五郎兵衛も、しばらく留守にしていた平戸に落ち着き、そっと二人を見守った。

掃部と大助は、枡屋の蔵番としてひっそりと過ごした。初老にさしかかった赤木森右衛門と、大坂の役に参戦した後、負傷して枡屋に奉公を決めた若き六車大蔵の姿は、

「父子のようだ」

と、枡屋出入りの者には頬笑《ほほえ》ましく映っていた。

掃部はここで時を稼ぎ、大坂の役が終った後の趨勢《すうせい》を見極めんとした。

五郎兵衛が所有する船が湊に戻るたびに、その船頭によって上方の情報が持ち込まれた。

豊臣秀頼の庶子・国松《くにまつ》は落城に先立って城を出て潜伏していたのだが、掃部の願いも空《むな》しく捕えられ処刑されたという。大助にとって思い出深い千代姫も同じく捕えられたが、千姫の取りなしで、仏門に入ることで命は助けられたという。

そして、大坂方で捕えられた武将達は、次々と処刑され、姿を消した明石掃部については、厳しく探索が続けられているという。

まずほとぼりを冷ますしかない——。

掃部は大助と共に、辛抱強く平戸で時を過ごした。

異国情趣溢れるこの湊での暮らしは物珍しく、すぐにその年は明けた。

元和《げんな》二年（一六一六）となり、徳川家康が鷹狩《たかがり》の最中に倒れ、病状が思わしくないとの報《しら》せが入った。

真田大助の祖父・昌幸、父・幸村が戦い、武名を揚げた敵・家康も、既に齢《よわい》七十五であった。

豊臣家を滅したという安堵《あんど》からであろうか、すっかりと体力が落ちたそうな。

そして四月となり、家康が死んだという報せが入った。

戦国の時代がまたひとつ終った——。

家康打倒を大きな目標に掲げてきただけに、掃部と大助はやり切れぬ想いに襲われたが、

「そなたの親父殿とて、大坂城へ入るまでには十数年の時を費しているのじゃ。今はまだ雌伏《しふく》の時と心得よ」

掃部は、自分に言い聞かせるかのように大助を励ました。しかし、その後も、平戸にもたらされる報せは、戦国の終焉《しゅうえん》を告げるものばかりで、掃部と大助は時代から取り残されていく。

「坂崎出羽守に不穏の動きあり」

家康の死後、届いた報せもそのひとつであった。

第五話　千姫

一

「おのれ、将軍家め、このおれを侮《あなど》ったか……」

坂崎出羽守は、徳川家康が死んで以来、憤懣《ふんまん》やる方なき日々を送っていた。

この男がいきり立つのは珍しいことではない。

以前、出羽守の家臣を殺害して出奔《しゅっぽん》した宇喜多左門《さもん》を、宇和島《うわじま》の大名・富田信高《とみたのぶたか》が匿《かくま》った時などは、一戦に及んでもという勢いで左門の引き渡しを求め、遂には幕府に訴え出て将軍・秀忠を辟易《へきえき》させた。

ただでさえ、面倒がられている出羽守が、将軍家に対して怒り狂っているとは、真《まこと》に不穏で畏《おそ》れ多いことであるのだが、その原因は秀忠の娘・千姫にあった。

かつての盟友・明石掃部に男と見込まれて、大坂城落城の折、真田大助を密《ひそ》かに助け出した出羽守であった。そして、それに先立って、予《かね》てより掃部から聞かされていた千姫脱出の段取り通り、堀内氏久に護《まも》られた千姫を無事に秀忠の許《もと》に送り届けた。

この時、千姫の祖父である家康は大喜びをして、

「出羽守、大儀であった。無事に姫が戻ったは、そちの手柄よ。何か褒美《ほうび》をとらそう」

と声をかけた。

出羽守は、家康の喜びようが嬉《うれ》しくて、

「ならば姫を倅《せがれ》の妻に頂戴《ちょうだい》いたしとうござりまする」

と、申し出た。彼は護送中に、千姫の器量、立居振舞の美しさにすっかり魅せられたのだ。

「ははは、そちの倅の嫁にのう」

家康は、その場の戯言《ざれごと》と捉《とら》えて、ただ笑いとばしたのだが、出羽守はそれを許しが出たものと捉えた。五万石に充《み》たぬ大名が、まったく小癪《こしゃく》な物の考えようであるが、

「後家となった娘をもらい受けるに、我が家に何の不足があるものか」

と、出羽守は思っている。家康の勧めで、宇喜多から坂崎と改姓したが、備前の名流・宇喜多家は、秀家が八丈島に流された今、その血を受け継ぐのは我が家だけなのだという自負もあった。

当然話はこじれたのである。

二

将軍・秀忠は、千姫の嫁ぎ先を譜代の家臣・本多忠刻《ただとき》に決めた。

忠刻は、徳川四天王の一人で戦国時代きっての名将・本多忠勝《ただかつ》の孫である。

忠勝が隠居した後、家督《かとく》を継いで桑名《くわな》で十万石を領する父・忠政《ただまさ》と共に、大坂の役にも出陣。

本多家の名に恥じぬ若武者で、しかも眉目秀麗《びもくしゅうれい》ゆえに、話が持ち上がるや、

「千姫様と平八郎《へいはちろう》（忠刻）殿がお並びになると、内裏雛《だいりびな》のようではないか」

誰《だれ》もがそのように噂《うわさ》した。

その噂は、すぐに出羽守の耳にも入った。彼にとっては寝耳に水である。

「そんなはずはなかろう」

この男のことである。性急に訊《たず》ねて回った。

それが、秀忠の兵法指南役である柳生宗矩《やぎゅうむねのり》の知るところとなり、

「大御所が何と仰せになられたかは知らぬが、姫の婚儀は将軍家がお決めになることであろう」

かねてから出羽守と懇意にしていた宗矩は、まずこれを諌《いさ》めた。

「将軍家じゃと？　おれは大御所恩顧の者じゃ。大御所のお声がかりが、何よりのものじゃ」

出羽守は憮然《ぶぜん》として応《こた》えたが、宗矩が訪ねてくれたことには素直に喜んで、

「とはいえ、その大御所が身罷《みまか》られては、言うていくところがのうて困る」

と、本音を覗《のぞ》かせた。

「大御所と将軍家の間に、何かと行き違いもあったはず。そこは了見いたさねばなるまい」

「いや、おれが大御所に、倅の妻に頂戴いたしたいと申し上げた折、将軍家は頷《うなず》いておられた」

「人には思い違いとてあろう」

宗矩は辛抱強く出羽守を宥《なだ》めた。

出羽守は、当代一の剣の遣い手と言われる宗矩には一目置いている。その男の自分への好意を覚

えると、少し気分も落ち着いたのであろう、

「元より、おれのような外様《とざま》の小大名に、将軍家の姫を下さるとは思うておらぬ。だが、それならばそれで、出羽守、この度のことは思うところがあるによって忘れてくれと、ただ一言申しつけて下さればよいではないか。おれも倅も、少なからず恥をかいたのじゃぞ」

怒りを愚痴《ぐち》に変えて、訴えるように言った。

「上様とて御用繁多《ごようはんた》じゃ。大御所が身罷られてからは、息つく間もない。某《それがし》は上様の剣術指南を仰せつかる身ゆえようわかるが、このところは木太刀を手にする間もないとお嘆きじゃ」

宗矩は嘆息してみせた。

「それは、お察しいたすが……」

出羽守の勢いがさらに落ち着きを見せ始めた。

「上様におかれては、貴殿には既に伝えていたとお思いなのかもしれぬな……」

ここぞと宗矩は、軽やかに笑いながら小首を傾《かし》げてみせた。

「なるほど、そのようなことやもしれぬな……」

この辺りは出羽守も人が好《よ》い。友の言うことに素直に頷いた。

「そのうちに御沙汰《ごさた》があろう。騒ぎ立てず、待っていればよいわ」

「左様じゃな。貴殿は上様のお側《そば》近くにいることが多い。様子を窺《うかご》うてはくれぬか」

出羽守もついに折れた。

「心得た。それゆえ騒ぐでないぞ。騒げば柳生が辛《つろ》うなると、思うて下され」

宗矩にそんな風に言われると、出羽守も引き下がるしかなかった。

「出羽守、許せ！　あの折のことは、余も確と覚えておらなんだのじゃ」

などと、将軍・秀忠が笑いとばしてくれたら、出羽守の面目も立つ。何よりも、宗矩の顔も立てねばなるまい。出羽守は、宗矩の言葉をありがたく聞きいれたのである。

三

「上様には、貴殿の存念をそれとのうお耳に入れた。まずそのうちに御沙汰もあろう」

数日後。宗矩は出羽守にそう告げると、所領へ戻らねばならぬと江戸を離れた。

「忝《かたじけな》し……」

出羽守は、宗矩に謝し、沙汰を待ったが将軍家からの使いは一向に現われなかった。

宗矩を信じる出羽守は、秀忠が話を聞きながら打ち捨てているに違いないと思い始めた。

すると、将軍家が出羽守を、身のほどをわきまえぬ奴《やつ》と、嘲笑《あざわら》っているとの噂を聞いた。

「おのれ、何たる恥辱じゃ。たとえ将軍家とて黙っておらぬぞ！」

出羽守は、怒り狂い、江戸屋敷にいる家来を武装させ示威行動に出た。

坂崎屋敷に不穏な動きあり。この風聞はまたたく間に広がった。ここにおいて、将軍家の謀臣《ぼうしん》・本多正純《まさずみ》は、配下の者を屋敷に遣わし、出羽守を詰問《きつもん》させた。

このようにでもいたさねば、自分の言い分をお聞き下されぬゆえの方便である――。

使者がきたらそう言ってやろうと思っていた出羽守であったが、

「上様におかれましては、坂崎出羽守殿に謀反《むほん》を企てるほどの気概もなかろう。子が親に物をねだるがごとく、むずかっているのであろうとの仰せにござるが、いかに……」

居丈高《いたけだか》な使者のあまりの物言いに、怒りで目の前が暗くなった。

「謀反を企てる気概もないとな……」

出羽守は、鋭い目で使者を睨《にら》みつけた。瞬時に捨て身になれるのが、出羽守の身上である。

「気概があるかどうか、この場で試してみるか……」

言うや否や、鴨居《かもい》の上に架けられた朱塗りの槍《やり》をとって、使者の喉元《のどもと》に突きつけた。

使者は、才子面《さいしづら》をしたくだらぬ官吏である。百戦錬磨の出羽守の形相に戦慄《せんりつ》した。

その情けない姿が却《かえ》って出羽守の気力を萎《な》えさせたが、何か言わぬと収まりがつかなかった。

「ふん、おのれを血祭にあげたとて、槍が錆《さ》びるだけよ。同じ気概を見せるなら、そうよの、千姫の輿入《こしい》れが控えていると聞いたが、その行列を襲い、姫を約定《やくじょう》通り頂戴するのもよいのう」

嘲笑いつつ、脅しつつ言い放った。

「な、何と申される……。正しく謀反の企みこれあり。ゆめゆめ後悔めさるな……」

使者は転がり出るように、坂崎邸を出た。

出羽守は、その奴の後ろ姿を見ながら高らかに笑った。そしてさすがにこのままでは済まぬであろうと観念したか、唖然《あぜん》として見守る家来達に、

「これまでよう仕えてくれたな。これより先は、皆、自儘《じまま》にいたせ……」

ぽつりと言った。

戦国の世は終り、自分のような男が頼みに思われる局面もなくなった。それでも言いたいことも言えずに身を守る暮らしなどに、何の楽しみがあるのだ。

「四万三千石か……」

城も所領も打ち捨てて、自分も助けた真田大助と共に、あの船に乗ればよかった。

出羽守の胸の内にそんな想《おも》いが去来する。

――千姫の行列を襲ってやるとは、おれもよう言うたものよ。

出羽守は、奥座敷の中央に陣床几《じんしょうぎ》を置かせ、朱塗の槍を小脇《こわき》に抱えどっかと腰を下ろした。

不思議と、誰一人として屋敷を出ていかずに、いざとなれば主君と共に、天下の兵を相手に一戦仕《つかまつ》る気構えを見せている。

「おかしなものよ。負け戦と知っていながら、このたわけた主《あるじ》と共に死なんとは」

出羽守の目頭が熱くなった。

屋敷の周囲をひしひしと軍勢が囲んでいると、小姓《こしょう》が伝えた。使者を追い返し、千姫襲撃を宣した坂崎出羽守に将軍家が、早速、討伐軍を派遣したようだ。

「将軍家め。端《はな》からおれを潰《つぶ》してやろうと企みよったな……」

出羽守は、ふっと笑うと槍の石突きでとんと床を鳴らした。

そこへ、将軍家からの使者として柳生宗矩がやって来た。

「左様か。よい間で来よるわ。これへ通せ……」

大和《やまと》の柳生へ戻ると言っていたが、そうではなかったようだ。出羽守を避けたのに違いない。

秀忠は、出羽守が必ず騒擾《そうじょう》を起こすと見て、宗矩を側《そば》近くに置いていたのであろう。

「くれぐれも騒がぬように申し伝えたというに……」

宗矩は開口一番、無念の形相を向けてきた。

「雑作《ぞうさ》をかけた……」

出羽守は槍を置き、脇差《わきざし》を帯びただけで、丁重に向き合った。

実に静かな物言いに、宗矩は心を打たれ、

「上様に置かれては、天下泰平の折に、御上《おかみ》を恐れぬ不届きな振舞、断じて許されぬ。だが、これまでの働きに免じ、坂崎出羽守一人の切腹で済ませよう、との仰せじゃ」

秀忠は、出羽守一人が腹を切れば、坂崎家の本領安堵《あんど》、家中の者達も、出羽守の息・平四郎《へいしろう》の下でこれまで通りにすると言っているらしい。

「左様か……」

出羽守は自嘲《じちょう》の笑みを浮かべた。本領安堵などまずあるまい。出羽守が腹を切った後、あれこれ理由をつけて改易にするのは目に見えている。

——だが、命ばかりはとらぬであろう。

息子の平四郎、重行《しげゆき》は凡庸《ぼんよう》である。御上も二人を気にするまい。生きていれば、大名の子息という煩《わずらわ》しさからも逃れて、それなりに暮らしていくであろう。家来達もまたしかりである。

「委細承《うけたまわ》った。他ならぬそなたが御使者じゃ。この場で腹を切ってみせたいところじゃが、それもいささか業腹じゃ。しばし刻《とき》を頂戴し、敵《かな》わぬまでも一戦仕るかどうか、思案をいたしたい」

出羽守はニヤリと笑った。

「畏まってござる」

宗矩は、死を覚悟した友に惜別の笑みを贈った。

「とは申せ、天下泰平とは笑止なことよ。我ら武家は、戦あってこそじゃ。将軍家は最早《もはや》、徳川に弓を引く者などおらぬと思うておいでかもしれぬが、それはどうであろうかのう……」

出羽守の顔には不敵な笑みが浮かんだ。明石掃部、真田大助の面影が脳裏をよぎったのだ。

宗矩は相槌《あいづち》を打った。

「戦があっての武士か。某は、戦なき世の剣のあり方を求めていきたい」

「そなたには、求めるものがあってよいな……」

「しからば御免」

二人は今生《こんじょう》の別れを互いの心に告げたのである。

四

坂崎出羽守は、一族、郎党に別れを告げた後、腹を切らんと奥座敷へと入った。

最早、使い道がないと断じられた身だ。この世に未練はない。

ふと庭を見ると、白菊が咲いている。

「そういえば、白い花を摘んだことがあった……」

それは天主の教えに帰依《きえ》していた時であった。

「聖父《ちち》と聖子《こ》と聖霊のみ名において……アーメン」

出羽守はあの日大事にした言葉を呟《つぶや》いた。

何ゆえに棄教したのであろう。吉利支丹大名で名高い高山右近は、禁教に従わず、堂々としてこの国を出て、マニラへ渡ったという。同じ逆うなら、その方が美しかったかもしれぬ——。

出羽守は、しばらく白菊を愛《め》でてから、家来をその場へ呼んで、

「我が首を落せ……」

と、静かに命じた。

元和二年（一六一六）九月十一日。坂崎出羽守直盛はこの世を去った。

彼が思った通り、坂崎家は改易となり、息子達は助命され、僅《わず》かにその命脈を守った。

柳生宗矩は、出羽守追悼の意味で、彼の〝二蓋笠《にかいがさ》〟の紋を、〝柳生笠《やぎゅうがさ》〟として後の世に残した。

明石掃部は、出羽守の訃報《ふほう》を平戸で聞いた。その死に様を知り、

「いかにもあの男らしい」

と、にこやかに頬笑《ほほえ》んで、十字を切って天に祈った。

死に際しても逆って、吉利支丹は自害はせぬものだと、棄教を翻意《ほんい》したのであろう。

さて、出羽守が滅ぶ原因となった千姫は——。

豊臣秀頼の庶子・千代姫を助け、鎌倉《かまくら》尼五山の東慶寺《とうけいじ》へ入れた後、無事に本多忠刻に嫁した。

その翌年。忠刻は、父・忠政に従い播州《ばんしゅう》姫路《ひめじ》城へと入った。その折、父の十五万石とは別に、新地十万石を与えられた。

若き武将は剣術に精を出し、日々体を鍛えたのだが、彼が師事したのが宮本武蔵であった。

武蔵は、大坂の役の折に、水野勝成の客分として戦に加わっていたのだが、その縁で勝成の武者奉行・中川志摩之助《なかがわしまのすけ》の三男・三木之助《みきのすけ》を養子に迎え、これを忠刻に推挙したという。

そうして宮本三木之助は、本多家に小姓として仕えた。同じくこの噂を平戸で聞いた掃部は、

「武蔵め、励みよる」

何とかして一軍の将とならんとする抜け目なさに感心したが、相変わらず武蔵への評価は、

「あ奴には、兵法指南が似合《にお》うている」

と、素っけなかったのである。

しかし、掃部が関《かかわ》ってきた人々は、思わぬところで結び付き絡みあっていた。やがてこの縁が、大きなうねりとなって掃部と大助の前に現われることを、今は平戸にいる二人が知るには、まだかなりの月日を要するのである。

第六話　天草

一

源平《げんぺい》合戦の折から、落人《おちうど》が九州を目指すのは、この地が神秘と豊穣《ほうじょう》と猛々《たけだけ》しい風土に包まれているからであろう。かの足利尊氏《あしかがたかうじ》は、鎌倉幕府を打ち倒し、建武《けんむ》の新政に功をあげたが、その後下野し九州に落ち延び、ここで勢力を挽回《ばんかい》し室町《むろまち》幕府を築くに至る。

平戸へ落ち延びた明石掃部は、大坂の役のほとぼりが冷め始めた元和四年（一六一八）に、真田大助を連れて肥後国天草《あまくさ》へ移り住んだ。

かつて天草は、肥後南半国を領していた吉利支丹《きりしたん》大名・小西行長の所領で、吉利支丹の里であった。行長亡き後は、唐津《からつ》城主・寺沢広高の飛地となったが、小西家の旧臣が数多く帰農《きのう》して有力な百姓になっていた。飛地でありいくつもの島々によって形成される天草は、禁教令の中密《ひそ》かに吉利支丹として過ごすには、恰好《かっこう》の地であった。

大矢野島《おおやのじま》に着くと、この島の大百姓・千束善右衛門《せんぞくぜんえもん》がいそいそとして二人を迎えた。善右衛門は小西家旧臣で、以前から明石掃部と気脈を通じていた。

「お久しぶりでござりまするな」

善右衛門は、懐かしそうに掃部を見ると、大助に目を移し、

「このお方が……」

「いかにも、そなたの倅《せがれ》じゃ」

大助は、恥ずかしそうに善右衛門を見て、頭を下げた。

小西行長が肥後宇土《うと》城主であった頃《ころ》、善右衛門は妻を亡くした後、宇土の屋敷に仕えていた女中との間に子を生《な》したが、生後すぐにこの子は母と共に死んでしまっていた。善右衛門は大助を天草に迎えるにあたって、その子が生きていた体《てい》にしたのだ。これにより、坂崎出羽守旧臣で枡屋五郎兵衛に預けられたという六車大蔵は、弁才船《べんざいせん》での航行中に海難で死んだことになった。

「真田様の御子息をかりそめにせよ、倅と呼ぶは心苦しゅうござりまするが、方便のためとお許し下さりませ。これよりは千束大三郎《だいさぶろう》、と名乗ってくださりますよう……」

「そのように畏《かしこ》まった物言いではのうて、倅に話すように願います。以後はこの大三郎、大矢野《おおやの》松右衛門《まつえもん》殿共々、よしなに願いまする」

大助は大人びた表情となり、ニヤリと笑って掃部を見た。

明石掃部は、枡屋の弁才衆・赤木森右衛門から大矢野松右衛門となった。

本当の大矢野松右衛門は、千姫の婿・本多忠刻の叔父《おじ》・忠朝の家来で、大坂の役の折に致仕し、旧主への遠慮から古里《ふるさと》であるこの地に戻って隠棲《いんせい》した。ところが不運にも、天草へ来た途端に、松右衛門は戦場《いくさば》で受けた傷が悪化し、帰らぬ人となった。

松右衛門の帰郷に一役買っていた善右衛門は彼の死を秘し、掃部が松右衛門に成り済ますことで、

天草へ迎え入れようとした。二人の年恰好《としかっこう》は同じで、実によく似ていたからだ。

「ならば大三郎、参るとするか。松右衛門殿、今宵は我が屋敷に、懐かしい者共が集いますゆえ、楽しみにして下され」

善右衛門は楽しそうに告げると、二人を案内した。名高き吉利支丹大名であった明石掃部を迎え、方便とはいえ真田大助を息子とする善右衛門は、喜びに活気付き、五、六歳は若返ったように見えた。

これに河本小太郎が嬉《うれ》しそうに従う。枡屋五郎兵衛の許《もと》で弁才衆の一人として奉公していた小太郎は、真田大助の家来として天草にもついてきていた。これよりは、千束善右衛門の家人として、その屋敷で働くことになっていた。

その夜は千束屋敷でささやかな宴《うたげ》が催された。表向きは長く離れて暮らしていた倅・大三郎の歓迎であったが、善右衛門はちょっとした悪戯心《いたずらごころ》を起こした。客である吉利支丹にして小西家旧臣の同志である、大江源右衛門《おおえげんえもん》、森宗意軒《もりそういけん》さらに庄屋《しょうや》の渡辺伝兵衛《わたなべでんべえ》には二人の到着を報《しら》せず、大助を自分の子として迎えることもまだ話していなかったのだ。

源右衛門、宗意軒は、掃部と大助に会ったことがある。

特に森宗意軒は、朝鮮の役の折に、小西行長軍の荷を運ぶ船で船頭を務めたものの、船が難破して南蛮《なんばん》船に助けられ、方々異国に渡ったというおもしろい経歴を持つ男であった。

そして、日本に戻ってみれば、既に小西行長は刑死していて、その無念を晴らそうと高野山《こうやさん》に潜伏し、何と九度山から大坂城へ入った真田幸村の軍勢に身を投じたのだ。

つまり、大助とは共に戦った間柄なのだが、すっかりと大人になり面構えも変化を見せた大助と顔を合わせても、初めの内はそれと気付かず、

「こなたが、善右衛門殿の息子とな……。いや、どこぞで会《お》うたような気がいたすが……」

と、首を傾《かし》げた。善右衛門から話を聞かされていた大助は、森宗意軒のことを覚えていて、

「お久しゅうござる。大坂城の出丸でお会いしましたな……」

惚《とぼ》けた顔で宗意軒を見た。

「な、な、何と……！　若様、最早《もはや》お着きでござったか。善右衛門殿もお人が悪い」

宗意軒は目を丸くして、一座の笑いを誘ったものだ。

庄屋を務める渡辺家は、大矢野の土豪の出で、小西行長領となってより敬虔《けいけん》な吉利支丹となり、禁教令後は、庄屋として吉利支丹を取締まる立場をうまく利用して、潜伏吉利支丹を助けている。

当主の伝兵衛は、歳《とし》が三十半ば。精悍《せいかん》な顔は日に焼け、いかにも頼りになりそうだ。

彼にとって吉利支丹の信仰は、最早肉体のひとつとなっている。棄教を装っても、

「いつかこの島に吉利支丹の寺を建てたい」

その想《おも》いは切れることなく、明石掃部と真田大助を匿《かくま》うに当っては、千束善右衛門に諮《はか》り手を尽くした。血気盛んな当代の庄屋は、心の奥底にこの二人の武将を前に立て、聖なる戦いを起こす決意を秘めている。

それゆえに、彼は掃部、大助を前に興奮気味であったが、

「ここは御二方にとってよいところでござりまする」

と、天草の解説を始めた。

寺沢家は、天草統治のために富岡城《とみおかじょう》を築き、ここへ城代を送り込んでいたが、城があるのは下島《しもしま》の北西の半島の先で、掃部と大助が住む大矢野島とは、さらに上島《かみしま》を挟んで離れている。

それゆえ、大きな監視にさらされることもないし、領主・寺沢広高は、かつて吉利支丹であり、小西行長とも親交があったから、小西家旧臣には理解がある。

今は領民に厳しく棄教を迫るようになったものの、小西家旧臣の働きぶりには満足していて、潜伏吉利支丹を暴き出すほどの圧政は加えなかったので、島は平和であるというのだ。

「ここで、じっくりと力を蓄えて天下に比類なき御大将にお成りくださりませ」

善右衛門の言葉に、天草の古老達は大きく頷《うなず》いた。

「早速、明日から、大殿《だいどの》には鞍馬山《くらまやま》の牛若丸《うしわかまる》のような暮らしが待っておるぞ」

掃部が期待を込めて言った。

「望むところにござりまする」

生まれ変わった大助は、千束大三郎と名乗り、島地での新田開発に励む傍ら、農耕馬で密《ひそ》かに馬術を鍛え、山に入っては若い百姓達と武芸の稽古《けいこ》に励んだ。

百姓といっても、この辺りの連中は武士の出が多く、九州の強兵となれる血統を有していた。

島民の潜伏吉利支丹の中で、大三郎がかの真田幸村の忘れ形見であることを知る者は、善右衛門とほんの数人の長老だけであったが、誰《だれ》もが千束大三郎に一目置いた。

善右衛門が、この息子と長く離れて暮らしていたのには、それなりの理由があったのであろうと思えるほど、大助にただ者ではない才気と品格を一様に認めたのである。

それは、大矢野松右衛門となった明石掃部も同じなのだが、吉利支丹達は、この二人の存在を、自分達をしいたげられた暮らしから、日の当るところに導いてくれるメシアのように感じていた。

大助は島を駆け巡りながら一日、また一日を過ごして大人になった。

九州の温暖な気候と、武を尊ぶ風土が、大助の体を筋骨隆々たる逞《たくま》しいものに変えた。

夜になれば、千束屋敷に大矢野松右衛門こと明石掃部、大江源右衛門、森宗意軒といった面々が集い、かつての合戦話を物語り、その時の反省を論じ合った。

「あの時の戦は、退《の》き際《ぎわ》が遅れてござる……」

「やはり鉄砲は、一気に撃ち白ますのが何よりでござる」

「そういえば、朝鮮の役の折も、矢を雨のごとく射かけられてござるが、それに堪《た》え間断なく鉄砲を撃ちかけたところ、相手が怯《ひる》みましてござる……」

大助の前で夜話をして、数々の陣形、合戦の折の心得を説くと共に、己が兵法について再考した。

若き大助にとって、大人達の夜話は真《まこと》にためになった。

いつか大矢野島をひとつの要塞《ようさい》と化し、天下の兵を迎え討つ――。

島で暮らすうちに、大助の心の内にはそんな壮大な夢が浮かび始めていた。

二

天草に来てから幾月かが経った頃。

大助は、小太郎を供にして馬を責めた。天草の馬は農耕馬とはいえ、戦国の頃に南蛮から仕入れた馬を増やしてきたので、その辺りの軍馬にひけはとらない。

百姓が馬を責めるのは外聞が悪いので、山間《やまあい》の目立たぬ道での乗馬になるが、やがてこの島を舞台に戦となれば、狭隘《きょうあい》を駆けるこの稽古が役に立つであろう。

「小太郎、どうもおかしいとは思わぬか……」

やがて大矢野岳《おおやのだけ》に差し掛かったところで、大助は馬を降りて小太郎に告げた。

「と、申されますと？」

小太郎もこれに倣って、小首を傾げた。

「この辺りを通ると、時に物々しい様子を覚える」

「なるほど……」

二人は時折、密かに乗馬の稽古をしにこの辺りまで来るのだが、大助はえも言われぬ緊張を何度も覚えていた。山で見かける村人達の物腰に何やら殺気が漂っているのだ。

黙々と柴刈りなどしているのだが、いざとなればいつでも動けるようにとの緊張が、心身にみなぎっているような……。

「そういえば、どうも怪しゅうござりますな」

小太郎は、しかつめらしい顔で辺りを見廻《みまわ》すと、

「ちと探ってみまする」

そっと、繁《しげ》みの中に身を入れた。

「共に参らん」

大助もこれに続いたが、その途端、大柄の男が、にゅっと二人の前に現われた。

二人は咄嗟《とっさ》に飛び退いて身構えたが、

「これは御見事なる身のこなしじゃ……」

にこやかに声をかけてきたのは、森宗意軒であった。

「宗意軒殿か……」

大助は、剽《ひょう》げた味わいのある宗意軒と、日頃から懇意にしているので、たちまち緊張が解けた。

「このようなところでいかがなされた?」

訊《たず》ねる宗意軒に、大助は事情を話すと、

「なるほど、さすがは若様じゃ。なかなかに目のつけどころが鋭うござる。それと共に、見張りの衆も、もう少し気配を消さねばならぬというもの……」

宗意軒は感心したり、憂えてみたりと忙《せわ》しなく表情を作った。

「見張りの衆とは?」

「実は、そうっと祈りを捧げているところでござってな」

囁《ささや》くように応《こた》えた。

「祈り?」

大助と、小太郎は首を傾げる。

「まず、おいでなされませ」

宗意軒は二人を、そこからほど近くにある、百姓家の蔵へと導いた。

蔵の前では、数人の百姓達が縄を編んでいたが、宗意軒と大助達の姿を認めると、ほっとしたように頭を下げた。

「入りますぞ……」

宗意軒は百姓衆に断りを入れると、蔵の中に大助と小太郎を連れて入った。

「これでございます」

「ほう。これは……」

中では吉利支丹達の礼拝が行われていた。

まだ日が高いというのに、蔵の内は窓という窓が閉じられ、暗闇《くらやみ》の中に三本の棒を結び合わせた粗末な燈台の灯だけが、祭壇の両脇《りょうわき》で揺れていた。

祭壇に祀られているのは慈母観音《じぼかんのん》像と思われるが、その前に跪《ひざまず》く村人は口ずさむように、聖歌を歌っている。

そして驚いたことに、神父を務めているのは明石掃部であった。目を凝らすと大江源右衛門の姿も見られた。

大助は、小太郎を従えて、蔵の中の後方に立ってこの様子を眺めながら、

——なるほど、仏事と見せかけているのか。

そういえば、平戸でもこんな光景に触れたことがあった。

来たるべき禁教への迫害に堪えつつ、天主の教えを求め続けるにはいかにすればよいのかを、掃部は日々工夫していた。

件《くだん》の慈母観音は仏像であるが、よく見ると仏事のそれとは違う趣がある。唐、天竺《てんじく》風に見せかけた、マリア像なのである。

「心の内に思うことは、誰にも邪魔をさせられぬ」

宗門改めに遭えば、仏の教えに従っていると偽わり、時にこのような仏事と思える礼拝を開けばよい。掃部は天草の長老達にそのように説いていた。

御上が吉利支丹を排斥するならば、やがて嵐が去りその禁が解かれるまでの間、地下深く潜りつつ、世間の目を欺きながら信仰を捨てず、時を待てばよい。

御上にも人にも情けがある。そっと知らぬふりをして見守ってくれる人もあろう。下手に逆っては厳しい弾圧を受けるのは必定。吉利支丹がいかに争いを好まず、つましく穏やかな日々を送るものか、身をもって示せばあらゆる疑いは晴れていくであろう。

掃部はそのように信じていた。

「たとえばクルスは、窓の格子の中に留金として仕込むこともできよう。礼拝も工夫次第じゃ。とは申せ、くれぐれも油断なきように……」

そうして時折、土蔵でのミサは、礼拝する者と見張りをする者とに分かれて執り行われていて、村人達の心を慰めていたのである。

山で見かける村人達の物腰に殺気を覚えたのは、見張りの衆の用心ゆえであったのだ。

――大したものだ。

大助は感嘆した。

歌声が止《や》むと、掃部は立ち上がって、天主の教えを説いた。

「わたし達の守護の天使、主の慈しみによって、あなたに委ねられたわたし達を照らし守り、導き給え……」

「アーメン」

吉利支丹達の歌が再び始まった。

息苦しく、薄暗い土蔵の中に荘厳な〝気〟が漂った。

大助は、何度か神事、仏事に臨《のぞ》み、いかめしく、ありがたい心地に誘われたことがあった。

しかし、今目の前で行われている礼拝は、そのどれにも当てはまらぬ趣で、若き彼の清廉な心を大いに刺激した。

ふと見ると、大助に従う小太郎の顔が紅潮しているのが、薄明かりの中でもはっきりとわかる。

小太郎は、未だ吉利支丹の教義を詳しくは理解しておらず、今までは、真田大助に仕える栄誉に心浮かれていたが、その熱き想いも、この礼拝によって落ち着いたようだ。

多くの信者が聖歌を歌うことで心ひとつになる。その歌の文句も、ひとつひとつがわかり易く、なめらかな旋律に心洗われるような気になる。

大助が抱いた印象以上に、吉利支丹の集会は、小太郎の心に感動を与えたようだ。

「聖父《ちち》と聖子《こ》と聖霊のみ名において、アーメン……」

大助の心の内にも、この言葉が焼き付くように残ったのである。


礼拝を終えると、掃部は大助の姿を認めて、

「何じゃ、来ておったのか」

と、しかつめらしい表情を浮かべて言った。神父となって村人の前であれこれ語った自分を見られたのが少し恥ずかしかったのかもしれない。

「よいものでござりますな」

大助もまた表情を引き締めてみせて、

「吉利支丹の教えをまるで知らぬわけでもござりませなんだが、かくも味わい深いものであったとは。さすがは門様じゃ」

掃部を称《たた》えるように感じ入った。小太郎も神妙な面持ちで、大助の後ろで相槌《あいづち》を打った。

「それは何よりであったな」

掃部はほのぼのとした口調で応えたが、教義については語らなかった。

「この大もまた、天主の教えを学ばねばなりませぬな」

大助は、掃部にそれをねだるように言った。小太郎の目も輝いている。

船上では時に、天を仰ぎ見て十字を切る掃部の姿を目にしたことがあった。

その時は、あの日海賊相手に軍神のごとき威《い》を放ち、太刀《たち》を揮《ふる》った掃部とはまた別人のような慈愛が体から放たれていた。

しかし、今日の礼拝を終えた後のそれは、いつもより増して神々しさが漂っていて、近寄り難い心地さえした。

信仰に身を捧げるなどということには、まるで興をそそられなかった大助であるが、命をかけてまで天主を尊ぶ吉利支丹の気持ちが、今日の掃部の姿を見てわかるような気がしたのだ。

「あえて学べとは申さぬ。気が向いた時に、話して進ぜよう」

大助が望んでも、掃部はすげない応えを返した。

大助が、意外そうな表情を浮かべると、

「若い頃は、ふとしたことに気が吸い寄せられるものじゃ。わしはそれに乗じて、そなたを吉利支丹にはしとうない」

掃部はそう告げて、やっと表情を和ませた。

「今のそなたは、あらゆるものを知り、学ぶのが先じゃ。その上で、吉利支丹の教えが気に入れば信心を起こすのもよし、そっと吉利支丹を見守ってやるのもよい。ただ、今は吉利支丹がそなたの味方をしてくれる。それだけは覚えていてもらいたい」

「畏まってござりまする」

大助は力強く応えた。

掃部は、天主の教えに出会えたことが幸せであったと日頃は言っているが、それが誰にも当てはまるものではないと思っている。それゆえ、本心では真田大助を入信させたい思いがあるであろうに、あえてそれを勧めず気遣っているのだ。

「おぬしに倅を託したが、吉利支丹にしてくれとは頼んでおらぬぞ」

黄泉《よみ》で真田左衛門佐幸村に出会った折、そう言われては面目ないとでも思っているのであろうか。

大助は、掃部の厚情をしっかりと肌に覚えた。

そして、そういう掃部が信じる教義だけに尚《なお》さら天主の教えが気になる。

「ならば門様、まず本日は、吉利支丹の教えを少しずつ知りとうございまする」

大助は立ち止まって、掃部の顔を上目遣いに見た。

そこには、真田一族の戦いの系譜を背負った若き武将の殺気はなく、あどけなさが残る少年の純情が溢《あふ》れていた。

「吉利支丹だけではのうて、あらゆる学問にも目を向けるか？」

「おんでもないことにござりまする」

畏まる大助を見て、

――うむ。よい若武者よ。

叫びたくなるのを抑えつつ、

「ならば、今日は主の祈りを教えよう」

掃部は静かに十字を切った。

三

時はゆっくりと流れ、元和六年（一六二〇）となった。

大助は逸《はや》る心を抑え将才を磨く毎日に、実によく堪えてきた。

真田家の無念。何も出来なかった十六歳の夏の悔しさを晴らすには、まず自分があの日の父・幸村に近付かねばならない。それを胸に、臥薪嘗胆《がしんしょうたん》に堪えた。

その間にも、大矢野には枡屋五郎兵衛の手の者から、江戸、上方の様子が報されていた。

かつて父・幸村と共に籠城《ろうじょう》した大坂城には、幕府から大坂城代が置かれた。豊臣家の頃の華やぎも薄れ、大坂はただ商都として徳川家の直轄地に組み込まれていく。

それに睨《にら》みを利かせるかのように、紀伊には徳川御三家のひとつとして、家康の十男・頼宣《よりのぶ》が五十五万五千石の大封をもって、和歌山《わかやま》に入城した。

豊臣家恩顧の武士で、猛将として知られた福島正則は、安芸、備後《びんご》五十万石を取り上げられ、信濃高井《たかい》郡四万五千石に減封の上所替えとなった。

九州でも、薩摩の〝鬼島津〟で知られた、戦国の名士・島津義弘が没した。

徳川家康が、自分の死後決起するのではないかと恐れていたこの両武将も、一人が亡くなり、一人が牙《きば》をもがれた。

関ヶ原の折は、石田三成憎しから東軍についたが、豊臣家への恩顧は忘れず、その存続に動いた加藤清正《かとうきよまさ》は既に、大坂の役の三年前に病没していた。嗣子の忠広《ただひろ》は当時まだ十一歳であったので、肥後五十二万石を領する加藤家は、幕府の監視下に置かれている。

「そのうちに、加藤も福島左衛門大夫と同じ道を辿《たど》るであろう」

明石掃部はそう見ていた。

一度大乱が起これば、それに乗じて徳川の天下を打ち破らんと立ち上がる。

そのような気概と計略を持ち合わせたる戦国大名は次々と消えてゆく。

家康亡き後、凡庸《ぼんよう》と言われた秀忠は、なかなかにしたたかで、徳川家の家臣団に守られ、狼達《おおかみ》を巧みに飼い犬に馴《な》らしていく。

臥薪嘗胆を心に誓ったとて、刻々と徳川の天下が揺るぎないものとなれば、諦《あきら》めが先に立つ。

それでも真田大助は、黙々と自分を磨き、二十歳になると見違えるほどの若大将ぶりを発揮し始めた。

しかし、その頃になると、

「ゆめゆめ焦るでないぞ、今は雌伏の時と心得よ」

と、大助を励まし続けてきた明石掃部が、何やら焦燥《しょうそう》にかられ、言葉少なに物思う日が増えたのを大助は如実に感じていた。

「門様、やはりあのことで頭を痛めておいでで……」

すっかりと稲刈りも終えた穭田《ひつぢだ》を眺めながら、大助は丘の上に並び立ち、掃部に語りかけた。

〝門様〟〝大〟の呼び方は、天草に来てからも変わらない。

掃部は今しも丘から島を見渡して、関ヶ原の戦の陣形を大助に語り終えたところであったが、

「あのこと……。ふふふ、いかにもあのことじゃ……」

愛弟子である大助の言葉に目を細めた。

大助にとって、掃部は人生の指標であった。

記憶をなくし助けられた時から、掃部を通して事の善悪、武将の心得を学んできたのである。

掃部の目に映る風景が悪ければ、一歩下がって先を見渡す。大助にはその癖が沁《し》みついていた。

掃部の悩みは、日々弾圧が激しさを増す、幕府の禁教政策であった。

信仰は心の内にあるもので、誰に誇るものでも、徒党を組まないと出来ないものでもないのだから、禁じられれば工夫をすればよいと、掃部は言い続けてきた。

しかし、それもいつか大手を振って吉利支丹がクルスを首にかけて歩ける日までの辛抱だと思えばこそ。その想いを絶えず持ちながら、生きていかねばならない苦しみにいつまで堪えねばならぬのだ。

その不満は、天草全体に広がっていた。

「このままではいつどこで小競り合いが起きたとておかしゅうはない。一度それが起これば吉利支丹は滅ぶ。それが気になってのう……」

「ただの一揆《いっき》で終りたくはない。そのようにお考えで」

「まず、そういうことよ」

掃部は苦笑いを浮かべた。

二十歳になった大助は、掃部の心の動きを読むほどに、成長をとげている。その彼を小さな一揆の首謀者などという位置に置いては、今まで共に生き抜いてきた意味がなくなるのだ。

「近頃は、唐津からの指図がやたらと厳しゅうなっておりますれば……」

寺沢家の役人達が以前より、頻繁に村々にやって来ては、

「天主の教えなどに、うつつを抜かしている者はあるまいな。吉利支丹と知れれば、厳しきお咎《とが》めがあるということを、ゆめゆめ忘れるでないぞ」

と、触れて回っているのが大助も気になっていた。

「役人共は、吉利支丹を引き合いに出しているが、本音は他のところにあるのであろう」

掃部は眉《まゆ》をひそめた。

「と、申しますと……」

大助が問うた時、

「旦那《だんな》様がお呼びにござりまする」

河本小太郎が二人を呼びに来た。彼も二十歳になり、大助の供をして武芸に磨きをかけ、今では浪人百姓の中でもその腕を認められる存在で、

「小太殿」

と、呼ばれていた。

「善右衛門殿が……。何かあったか？」

掃部が問うと、

「島原より、山善左衛門《やまぜんざえもん》殿が参られたと……」

それゆえ、長老格が集まっているとのことであった。

四

山善左衛門は、肥前国島原《しまばら》の百姓である。

彼もまた小西家浪人で、天草に帰農した一族もいて、時に島原と天草を行き来していた。

千束善右衛門とは盟友で、明石掃部と真田大助を天草に落ち延びさせるという秘事を共有し、大いに気勢をあげた一人であった。

島原は、肥前国南東の半島に位置していて、有明《ありあけ》の海を挟んで天草地方とはほど近い。

この島原一帯にも、小西家浪人で帰農した者が多く住んでいて、天草同様にそのほとんどが潜伏吉利支丹である。

ゆえに、山善左衛門が一族の者に会いに来るのは、吉利支丹同士の情報交換のためであるのだ。

千束屋敷には、当主の善右衛門、その息・大三郎こと真田大助、大矢野松右衛門こと明石掃部、大江源右衛門、森宗意軒さらに庄屋の渡辺伝兵衛が集まり、山善左衛門を迎えた。

「いやいや、松右衛門殿と大殿が来てくだされて、某《それがし》も真に張り合いが出てござりまする」

善左衛門にとっても、信仰の解放のために大坂城で戦った明石掃部は、正しく神のような存在で、吉利支丹の敵・徳川将軍家に何度も勝利した真田一族の若殿・大助もまたしかりなのだ。

「して、何か島原で動きがござったか」

渡辺伝兵衛がまず訊ねた。伝兵衛は島原の動きが気になっていた。

「島原では御領主が替ってよりこの方、百姓衆の暮らしが厳しゅうなっているそうでござるが」

「いかにも……」

山善左衛門は、たちまち苦渋を浮かべて、

「真に、松倉豊後守《ぶんごのかみ》、鬼のような男でござる」

憎しみを込めてその名を口にした。

松倉豊後守重政は、大和の大名・筒井順慶《つついじゅんけい》に仕えた後、筒井家の伊賀転封《いがてんぽう》に当って大和に残り豊臣家に仕え、さらに関ヶ原で徳川家康の許に参陣し、大和に一万石を与えられ二見《ふたみ》城主となった。さらに大坂の役に従軍し、その功によって、肥前日野江《ひのえ》四万三千石の領主となった。

畿内《きない》の大名であったゆえに気位が高いのであろうか。一国一城令が発布されると、日野江、原《はら》の両城を廃し、島原に新城を築いたのだが、これは四万三千石の大名にははなはだ贅沢《ぜいたく》な城であった。本丸は東西一丁三十三間、南北一丁半と広大で、四方には水堀を巡らせ、二の丸、三の丸を北へ配し、武家屋敷のある外郭にもすべて石塁を用いた。

重政が領民に行った苛斂誅求《かれんちゅうきゅう》は、この築城費捻出《ねんしゅつ》から始まったのである。

「まず豊後守は、領内に検地を行ったのでござるが……」

「取れ高を多く見積ったのでござるな」

千束善右衛門が続けた。

ゆっくりと頷く善左衛門を見て、一同は顔をしかめた。天草の地でも同様のことが起こっていたからだ。

寺沢家の役人は、この地を四万二千石と検地した。

「まったく何を考えているのじゃ……」

掃部が嘆息した。

掃部はかつて十万石の所領を得ていた。その頃は領内の検地も自ら行い、統治に乗り出していたからよくわかる。

「倍ほども盛っている。怪しからぬことじゃ」

そもそも、島原がある半島部や天草の島々は、山が多く平地が少ない。灌漑《かんがい》にも恵まれておらず、耕作が大変な土地である。四万二千石など、とても収穫は出来ない。

領主の寺沢広高は、決して暗愚《あんぐ》な大名ではない。質素な暮らしを課し、不正を許さぬ名君であったといえる。しかし、その身は唐津城にあり、江戸表でも暮らさねばならぬとなると、飛地まで手が回らないのであろう。役人の報告をそのまま受け取った。天草は関ヶ原で敗れた小西行長の旧領で、この地を新知加増として与えられた広高は、

「過分な新知を賜り、ありがたき幸せにござりまする」

と、これが四万石に相当することを含めて、徳川将軍家に礼を言上していた。

そうなると、役人達は何としても四万二千石分の収入をあげないといけなくなる。

その皺寄《しわよ》せが天草の領民に降りかかるのである。

それでも、不作、豊作はある。生かさぬよう、殺さぬようが役人の本分で、その辺りはうまく百姓との間で取り繕いつつも、

「新田を随分と拓《ひら》いているはずだ」

重税を課す代りに新田からは年貢を取らずにいたが、近頃では、何とか取り立てて己《おの》が手柄にしてやろうという意思を見せ始めている。

「吉利支丹について、うるさく触れ回るようになったのはそのためでござるな」

大助が口を挟んだ。

「申される通りにて」

庄屋の伝兵衛がこれに応えた。

役人達は、百姓達が吉利支丹の信仰を密かに続けていると見ているのだ。それゆえ、吉利支丹への弾圧をほのめかして、取り立てを厳しくする算段なのであろう。

「疑いをかけられとうなければ、年貢をしっかりと差し出せ……」

そのような脅しで、この先は不作豊作による手心は加えないと伝えてきているのだという。

「手心……、そもそもが上乗せをした石高であるというのに何を申すか」

千束善右衛門が舌打ちをした。

「それでもまだこの天草の地は、役人と談合することも叶《かな》いましょう。島原では、否応《いやおう》なく重税を課した上に、情け容赦なく取り立てていくのでござる」

山善左衛門の叫びは悲痛であった。

領主の松倉重政は、島原城普請に止《とど》まらず、将軍家への御機嫌伺いに、江戸城改築の普請を請け負い、その出費をも領民から絞り取ろうとしていた。

「とり分け、百姓が吉利支丹だと知れると、年貢の取り立ても凄《すさま》じいものとなり申す」

「凄じいもの……」

掃部の眼光が鋭くなった。

「〝みの踊り〟というものをご存知で……」

一同が首を傾げると、

「年貢が払えぬと申し立てた吉利支丹に、蓑《みの》を着せて、それに火をつけるのでござる」

火をつけられた百姓は、もがき苦しみ何とか火を消そうと背中を地につけ、走り回る。

役人共は、これを〝みの踊り〟と称して、囃《はや》し立てるのだという。これで命を落した者もいた。

「おのれ……」

大助の表情が怒りに歪《ゆが》んだ。

その純真な怒りに、大人達は暗澹《あんたん》たる想いから幾分救われた想いがした。

五

山善左衛門は、島原の窮状を伝えると、舟を待たせていた大矢野島の湊《みなと》へと戻った。

善左衛門は、漁場を仕切っていて、釣舟《つりぶね》によって湯島《ゆしま》経由で大矢野島へは巧みに渡れるのだ。

「島原を真似《まね》て、天草でも厳しい取り立てが起こるやもしれませぬ。お気を付けなされませ」

海辺まで見送る掃部と森宗意軒に、善左衛門は道中そっと伝えた。

「山殿も、短慮召さるな」

掃部は頷きつつ彼を労《ねぎら》ったが、

「そういえば、大はどこぞに出かけたようじゃが……」

と、小首を傾げた。

千束屋敷を出た時に、

「ちと、小太郎が何やら用があると申しますによって」

大助はそう言い置いて姿を消していた。

「若いというは、よいものでござりまするな」

「まったくじゃ」

善左衛門と掃部は頬笑《ほほえ》み合った。

「大殿は、いつまでもここにいるわけには参りませぬか」

善左衛門は寂しそうに言った。

掃部は苦笑いして、

「いつかは、我らの救いの神になってもらいたいものじゃが、あの若武者は大事に育てねばならぬゆえ……」

声を潜めた。

「いや、もっともでござる」

善左衛門は神妙に頷いた。傍らで森宗意軒も相槌を打っている。

島原の吉利支丹が、領主の圧政に堪えかねて一揆を起こすようなことがあれば、天草にいる真田大助は天草から他所《よそ》へ移さねばなるまい。

天草に一揆が飛び火すれば、義を重んじる大助はきっと共に戦うと言うであろう。

だがそれでは、あの真田幸村の忘れ形見を、百姓一揆の旗頭にしてしまうことになる。

真田大助には、真田家の無念を晴らす大戦で華々しく大将を務めてもらいたい。

その時こそ、自分達吉利支丹の武士も立ち上がればよい。

「とどのつまり、百姓となった身は、ひたすらに堪えるしか道はないのでござるな」

善左衛門の口から、しみじみとした言葉が出た時であった。

掃部の五感に緊張が走った。

「いかがなされた……」

善左衛門が低い声で言った。

「どうやら何者かに見張られているようにござる」

囁きつつ、掃部は素知らぬ顔で善左衛門を促し、海を目指して歩き始めた。

「確かに、何者かにつけられているような」

宗意軒も声を潜めてこれに続いたのだが、三人の横手に広がる雑木林から、殺気を含んだ激しい物音がした。

三人には共に合戦で鍛えた、鋭い勘と強靱《きょうじん》な肉体が未だ備わっていた。腰に刀は帯びておらねど、手にした杖《つえ》には鉄棒の芯《しん》が通っている。これをかざして一斉に雑木林に飛び込んだ。

すると、三人は獣のように林を駆け抜ける影と、それに絡みつくもうひとつの影を認めた。

真田大助であった。

——松倉の手の者が放った間者《かんじゃ》か。

掃部が唸《うな》った。大助はそれを見つけたのに違いない。

間者は、追う大助に反転するや、隠し持った短刀で襲いかかった。前方の大樹の幹を蹴《け》ってその反動で空中に舞い、大助の背後に出たのだ。鮮やかな忍びの技である。

しかし、大助が振り返った刹那《せつな》。間者はどうっと地に伏した。その腹には山仕事用の小刀が突き立っていた。間者が宙に舞った時、大助が投げつけていたのだ。

そこへ小太郎が駆け付けて、間者の短刀を奪い、

「最早、こと切れておりまする」

と、大助の前で畏まった。

「左様か。殺してしもうたは不覚であったな」

大助は間者の骸《むくろ》を検《あらた》めながら唇を噛《か》んだ。

「いや、どうせ誰が放ったかは察しがつく」

続いて掃部が、宗意軒、善左衛門と雑木林の中に来て大助に告げた。

「大、よくぞ気付いたな」

「いえ、これは小太郎が……」

大助は小太郎をにこやかに見た。山善左衛門を屋敷に迎えた時、小太郎は不審な人影を覚え、そっと見張って大助に告げたのだ。

「左様か、大儀であった」

掃部は、小太郎の肩を叩《たた》いて労うと、

「それならば、小太郎に任せておけばよいものを」

掃部は大助の腕前に満足しながらも、大将になるべき者は無闇《むやみ》に動いてはならぬと窘《たしな》めた。

「気が付くと駆けておりました」

大助は首を竦《すく》めた。

「松倉家が放った間者に違いござらぬ」

山善左衛門は、島原から他領を訪ねることが多く、いささか目に付いていたのかもしれないと重苦しい表情を浮かべていた。

「口を封じたのは幸いでござる。いや、それにしてもお見事な手並でござった……」

宗意軒は大助を称えると、

「この者は、誤って海に落ち、鱶《ふか》に身を食われた……。そのように始末をつけておきましょう」

と、善左衛門に、何も知らない体を装い島原へ戻るようにと告げた。

六

その夜。

大矢野松右衛門として暮らす、明石掃部の家に、真田大助が訪ねてきた。

島の両側の入江から、やや内へと入った小高い丘に掃部が暮らす家はある。

家には、竹四郎《たけしろう》という下男がいるし、身の周りのことに不自由はない掃部であったが、大助は何かというと、小太郎を伴いやって来て、持参した酒と干物などで夜話をせがんだ。

この辺りは小西家浪人が集まっていて、吉利支丹による強い団結があるものの、二人はあくまでも大矢野松右衛門と、千束大三郎であらねばならない。

声を潜めて語る掃部、黙って聞き入る大助の一時は、小太郎と竹四郎が家の周囲を見張ってのものになる。

竹四郎は、掃部が備前保木城主であった頃に小者頭《こものがしら》を務めていた者の子で、幼なくして親と死に別れた後は、小太郎と同じく枡屋五郎兵衛に預けてあったのを、この地に連れて来たのである。

小太郎とは気が合い、掃部の側近くに仕えられたことを喜び、このような警護にも力が入るのだが、この日の大助は、ただ一人でふらりと現われて、表情にも翳《かげ》りが見えた。

「訪ねて来るような気がいたしした……」

掃部は小さく笑って、大助を濡《ぬ》れ縁《えん》に誘った。

そこからは海にちらちらと浮かぶ漁火《いさりび》が見える。

朝、昼は天草の島や、島原の半島が望めるのだが、その景色はかつて馴染《なじ》んだ瀬戸内を思い出させて、掃部はこの縁側に座って潮騒《しおさい》を聞きながらぼんやりと眺めるのが好きであった。

「そろそろ、洗礼を受けたい、そう言いたいのであろう」

掃部は、横に並んで腰をかけた大助に言った。

大助は、はにかんで白い歯を覗《のぞ》かせた。それが彼の心情を語っている。

「吉利支丹の中にいて、己一人が洗礼を受けておらぬのが心苦しいのじゃな」

「いえ、大にも天主の教えのありがたさが、わかって参ったのです」

大助は頭を振った。

「さて、どうであろうかな……」

掃部は、大助をじっと見つめながら首を傾げた。

「教えのありがたさを申すならば、禅宗や法華宗にもそれはあろう」

「そうかもしれませぬが、宗旨というものは、人との出会いによって深くなるのではないかと」

「人にもよろう」

「門様は、この大にとって、御師匠と呼ぶべきお方でござります る」

「その言葉は真にありがたいが、まだ少し洗礼の儀は控えたがよい」

「わたしには相応《ふさわ》しゅうないと？」

「そうではない。そなたの一途《いちず》な想いが仇《あだ》になるやもしれぬと、わしは気がかりなのじゃ」

「門様の思し召しは、重々承知いたしておりまする」

大助は畏まってみせた。

「吉利支丹に染まれば、わたしの先行きが狭められるとお思いなのでござりましょう」

二十歳になる今まで、掃部に言われたように、あらゆる学問に励み、宗旨についても学んだ大助であった。

だが、大助が思うに、宗旨にはみなそれぞれのありがたさが込められている。

この宗旨がよくて、これがいけないというものはない。祖父・昌幸、父・幸村は吉利支丹ではなかったが、最早世間では死んだことになっている大助は、先祖の墓を参るのも、法要をするのも許されぬ身なのである。

「いっそ、この天草の味方と共に吉利支丹の教えに帰依《きえ》して、日々の励みにしとうござりまする」

大助は、掃部が自分を立派な大将に育てんとしてくれているのはよくわかっている。

天草にいるのは、大助を吉利支丹にしたいがためではなく、吉利支丹の組織に大助の庇護《ひご》を求めたに過ぎない。大助が潜伏吉利支丹となって、迫害者への恨みや憎しみをもって生きるようではいけないのである。

若者はとかく、あれこれと思い悩み道を踏み外すものだ。兵法者となって諸国を巡り、一旦《いったん》死んだ身と割り切り、果し合いの日々に過ごす――。そんな虚無に陥るかもしれぬ。それを恐れたゆえに、宮本武蔵の話が出ると、

「あれはただの葉武者《はむしゃ》よ……」

決して真似てはならぬ生き方だと戒《いまし》めたのであろう。

千束善右衛門の屋敷へ、その庶子・大三郎として入れた折も、千束屋敷には吉利支丹礼拝の道具などは一切置かぬようにさせ、いざという時、大助に吉利支丹としての責めを負わさぬよう配慮したのである。

「門様のお心は痛いほどわかっておりまするが、最早この後、風雲急を告げるような世が訪れるとは思えませぬ。関ヶ原や大坂の役のように、徳川に弓を引かんとする者が現われましょうや」

豊臣家は滅んだのだ。そして、豊臣恩顧《おんこ》の大名も次々と亡くなっていく。

徳川に対抗出来る勢力があるとすれば、それは最早吉利支丹しかいないのではないだろうか。それならば、自らも洗礼を受け、天草・島原の救世主となって戦うしか道はない。今日の雑木林での戦闘を、まず戦いの血祭りにしたいと大助は願うのだ。

掃部は、大助の考えはもっともだと思う。大助の命あるうちに徳川と戦う者がいるとすれば、それは確かに、国々に潜む吉利支丹だけかもしれない。

「じゃが、まず待て、待つのじゃ」

それでも尚、掃部は大助の洗礼を許さず、

「門様がそう仰《おお》せならば……」

大助は渋々、その夜も掃部の浪宅から引きあげるしかなかった――。

その翌日。

掃部は自分と大助の正体を知る、天草の長老達にも、

「彼《か》の者は、やがて天下打倒の兵を動かす身じゃが、まだ大将になるには若過ぎる。時が来るまでは見守ってやってもらえぬかな……」

と、改めて頭を下げて廻《まわ》った。掃部にはどうしても、さらに時を稼がねばならぬ、ひとつの想いがあったのだ。

そして、掃部はその想いを、まだ己一人の胸の内に収めていた。

たとえ大助にでも、打ち明けるにはあまりに大胆不敵な計略がそこにあった。

しかし、時を稼がねばならぬ掃部の事情とは裏腹に、島原での松倉家の圧政は日に日に増していった。ひたすら吉利支丹であるのを隠し、重税にも負けず、新田を切り拓き、密かに心ひとつにして反抗の時を待っていた天草の民にも、その余波は少しずつ広がり始めていた。

元和七年に、天草の統治を任されて富岡城城代となった三宅藤兵衛《みやけとうべえ》が、この地に大きな火種を持ち込んだのだ。

藤兵衛は、元は戦国に名高き明智光秀の重臣・明智左馬之助《さまのすけ》の子として生まれた。光秀が、天下人・織田信長に謀反《むほん》を起こし、同じ織田家中《かちゅう》であった羽柴秀吉に討たれた後、まだ子供であった藤兵衛は、叔母《おば》である細川ガラシャの庇護を受けた。

ガラシャは敬虔な吉利支丹として知られている。その影響を受けて藤兵衛も入信したが、やがて肥前唐津の大名・寺沢広高に仕え棄教した。

あの名高き吉利支丹のガラシャの教えを受けた者である。棄教はしてもそれは表向きで、吉利支丹に対しては寛容に違いないと、天草の吉利支丹達は一様に期待したが、藤兵衛はすっかりと変心していて、厳しい宗門改《しゅうもんあらため》を行ったのである。

期待が大きかっただけに、天草の潜伏吉利支丹の失望は深いものになった。

しかも、寺沢家では家老格の信を得ていて、天草統治には並々ならぬ意欲を持っている様子で、この先は藤兵衛による長い統治が予想された。

真田大助は、掃部から依然、洗礼を許されていなかったが、心の内では三宅藤兵衛と、彼の主君・寺沢広高、島原の松倉重政への敵愾心《てきがいしん》が日に日に大きくなっていた。

思えば大坂の役の折。十六歳の大助は、真田丸から五百の兵を率いて打って出て、敵を大いに打ち破ったが、その時の相手が寺沢広高と松倉重政であった。

「退《ひ》くな！　退くな！」

と、叱咤《しった》しつつも崩れ去り逃《の》がれていく。二人の将の姿を遠目に認めながら、勝鬨《かちどき》をあげた記憶も失ってはいなかった。

「何するものぞ」

今戦わば、たちどころに蹴散《けち》らしてみせるという自負が、大助の心の内で、膨らむばかりであったのだ。

七

その後も明石掃部は、洗礼を望む真田大助を思い止《とど》まらせつつ、雌伏《しふく》の時を過ごした。

元和七年も暮れゆこうとした日の宵のこと。

その時も掃部は家の濡れ縁に大助と並んで腰をかけ、目の前で小さな炎をあげている焚火《たきび》に落ち葉、木の枝などを投げ入れながら、

「大、わしは、そなたには天下の兵を相手に戦う、真田の大将であって貰いたい。吉利支丹の一揆に担ぎ上げられたという体にはしとうない。それゆえ、未だに洗礼の儀には、首を縦に振らぬのじゃが、時がくればそれもよいかと思うている」

「真にござりまするか」

「だがその前に、そなたとひとつ企み事をしたい」

「企み事、でござりまするか……」

「いかにも、とんでもない企み事じゃ」

「察しもつきませぬ」

「徳川に勝つには何が足りぬ」

「豊臣家の血を引く大将でござりましょう」

「いかにも。このようなことになるのならば、殺された国松君と、千代姫を、この手でお守りするのであった」

「仕方ござりませぬ。国松君と千代姫は、豊家の手の中にござった。我ら浪人の身で城へ入った者には、立ち入れぬことにて……」

二人の存在も、ごく内輪の者だけが知っていて、いつか正式に披露をするつもりでいたと聞いた。

明石掃部、真田大助ともなれば、二人の公子との対面も叶ったが、その動向までは把握出来なかったのである。

「最早、豊臣家の血を引く御大将は得られませぬ。それが何とも無念でござりまする」

大助は嘆いた。

「いや、まだ一人残っているではないか」

「何と……」

焚火がはぜて、赤い粉が宙を舞った。

掃部はニヤリと笑うと、とんでもない企み事を語り始めた。

大助は終始驚きの表情を崩さなかったが、やがてしっかりと頷き、威儀を正したのである。

大矢野松右衛門が、千束大三郎に伴われて、東国への旅に出たのは、元和八年の二月中頃のことであった。

松右衛門こと明石掃部は、大三郎こと真田大助に、〝とんでもない企み事〟を打ち明けてから、しばらく休む間もなく立ち働いた。方々に文を認《したた》め、竹四郎はその度にいずれかに駆けた。

それが件の企み事への布石であることは言うまでもないが、旅に出るにあたっては軍資金も入要で、掃部は何度となく庄屋の渡辺伝兵衛にその相談をした。

伝兵衛は話を聞くや驚愕《きようがく》したが、

「天下の痛快事……」

と、喜び、快く軍資金の調達を約したのである。

日頃は、滅多に心を逸らせることのない掃部も、久しぶりの旅とあって、落ち着きをなくしていた。

それでも、出立までの間は田畑での仕事も欠かさず、竹四郎と小作人と共に、耕作に励んだ。

いよいよ出発を間近に控えた暖かな日もそうであったが、

「松右衛門か……」

畑の脇に腰を下ろし、竹四郎と共に握り飯を頬張《ほおば》る掃部に声をかけた男がいた。

男は四十絡みの武士で、五人ばかりの従者を連れている。袖無《そでな》しに野袴《のばかま》の姿は軽装であるが、それなりの身分であるという風情《ふぜい》が醸《かも》されていた。

「ははッ、いかにも松右衛門にござりまするが……」

掃部は菅笠《すげがさ》を脱いで恭《うやうや》しく頭《こうべ》を垂れ、

「あなた様はいずれの御方にて……」

「身共を知らぬか。三宅藤兵衛じゃ」

「これは、御城代様にござりまするか」

武士は、富岡城代の三宅藤兵衛であった。

色白のふくよかな顔立ちで、なかなかの美丈夫である。美人で名高き細川ガラシャの甥《おい》だけのことはある。だが、整った顔に愛敬《あいきょう》が醸す潤いはなかった。掃部にはただ怜悧《れいり》な役人に見えた。

「近々、旅に出ると聞いたぞ」

藤兵衛は刺すような目で掃部を見た。掃部は吉利支丹の武士には知られた存在であったが、幸いにも三宅藤兵衛とは顔を合わせたことがなかった。

「これは畏《おそ》れ入ります る」

掃部はさらに畏まった。

「取るに足らぬ百姓を、お気にかけていただいたとは、真にありがたき幸せにて……」

「取るに足らぬ？　いやいや、そなたはなかなかに人から敬まわれているようじゃ」

「とんでもないことにござりまする」

「その松右衛門が近々旅に出ると小耳に挟んで、ちと気になってのう。それゆえ島を見廻りがてら、かく訪ねて参ったのじゃが、さすが元は武士。立居振舞も堂々たるものじゃ」

藤兵衛は誉め言葉とは裏腹に、どこまでも皮肉な物言いをした。

評判のよい者をまず疑い、探りたくなる。藤兵衛にはそのような癖があるらしい。

「わたくしも、老い先短かき身となりましたゆえに、まだ足腰が動かせるうちに、しておきたいことがございまして」

「しておきたいことのう……」

「上総大多喜《かずさおおたき》の良玄寺《りようげんじ》に参りとうござります」

「上総大多喜……？　これはまた遠いところじゃのう」

「その良玄寺は、わたくしがかつてお仕えいたしました、本多出雲守《いずものかみ》様の菩提寺《ぼだいじ》でござりまする」

「なるほど、旧主の墓に参りたいとな」

「ははッ。かの大坂の役には、わたくしもお供仕りましたものの、冬の陣の折に父を失い、この身も手負いとなり、そのまま暇《いとま》を頂戴《ちょうだい》いたしましてございまする」

「戦を恐れたと申すか」

「我が身には百姓が性に合うていると、悟りましてございまする」

「その後、夏の陣にて出雲守殿は、お討死なされた。さりながらそなたは、この地でのうのうと暮らしている。それゆえ後生が悪うなったと申すのじゃな」

「左様にござりまする」

「これは近頃殊勝なことよ。とくと参ってくるがよい」

「忝《かたじけの》うござりまする」

「参った後は、一刻も早く戻り、百姓として精を出すがよい。吉利支丹の教えなどには、くれぐれも耳を傾けるではないぞ」

「畏まってござりまする」

「この辺りの者共は、口では棄教いたしたと言いながら、陰では何をしていることやしれぬ」

「左様でござりましょうか」

「ふふふ、まあよい。吉利支丹の何がいかぬかわかるか」

「さて、わたくしにはさっぱりと……」

「この日の本の国を、南蛮に売り渡そうとするたわけが数多《あまた》おるゆえよ。千束の倅を困らせることのないようにな」

藤兵衛は、再び掃部を刺すような目で睨《にら》み付けると、湊へ向かって去っていった。

〝千束の倅〟とは、真田大助のことである。

藤兵衛は、大矢野松右衛門と共に、千束善右衛門の息子が旅に出ることも聞き及んでいた。

しかしこれは、渡辺伝兵衛と善右衛門が、先手を打って自ら藤兵衛に申し出たことであった。

「大三郎には、この後百姓の束ねとなってもらわねばなりませぬ。松右衛門が旅に出るのはちょうどよい折でござりまする。大三郎を松右衛門と共に旅に出し、あれこれと見聞を広めさせとうござりまする」

と、庄屋の伝兵衛が言えば、

「大三郎には、松右衛門を見張らせる役目も与えてござりまする。松右衛門はこのところ、出雲守様が夢に出て、この身を嘖《さいな》まれるゆえ、夜も眠れぬと申しております。もしや墓前で腹を切るやもしれぬと案じておりまする」

善右衛門もこのように続けた。

伝兵衛と善右衛門は、日頃から三宅藤兵衛には進物を欠かさず、

「この大矢野島に吉利支丹が隠れ住んでいるようなことがあれば、我らにとっては忌々《いまいま》しきこと。また、三宅様にも難儀をおかけするやもしれませせぬ。村々の者には過ちなきよう我らが目を光らせておりますれば、ご安堵《あんど》召されませせ」

このように取り入っている。

これも、吉利支丹を守る方便である。千束善右衛門は、元小西家家臣で吉利支丹であったが、今

は棄教したと宣言して、その証に寺手形までとって藤兵衛に示していた。

すべては掃部の策であった。さすがに善右衛門もこれを渋ったが、この寺手形は大いに効いた。

三宅藤兵衛は、三千石の知行を得るまでになり、城代とはいえ、一城を預かる身となった。

戦国の世の浮き沈みに堪え、一族の中興を果すのは自分を措《お》いて他にない――。

その想いをもって立身を遂げたのだが、心の内には世話になったガラシャを裏切り吉利支丹を棄教した後ろめたさが付いて回る。主君、寺沢広高が棄教していたゆえに、藤兵衛もまたこれに倣うしか道はなかったのだが、藤兵衛は時として暗澹《あんたん》たる気持ちになった。

それゆえに、小西家浪人で棄教したという千束善右衛門には親しみを覚え、つい贔屓目《ひいきめ》に見てしまうのである。掃部は、そのような藤兵衛の微妙な心の動きを見事に捉《とら》えていた。

人にとって心の内に横たわる後ろめたさほど厄介なものはない。それから逃れるために、宗教というものが存在していると言ってもよい。その宗教を、己が欲のために棄《す》てるのである。棄てた者は、一生大きな十字架を背負わねばならない。

そして、それを払拭《ふっしょく》するものは、

「自分だけではない。同じことをこれだけの者がしている……」

という子供じみた自分への言い訳なのだ。

藤兵衛は、善右衛門を疑わなかった。疑わぬことで、自分の棄教を正当化したのである。

八

かくして、富岡城代・三宅藤兵衛を欺き、明石掃部と真田大助は天草から旅発《たびだ》った。

二人の供は河本小太郎が務めた。

大助は、三宅藤兵衛を、

「所詮《しょせん》は小役人というところでござりましょう」

と、切って捨てたが、

「その小役人が曲《く》せ者《もの》よ」

この度はうまくごまかせたが、出世への意欲が強い小役人ほど、己が立場を姑息《こそく》な手段をもって守るものだと掃部は見る。

「今は、天草の統治も滞りなく運んでいるからよいが、この後寺沢家の覚えを気にして、何を強いてくるかしれたものではない」

「なるほど、相手が小役人ならば、こちらもつい逆いとうなりまするゆえ、さらに性質《たち》が悪うござりまするな」

大助は物言いも、考え方も老成してきた。

「まず今は、何事ものう刻《とき》が過ぎてもらいたいものにて……」

「いかにも」

掃部は大助と共に祈った。この旅の成果をあげるまで、まだしばらく天草は、徳川の目を逃れる安全な地であってもらわねば困るのだ。

三人は先を急いだ。

まず、後に疑いを抱かれぬよう、掃部は大矢野松右衛門を名乗って、本多出雲守忠朝の墓を参るつもりであった。

上総大多喜までの旅である。ゆったりと行けば三月くらいはかかる。

だがこの度は、千束大三郎の遊学の意味も込めているので半年くらいの余裕はあるものの、本腰を入れて逗留《とうりゆう》せねばならぬ地もある。そのためには、少しでも早く上総に着きたかった。

三人は、枡屋五郎兵衛が密かに手配してくれた船で大坂へ向かった。

百姓とはいえ、二人は武士の出であるから、伊賀袴に袖無しを羽織り、脇差《わきざし》を差した。小太郎もその従者らしく装って、一見するとどこぞの郷士の一行のようであった。

船は、快調に瀬戸内を進み、十日で大坂の湊に着くことが出来た。

さすがに、大坂の役の落武者である掃部と大助は、緊張を隠し切れなかったが、あの日方々で火の手があがっていた町も、無惨な姿に変わり果てていた巨城も、すっかりと美しく生まれ変わっていて、商都は活気に溢れていた。

「ふふふ、これだけの人が行き通う中にいては、我らもまるで埋《うも》れてしまうな」

掃部は苦笑した。

「すっかりと忘れられたようで……」

大助が少し寂しそうに相槌を打った。

町の者達は、荷を運び、店に並べ、たちまち売り買いを始める。武士がどこで死のうが、どこに潜んでいようが、まったくどうでもよいのである。家を焼かれ逃げ惑っても、またすぐに町を築く民衆の力を目の前にすると、戦い続ける武士が滑稽《こっけい》に思えてならなかった。

時代遅れな田舎郷士の三人は、難なく京へ出て、そこからは陸路をひたすらに東下した。江戸には七日で着いたが、町を素通りしてすぐに大多喜城下に入った。

「これはいかなこと……」

掃部は城を見て嘆息した。

大多喜は、房総《ぼうそう》の中心地で、周囲を森林と丘陵《きゅうりょう》に囲まれた緑豊かな町である。大多喜城は、徳川家の重臣・本多忠勝が十万石の所領を統治した政庁で、忠勝が桑名へ転封となった後は次男の忠朝が五万石をもって入城した。しかし、由緒ある城は、方々で塀が崩れ、白壁の部分は薄汚れ、所々がはがれ落ちていたのである。

「さもありなん……」

忠朝が戦死した時、その嫡男・政勝《まさかつ》はまだ二歳で、忠朝の甥・政朝《まさとも》が跡を継いだが、政朝もすぐに播州龍野《たつの》に転封となり、大多喜城は、この三年は城主不在となっているのだ。

本多忠朝の墓所がある良玄寺は、その荒《すさ》んだ城の南東にある長閑《のどか》な寺院であった。

方便のために成り済ました大矢野松右衛門であったが、もし彼が生きていれば、こうして旧主の死を悼《いた》み、墓参に来たであろうか。それを思うと掃部の胸は物悲しさに充《み》ちてきた。

「これへ参ってようございました」

大助もしんみりとしていた。

大坂の役最後の決戦となった、天王寺口の合戦で、忠朝を討ったのは、毛利勝永隊であった。父・幸村も、毛利隊と共に戦ったゆえに、大助の胸中も複雑であった。

「何と祈った……」

墓参を終えて寺を後にしつつ、掃部は大助に問うた。

「御貴殿がお仕えになられた徳川家と、もう一度戦わせていただきますと」

「ふふふ、出雲守殿もそれでは安らかには眠れまい」

「わたしは討死したとて、七度生まれ変わり、徳川と戦いまする」

「ふふふ、申したな」

山門を出る三人を、

――いずれのお方であろう。本多様由縁の方には違いなかろうが。何と勇ましい。

と、寺の僧は首を傾げて見つめていた。

「さて、鎌倉へ参るか」

掃部は歩みを進めながら、ふと往還の辻《つじ》を見ると、百姓の女房らしき者が一人、腰を低くして掃部達三人を見つめている。歳の頃は二十歳を幾分過ぎていよう。

細面に切れ長の目が、ただ者ではない鋭さと妖《あや》しさを秘めている。

「楓《かえで》か……」

掃部がやさしげな目を向けると、

「これにてお待ち申し上げておりました」

楓と呼ばれた女は、満面に笑みを湛《たた》えて応えると、大助に深々と頭を下げた。

「して、鎌倉の首尾は」

「抜かりはございませぬ」

「うむ……」

一行は四人となって鎌倉を目指さんと歩き始めた。

予《あらかじ》め示し合わせてあったか、道行く四人の足並みには毛筋ほどの乱れもない。

四人が向かう先は鎌倉松《まつ》ヶ岡《おか》。ここには東慶寺があり、天秀尼《てんしゅうに》という名で仏門に入った、かつての幻の姫・千代姫がいる。

掃部の企み事がここに始まる。

一雨きそうな黒雲が空を覆っていた。

良玄寺山門で見送る僧の視界からは、既に四人の姿は消えていた。

第七話　幻の姫

一

千代姫は十五歳になっていた。

故・太閤秀吉の孫に生まれ、豊臣家の血を引くというだけで彼女は捕えられた。同じく、秀吉の孫にして、豊臣秀頼の息として生まれた国松も捕えられ、彼は十にも充《み》たぬ歳《とし》で処刑されたが、千代姫は養母として千姫が命乞《いのちご》いをしてくれたお蔭《かげ》で殺されずに済んだ。

だが、その命を長らえたとて、童女であった身で落飾し、尼寺《あまでら》で一生を終えるというのは処刑によって殺されたに等しい。

女として母として、世の中のあらゆる悲哀と喜びを経験してこそ、仏門に帰依《きえ》してか弱き女を守れるのではないかと、天秀尼となった彼女は我が身の不運を嘆き思い悩んだものだ。

彼女が押し籠《こ》められた東慶寺は、弘安《こうあん》八年（一二八五）に覚山尼《かくさんに》が建立した。

覚山尼は、鎌倉幕府第八代執権《しっけん》・北条時宗《ほうじょうときむね》の正室で、九代執権・貞時《さだとき》の母である。生家の安《あ》達《だち》一族が、内管領・平頼綱《たいらのよりつな》の謀略によって討たれた時、彼女は安達一族の子女を守った。同じ年にこの寺を建てたというから、ここで女子供を匿《かくま》ったのかもしれない。

その後、東慶寺が男に虐げられる女達の救済に努める〝縁切寺《えんきりでら》〟〝駆込み寺《かけこでら》〟として広く世に知れたのは、この覚山尼の信念が受け継がれたといえる。

その覚山尼を思えば、自分に何が出来るのだという、空しい想《おも》いばかりが先に立つ。

寺での師・瓊山尼《けいざんに》は、

「こなたは、まだ幼なき頃《ころ》に、それはもう辛《つら》い想いをしておいでじゃ。それゆえ、人の苦難を慮《おもんぱか》ることもできましょう。よう学んで、弱き者を助けられる住持とおなりなされ……」

と、優しく諭してくれた。

確かにそのようなものかと、ひたすら仏に縋《すが》ったが、この寺に助けを求め来る女達の悩みを聞かされたとて、男女の愛憎が何たるかを知らぬ身には戸惑うばかりであった。

何事も大人になればわかるのが世の中なのであろうが、尼寺で大人になりゆく身には、わからぬことが多過ぎる。

所詮《しょせん》は男を知らず、先祖から受け継がれた血も残せぬ女ではないか――。

天秀尼は、大きくなるにつれ、自分自身を冷めた目で見るようになっていた。

だが、そんな彼女を、

「どうせこの寺からは出られぬ身なのです。思い悩まずに、ここでできる楽しみを日々見つければよろしいのでござりまする」

このような言葉で励まし続けているのが、天秀尼の世話役となって、共にこの寺に入った妙秀《みょうしゅう》尼《に》であった。

妙秀尼は、天秀尼が内心誰よりも尊敬の念を抱き、慕っている女《ひと》である。

妙秀尼のこれまでの人生を知るだけで、天秀尼はわくわくとして心躍るのだ。

それは尼としてははしたないことだと叱《しか》られるかもしれないが、

「若い身で、心躍らすこともないようでは、ろくな大人にはなりませぬよ。人前で大人しゅうしていれば、心の内でどう思うていようがよいのです。いくら徳を積んだ御方《おかた》でも、こなた様が何を心の内で思い、楽しんでおいでかは見えぬもの」

妙秀尼はさらりと言ってのけ、

「さて、今日はどのお話をいたしましょうか……」

天秀尼に請われるままに語ってくれる。

そもそも妙秀尼は、関東の名流・成田《なりた》氏の出で、彼女の父は藤原《ふじわら》氏からの流れを汲《く》む成田氏長《うじなが》である。氏長は、戦国時代に関東を治めた北条家に仕え、忍《おし》城の城主であった。

妙秀尼は〝甲斐姫《かいひめ》〟としてここに育った。豊臣秀吉の小田原攻めの折は、北条家の本城である小田原城に籠《こも》る氏長に代わって、一族の長親《ながちか》と共に忍城に押し寄せる石田三成の軍勢と戦った。

結局、小田原開城による北条家の敗戦によって開城するに至るのだが、甲斐姫は長親を助け城を守り抜いた女傑《じょけつ》として名を馳《は》せた。

その後、成田氏長は豊臣秀吉の信厚き蒲生氏郷《がもううじさと》に預けられたが、氏郷は彼を手厚く遇し、一万石の所領を与え奥羽《おうう》の福井《ふくい》城に据《す》えた。氏長はこれに応《こた》え、氏郷の東北平定に従軍した。

ところがその折、氏郷から与えられた家臣が、氏長の出陣中に謀反を起こした。

甲斐姫はこれに怒り、謀反に気付き引き返す氏長に呼応し、薙刀《なぎなた》を手に奮戦した。

「大した女よ！」

天下人・豊臣秀吉は、その噂《うわさ》を聞きつけると、甲斐姫を召した。

すらりとして目鼻立ちの整った彼女を見て、秀吉は大いに気に入り、甲斐姫を己《おの》が側室として寵愛《ちょうあい》したのである。

そうして豊臣家の人となった甲斐姫は、持ち前の明るさと、利かぬ気で、大坂城の奥御殿で大いに慕われ、頼られる存在となった。

人質同然に、秀頼の妻となって大坂城に入った千姫も、不安な日々を〝甲斐殿〟によって慰められ、元気付けられていた。

やがて甲斐殿は、秀頼の庶子・千代姫の傅役《もりやく》を任された。大坂の役の後、千姫が千代姫の命乞いをして、東慶寺に入るよう図ったのは、甲斐殿のためでもあった。

甲斐殿は、秀吉の死後落飾していて、幼なくして仏門に入る千代姫を哀《かな》しみ、共に寺へ入る意思を見せていたからである。

そして、千姫は祖父・家康が千代姫に、

「何か望むことはあるか」

と、声をかけた時は、

「東慶寺開山よりの、か弱き女子を助け参らせるという御寺法を、この後御守りしていきとうござりまする。どうかお許しのほどを……」

そう願うようにと助言し、この寺法は〝権現様御声懸《おこえが》かり〟となった。

この寺に駆け込めば、妻を虐待《ぎやくたい》する悪い夫と別れられる――。

その治外法権を確かなものとしたのだ。

千姫自身が、まだ子供の時に政略で大坂へ嫁ぎ、戦によって夫と引き裂かれ、多くの侍女達を戦《せん》禍《か》によって失った。男達の都合によって、悲しい運命を歩まねばならない女達を、少しでも救いたいと思ったのであろう。

そして、そんな特色のある東慶寺には甲斐殿のような人が何よりも必要だと考えたのだ。

天秀尼には、千姫の想いがよくわかる。

東慶寺に入ってから、ここへ逃げてくる妻と、追いかけてきた夫との間で何度となく騒動が起こっていた。

憤《いきどお》る夫が妻を引きずり出し、折檻《せつかん》を加えようとして、これを制止する寺役人との間に闘争が起こることもあった。

このような時、妙秀尼は生き生きとして出動した。

「無体なことをするではありませぬ！」

凛《りん》とした一喝と共に、寺役人達を指揮し、夫を追い払い、妻を寺内に収容するのである。

ある時などは、怪力無双の男が丸太を振り回して暴れ、三人の寺役人が、あっという間に薙《な》ぎ倒されたのだが、

「おのれ小癪《こしやく》な！」

妙秀尼は、男をきっと見据えるや、手にした乳切木《ちぎりき》で、さっと足払いをかけ、前へのめったところへ、上から一撃を加えて、

「無体なことをするではありませぬ！」

決り文句と共に、あっという間に打ちのめした。

「いったいどちらが無体なんだ……」

男は、頭から血を流しながら、ばったりとその場に崩れ落ちたのだ。

それを聞いた千姫は、ころころと笑い、しばらく言葉が出なかったという。

してやったりの千姫であったが、妙秀尼がそういう武勇を発揮するのも、少しでも天秀尼の心を慰められたら――、という想いからであった。

そのお蔭で、十五歳になった天秀尼は、密《ひそ》かに妙秀尼から武芸を習い、彼女の豊富な経験と知識を学ぶことで、単調な尼の修行に堪《た》えられるようになってきた。

とはいえ、寺に助けを求めに来たものの、

「すまぬ、おれが悪かった……」

と、詫《わ》びる夫にほだされて、仲よく帰っていく夫婦の様子に触れる時もある。

「ほんにふざけた夫婦じゃ。二度と来るでないわ……」

そんな時、妙秀尼は剽《ひょう》げてみせ、寺役人や尼達の失笑を誘うのだが、男女の深い結びつきを思うと天秀尼は胸が苦しくなる。

決まって彼女の脳裏に一人の若武者の面影が浮かぶのだ。

近頃は、〝ふざけた夫婦〟の登場によらず、その面影が浮かぶようになっていた。

仏法の力を借りて鎮めようとて、次の朝、空にたなびく雲を見ると、もうそこに浮かんでいる。

その日は、今を盛りと咲いている、桜を見ると花の向こうに浮かんできた。

昨夜は、夢に若武者を見ていた。

大坂城の御殿で共に能を見ている。それからきらびやかな廊下を行き、若武者は馬場へ自分を連れていって馬に乗せてくれた。

軽々と自分を持ち上げて鞍《くら》に乗せた時の節くれだった掌《てのひら》、しなやかな四体の躍動。少しはにかんだ野太い声の響き——。

それらが合戦の響きと共に、一気に吹き飛んで目が覚めた。

仏法など、信心などまやかしでしかない。

尼の身で、精神をひたすら傾け、経を唱えたとて、その面影を消すことすらできないのだ。

寺での暮らしにも慣れた。妙秀尼のお蔭で、穏やかな日々が送れている。

それでも尚《なお》、心に迷いが生まれるのは何故だろう。

若武者の面影は、時に現われては天秀尼に動揺を与えるのだ。

妙秀尼は、桜花をぼんやりと眺める天秀尼の心に何が浮かんでいるかを見透かしていた。

そして、天秀尼の動揺を、実に楽しそうに見つめていた。

「千姫様も罪なことをなされた……」

縁切寺にいれば退屈も少なかろうと思って、自分共々送り込んだのかもしれぬが、それだけ男女の情に触れるのだ。

子供の時から寺暮らしとはいえ、大坂にいた頃には天秀尼にも淡い恋があったはずだ。幼い頃とて恋は恋だ。それが十五という、生身の女に成長した今、新たなときめきとなって体の中で溶けだしたのに違いない。

妙秀尼自身、甲斐姫と呼ばれた男勝りで闊達《かったつ》な女から、人の心の内を推し量れる成熟した女へと成長を遂げていたゆえそれがわかるのである。

二

「桜の向こうに何かが見えまするかな」

天秀尼は、妙秀尼に言われて、はっと我に返った。

「いえ……」

いくら自分のすべてを受け入れてくれる妙秀尼とて、若武者の面影を見ていたとは言えない。

「一所におりますと、花の色の移ろいが真《まこと》にありがたいと存じまして……」

咄嗟《とっさ》に言い繕った。

「咲き誇る花は、そこに様々な人の面影を浮かべてくれまするゆえ」

妙秀尼は、少しばかり冷やかすような物言いをして、

「心に浮かぶ美しいものは、何構うことのう、愛《め》でればようござりまする」

にこりと頬笑《ほほえ》んだ。

天秀尼は、やや下ぶくれの愛らしい顔をほんのりと朱に染めた。

妙秀尼には何もかもお見通しなのだと、悟ったのである。

「妙秀尼殿は、何ゆえわたくしの心の内まで見てとれるのでしょう」

「ふふふ、長くお傍《そば》に付いておりますゆえ」

「わたくしは、こなた様のお心の内は見えませぬ」

「もう五年もすれば見えて参りましょう」

「五年たてば、人を知るということなのでしょうか」

「いいえ、汚れを知るということでござりまするよ」

からからと笑うと、

「お勤めにはまだ間がござりまする。ちと庭の桜を愛でに参りましょう」

妙秀尼は、天秀尼を促して、方丈を出ると境内《けいだい》を歩いた。

瓊山尼の許《もと》で修行の身であるとはいえ、天秀尼は厳しく行動を制限されているわけではなかった。

彼女に付き添う妙秀尼は、この東慶寺において、誰《だれ》からも一目置かれる存在となっていた。

名族・成田氏の出で、若き頃は女傑で名を馳せ、太閤秀吉の側室で、将軍家の千姫から絶大な信を得ている。日頃は穏やかでも、ことあれば乳切木を手に大の男を叩《たた》き伏せる腕っ節と気の強さは健在である。妙秀尼が側《そば》に付いている限り、天秀尼には恐れるものなどなかったのだ。

二人が境内を行くと、総門から男女の言い争う声が騒がしく聞こえてきた。

「おや、始まったようですよ」

駆込みの女が来て、旦那《だんな》と揉《も》めているようだ。

「ほんに困ったことじゃ……」

妙秀尼は、天秀尼に構わず、総門へと下りていった。困ったことだと言いながらも顔は生き生きとしている。気の毒そうな顔をしつつ、火事場見物が何よりも好きな者と、それは似ている。

「妙秀尼様！」

総門からさらに女の叫び声がした。

「はて、わたくしの名を呼んでいやる……」

妙秀尼はたちまち興をそそられた。かつての武勇伝が広まり、駆込み女が名指しで頼って来たのであろうか。持ち前の義侠《ぎきよう》と好奇心が重なり、妙秀尼は歩みを早めた。

天秀尼は捨ておけずこれに続くと、総門の外で言い争う一組の男女と、男を追い返そうとする寺役人達の姿が見えた。

囚《とら》われの身に等しい天秀尼である。総門の傍まで行くのは控え、鐘楼《しゆろう》の下の松の陰からそっと様子を窺《うかが》うと、

「帰れと申しておるのじゃ！　今に妙秀尼様がおこしになれば痛い目をみるぞ！」

女が叫んだ。

「黙れ、黙らぬか！　誰が来ようが、おれはこのまま引き下がらぬぞ！」

男が返す。

二人はどこかの若い百姓夫婦のように見える。

「これ、ここは東慶寺じゃ。女房を置いて帰るがよいぞ」

寺役人は間に入って、今にも女に殴りかからんとしている男を手で制した。

寺役人は三人。豊臣家の血を引く天秀尼がいる寺であるから、なかなかに屈強揃《ぞろ》いだ。警護の武士は他にも大勢詰めているが、たかが夫婦のことだ。三人に任せて寺役所に籠っていた。

「東慶寺だからどうじゃと申すか！　おれが女房をどうしようが、放《ほう》っておけ！」

男は激高していて、寺役人の手を邪険に払いのけた。

「おのれ！」

寺役人はついに手にした棒で男に打ちかかった。

ところが、男はこれを見事にかわすと、打ちかかった一人の急所を蹴《け》りあげた。

「放っておけと申したはずじゃ！」

男はその場に蹲《うずく》まった一人の棒を取り上げ、後の二人を睨《にら》みつけた。

「下郎推参なり！」

二人は怒り心頭に発し、男に襲いかかった。

以前、妙秀尼の加勢を仰《あお》いでしまった反省から、寺役人には腕自慢を置いているのだが、

「寺侍、何するものぞ！」

男は鮮やかに棒を振り回し、一人の腹を突き、残る一人の臑《すね》を丁《ちょう》と打った。

「なかなかやる……」

見ている妙秀尼はにこりと笑った。

「妙秀尼様！」

それと同時に再び女房が叫んだ。

「妙秀尼は妾《わらわ》じゃ……」

妙秀尼は門の外へ出ると、縋る女房を背にして、彼女も寺役人が取り落した棒を拾いあげた。

「ほう、こなた様が強い尼殿か」

男は勝ちに乗じて不敵に笑った。

「左様、言うことを聞かぬなら容赦はせぬ」

「おれの女房は渡さぬぞ」

男は身構えた。寺役所からは、ぞろぞろと役人達が出てきたが、妙秀尼はそれを制して、

「この尼に負けたら黙って帰るか」

「村では誰よりも喧嘩《けんか》が強いおれじゃ。尼に負けたら黙って帰るしかないわ」

「それは真か」

「一定《いちじょう》じゃ！」

男は、さっと打ちかかった。妙秀尼はそれを払うと、真っ直《ます》ぐに振り下ろす。男はその一打を両手で握った棒で受け止めると、妙秀尼にじりじりと寄って、彼女の顔を見つめた。

男と目を合わす妙秀尼の顔に驚きの色が浮かんだ。男の顔には見覚えがあった。

「お懐《なつ》かしや、甲斐殿……」

それに対して男は、囁《ささや》くように言った。

「そなたは……」

妙秀尼は大坂にいる頃の名を告げられて、男の顔をはっきりと思い出した。

「あれなる女に、何もかも……」

男は駆け込んだ女に目を向けた。

妙秀尼は、男をじっと見つめて、

「委細承知」

囁いたかと思うと、さっと離れて男の腹を突いた。示し合わせた打突だが、男は腹を大仰に押さえて、その場にへたり込んだ。

そこへ寺役人共が殺到したが、

「構いませぬ！」

妙秀尼は力強い声で制した後、

「そなたの負けじゃ。お行きなされ」

と促した。

「所詮《しょせん》は百姓の俄《にわか》仕込みか」

男はよろよろと立ち上がってもう一度、総門へ向き直ると、やがてとぼとぼと去っていった。

妙秀尼は厳しい目でそれを見送り、今度は寺役人達に戻るよう促して、

「女房殿は、ひとまずこの妙秀尼が預かりましょう」

凛として言い放つと、女を連れて門の中へと入った。

鐘楼の下の松の陰では、この様子をそっと窺っていた天秀尼が、目を見開いたまま、わなわなと震えていた。

三

妙秀尼は、女を方丈の一隅にある小部屋へ入れて取り調べた。

後に、駆込みによって縁切を願う女に対する寺法は、事細かく整備されることになるが、まだこの頃の東慶寺には、駆込み女を預かる御用宿もなく、寺の内に入れてから事情を聞き、適宜《てきぎ》留めおくのが常であった。

住持は瓊山尼であるが、駆込み女については主に妙秀尼が腕を揮《ふる》っていた。そもそも住持は煩《わずらわ》しい夫婦のことなどに関《かかわ》っていられない。

駆込みの中にも、己が心得違いに怒った夫から逃げて来る者や、夫とは上手《うま》くいっていても、因業な姑《しゅうとめ》の迫害から逃げてくる者もある。

時に叱って寺から追い出したり、姑を呼び出してこれを窘《たしな》め、夫婦を元の鞘《さや》に納めたりもする。

やがて縁切寺に駆込む女達を相手に商売をする者も出てくるが、そもそも女達を守るのは、寺の奉仕によるもので、徒《いたずら》に女を抱《かか》えていられなかったのだ。

その意味では妙秀尼の裁きは手際よく、明らかに夫がひどい場合は、寺に預かってから早々に男を脅《おど》しつけ、離縁させた。

「さて、話を聞きましょう」

しかしこの度の取り調べにおいて、妙秀尼にいつもの闊達で、素早い対応は見られなかった。彼女は周りに誰も寄せつけず、終始人目を気にしながら女に問うた。

「わたしは、楓と申します」

楓と名乗った駆込み女は、明石掃部と大多喜で合流した、件《くだん》の妖《あや》しき女であった。

「あの殿御は……」

「真田大助様にござりまする」

楓は声を潜めた。

「生きておられたか……」

妙秀尼は大きく息を吐いた。

彼女は大坂落城の直前に、千代姫に付き従い郊外に隠れたが、姫共々京極若狭守忠高《きょうごくわかさのかみただたか》に捕えられた。その折、大坂城では、豊臣家の人々はことごとく自刃し、前の決戦で華々しく討死を遂げた真田幸村の息・大助もこれに殉じたと聞かされていた。

京極忠高の母は、千代姫の祖母・淀殿の妹・常高院《じょうこういん》である。京極家の手に落ちたのは、千姫と共に千代姫の命乞いに有利に働くと考えた、妙秀尼の智恵《ちえ》であったが、さすがにその惨状を聞かされた折は、気丈な妙秀尼も袖《そで》を濡《ぬ》らさずにはいられなかった。

妙秀尼は、秀頼が千代姫を真田大助に妻《め》あわせようとしていたのを知っていた。

そして、千代姫が天秀尼となった今も、大助への想いを胸に抱いていることを見透かしていた。

その真田大助の顔を妙秀尼は忘れていなかった。それゆえ、駆込み女の夫を見た時は、はっと目を見張りながらも、まさかそんなはずはと思ったが、

「甲斐殿……」

と、囁かれて確信した。大助はきっと天秀尼に会いに来たのであろう。そして、妙秀尼に自分の存在を知らせた上で、

「姫に会う術《すべ》はござらぬか……」

と、訴えたかったに違いない。

「こなたは、誰の差《さ》し金《がね》でこれへ参ったのじゃ」

妙秀尼は弾む言葉を抑えつつ、楓に訊《たず》ねた。

「明石掃部様にござりまする」

「明石掃部殿……。あの御方も……」

「生きておいでにござりまする」

「左様か……」

妙秀尼の表情がぱっと輝いた。

「してこなたは?」

「掃部様にお仕えしておりましたが、大坂の戦で散り散りとなり……」

「時が来て、またお仕えいたしたか」

「この日を待ち望んでおりました」

神妙に頷《うなず》く楓を妙秀尼は嬉《うれ》しそうに見て、

「ほほほ、待っていればよいこともあるのう」

つくづくと言った。彼女は、楓が明石掃部の下で働くことに生《い》き甲斐《がい》を覚えていると見て、それを頬笑ましく思ったのだ。

待っていればよいこともある——。

それは何よりも今、方丈の自室で瞑想《めいそう》している天秀尼が思っていることであろう。

真田大助が門前から去り、妙秀尼が楓を伴い方丈へ向かう折、天秀尼は鐘楼の下で立ち竦《すく》んでいた。

妙秀尼は彼女が夢に見る愛《いと》しき殿御を総門の外に認めたのであろうと一目で察して、

「何やらお疲れの御様子。これ、誰かある！」

と、天秀尼を方丈で休ませるように取りはからったのである。

その際、妙秀尼は天秀尼の耳許《みみもと》に、

「生きておいでにござりましたな」

と、囁いた。

彼女の言葉に、天秀尼ははたとよろめいて、駆け付けた下仕えの尼に支えられた。

もしやと思った男が、やはり大助であったと確信したことで気が遠くなったのであろう。

——真田大助殿、ようここまで参られた。

妙秀尼は、楓と言葉を交わす度に、うっとりとした心地になってきた。

「掃部殿も鎌倉に来ておいでか」

楓は黙って頷いた。

「真田大助殿と共に、再び無念を晴らさんと」

「世の中を変えぬと、吉利支丹が死に絶えることになろうと……」

「なるほど、あの御仁はどこまでも信心の妨げを払いのけんとなされているのじゃな」

「その他には欲のない御方にござりまする」

楓は誇らしげに言う。

妙秀尼は楓の表情を読んだ。

「そしてこなたは、掃部殿を命の限り慕っているとみえる」

「いかにも慕っておりまする」

「ふふふ、天晴《あっぱ》れよの。それでこそ女子《おなご》じゃ」

「天秀尼様におかれましては、真田大助様を今でもお慕いなされておいでにござりましょうや」

「控えよ」

「ははッ……」

「大坂の戦が終ってよりこの方、他の誰が天秀尼様のお心の内に入れようぞ」

「御仏によって封印されてしもうたかもしれぬと存じまして……」

「天秀尼様が天にもたらされた傷ましき定めを見よ。御仏がその魂を容易《たやす》う封印できるものではあるまい」

法力によって鎮めようとすればするほど、ただひとつの恋の思い出は、心の内で大きくなるものだと妙秀尼は言う。

「畏《おそ》れ入りましてござりまする」

楓は、妙秀尼の気迫にたじたじとなった。

「明石掃部殿と真田大助殿ほどの御方が、鎌倉へ参られた……。決起にあたって、天秀尼様に一目会うてただ暇乞《いとまご》いをされるだけのおつもりではありますまい」

「左様にござりまする。あれこれお考えのこともござりまするが、まず妙秀尼様の思《おぼ》し召《め》しをお聞きするよう、申し付けられてござりまする」

「妙秀尼の考えとな？」

「徳川将軍家に戦を挑むには、三つの物が揃《そろ》わねばならぬ。前《さき》の右大臣様はそのように仰せになられたそうで」

「前の右大臣様が……」

「即ち、豊臣家の末孫、真田家の血を引く大将。そして吉利支丹であると」

「なるほど、その内の二つはもう得られた。後残すは……」

妙秀尼はそこまで言うと、はっとして、

「もしや、大助殿は天秀尼様を……」

楓は平伏した。

妙秀尼はしばし物思うと、大きな溜息《ためいき》をついた。

「豊臣家の血筋を残す……。何ということをお考えじゃ。千姫様には何とお詫《わ》び申し上げればよいのでしょう……」

その整った顔は強張《こわば》り険しいものとなっていく――。

四

「して、千代姫のお姿は見られたか」

「総門の向こうに、眉目《びもく》麗しき尼御前《あまごぜ》が……。定めて千代姫であったと」

「左様か。そなたのことを、お気付きになられたであろうかの」

「それはわかりませぬが……」

「楓は妙秀尼殿に連れて行かれたのじゃな」

「まんまと寺の内へ」

「相変わらずの女傑ぶり。かつては、甲斐殿が男に生まれてきたならば、成田殿もどれだけ栄えたことやしれぬと噂されたが、女に生まれてくれたゆえ、豊臣家の血が残ったというものよ」

東慶寺の総門から立ち去った大助が向かったのは、寺の東北にある六国見山《ろつこくけん》の麓《ふもと》にある一軒の百姓家であった。この家は楓が用意した掃部達一行の潜伏場所で、百姓夫婦の遠縁の者が、美作の地から鎌倉への寺参りに来たということになっていた。

百姓夫婦は初老を過ぎているが、子供はなくひっそりと暮らしている。そして夫婦は吉利支丹であった。

寺が建ち並ぶ鎌倉の地は、吉利支丹にとっては却《かえ》って禁教から逃れ易いのであろうか。表向きは仏を拝しつつ、密かに吉利支丹を続ける者もいた。

掃部が倅夫婦と嫁の弟と共に旅に出たが、そこで夫婦の間に諍《いさか》いが起こり、嫁の楓はこれ幸いと東慶寺に駆け込み、大助はすごすごと追い返されて帰ってきたというわけである。

「さて、楓は無事に帰って来るかのう」

掃部は表情を引き締めた。

「甲斐殿の表情を見るに、きっと帰してくれるであろうと……」

大助は、庭に咲く桜花を見つめながら言った。

幼なかった千代姫は、瑞々《みずみず》しい娘になっていた。あれはきっと千代姫であったと大助は信じている。明日をもしれぬ日々を生きる者には、信じ難いほどに人の面影が頭に焼き付くものだ。その千代姫は、墨染《すみぞめ》の衣を身にまとい、頭は白き帽子《もうす》で覆われていた。その切なさが若い大助の心を乱していた。

掃部と大助は大きな賭《か》けに出ていた。

甲斐姫と呼ばれた若い頃から、妙秀尼は女傑で義に厚く、秀吉の側室になってからは豊臣家への忠誠厚き女であった。号に〝秀〟の字が入っているのも、自分を慈んでくれた豊臣秀吉を偲《しの》んでのことだ。

「この身が男ならば、真田殿や明石殿と共に徳川の軍勢相手に一戦仕《つかまつ》りましたのに……」

大助はその力強い言葉を幾度も聞いたことがあるし、千代姫の傅役であった彼女は、千代姫が大助と共にいられるよう、気を廻《まわ》していたような気がする。

そのような女であるゆえ、天草からはるばる鎌倉へ来て、己が正体をさらしたのだ。

「じゃが、天秀尼様を東慶寺の住持として、穏やかなるままに過ごさせてさしあげたい。妙秀尼殿も今ではそのようにお考えかもしれぬ。そうであれば、我ら二人ほど邪魔な者はなかろうな」

掃部はそれを思い、気にかけていた。

大助は、妙秀尼に自分が健在であると報《しら》せ、楓を寺内に送って、

「前の右大臣様のお望み通り、千代姫を我が妻とし、豊臣の血を引く和子を儲《もう》けたい」

妙秀尼にその気持ちを伝えたのだ。

思えば驚愕《きょうがく》すべき求婚である。

大坂落城から七年。徳川家二代将軍・秀忠の治政も落ち着き、戦国を生きた大名は死に絶えた感がある。豊臣家の血を唯一受け継ぐ天秀尼に、今さら価値を見出《みいだ》す者とてなかろうが、彼女をどうして真田大助と夫婦に出来るというのか。

妙秀尼が智恵を巡らし、天秀尼を寺の外に出し、掃部と大助が彼女を奪い去るというわけにもいくまい。死んだと思われている掃部と大助が姿をくらますのとはわけが違うのだ。和子を生《な》す前に殺されてしまうのがよいところだ。

いっそ訴人《そにん》して、明石掃部と真田大助を捕えるか、または後くされのないよう密かに抹殺してし

まおうとするかもしれない。

「大、ぬかるでないぞ」

「承知いたしております」

掃部と大助と小太郎は、刺客が来るやもしれぬ緊張に身を置いていた。

日暮れて尚、楓は戻らなかった。駆込み女をすぐに寺の外へ出すはずもないが、楓とて生きているという保証もない。掃部は百姓夫婦を、近くの身内の屋敷へと避難させその時を待った。

いざという時のための火薬は小太郎が備えてあった。だが、寺の内へと入っている楓を捨て殺しにせねばならぬのが心苦しい。

掃部、大助、小太郎は、いろりに火を入れておいて、自らは納戸《なんど》に身を潜めた。敵が踏み込めば、すかさず納戸からいろりに火薬玉を放り込み、納戸の裏手の繁《しげ》みから逃げるのだ。

「小太郎、案ずるな、楓は戻ってくる」

薄闇《うすやみ》がたちこめる納戸の中で、大助は囁いた。

「なに、いざとなっても容易う果てる女ではござりませぬ」

小太郎はこともなげに言った。

楓は小太郎の姉であった。

そもそも河本家は、信濃国四阿山《あずまやさん》の修験者の流れを汲む武芸者の出であった。土豪の抗争から逃れ、美作に移り住み、姉弟の父・弥助《やすけ》が明石掃部に仕え、諜報《ちょうほう》を務めた。

しかし関ヶ原の敗戦によって、掃部はまだ幼児と赤児の姉弟を抱える弥助を、枡屋五郎兵衛に預けたのだ。その後弥助が亡くなり、掃部の大坂入城に伴って、楓が掃部の侍女となり、持ち前の忍びの技を駆使して、寄せ手の状況を探った。

掃部を慕い、どこまでも共に付いていこうとした楓であったが、彼女を死なせたくない掃部は、大坂落城の寸前に楓を、枡屋五郎兵衛がマニラに置いていた商館に行かせた。

そして、掃部と大助が天草に落ち、新たな動きを見せんとする間合を計り、五郎兵衛が呼び戻したのだ。

真田大助と駆込みの芝居をさせたのは掃部の策略で、天秀尼の想いひとつで命の危険にさらされる役目を受け、

「お屋形様のお役に立てる時がやっと参りました……」

と、喜びに女武芸者である厳しき顔を赤く綻《ほころ》ばせた姿を思うと、掃部は久しく触れていなかった女の健気《けなげ》さに胸が痛んだ。

やがて夜の帳《とばり》に辺りが包まれようとした時、出入りの戸がかたりと鳴った。

三人は四肢に力を入れた——。

「ただ今戻りましてござりまする……」

楓の声であった。〝帰りまして〟が、危機の報せ、〝戻りまして〟は無事の証《あかし》だ。

「楓、よくぞ戻った……」

掃部は殉教者の慈愛に充ちた声で、納戸を出て楓を迎えた。

五

翌朝、明石掃部は楓と共に東慶寺の総門へと出かけた。この日彼が何と名乗ったか、わざわざ記すまでもあるまい。

楓は日暮れまで、妙秀尼の取り調べを受けて、その日のうちに東慶寺から追い出された。

「話を問えば、たわけた女じゃ！」

妙秀尼は怒りを顕《あらわ》にした。駆込み女は夫と喧嘩になったが、よくよく話すと夫には未練があり、夫婦の諍《いさか》いの因《もと》は、極道者の舅《しゅうと》にあるというのだ。舅はいい歳《とし》をして喧嘩と博奕《ばくち》が絶えず、それをいつも家内に持ち込むので、それを見過ごしにする夫に怒ったのだ。

「門前まで連れて来や、説教をしてくれん！」

その体《てい》を装って、楓と二人とぼとぼと出かけるのだ。

妙秀尼は楓を捕えようとせず、まず明石掃部を検《あらた》めようとした。これは彼女が、保身のために、掃部と大助を抹殺しようなどとは思っておらぬという心の表われと受け取れる。

逗留《とうりゅう》している百姓家から東慶寺はほど近い。

建ち並ぶ寺の間を抜けて往還に出ると、石組の塀と総門が見えてきた。

「楓、そなたを呼び戻しとうはなかったが、やはりそなたがいると頼りになる……」

掃部は道中、楓を労《ねぎら》った。

「そのわたしを遠くに送るなど、酷《ひど》い舅殿でござりまするな！」

照れ隠しをしたいのであろう。楓はそこから、仲の悪い舅を連れてきた嫁と変わった。

「おのれ、舅を讒言《ざんげん》するとは憎い奴よ！」

掃部もこれに応える。

総門の前に口論しながら到着すると、その声が聞こえたのであろう。寺役所から役人が出て来て、総門の内を見やった。やがて待ち構えていたかのように、妙秀尼が寺の内から現われて、

「こなたが舅殿か！」

と、一喝した。申し合わせた芝居であっても、骨身に応える凄味《すごみ》がある。

老爺《ろうや》の頑固者に扮した掃部は、甲斐殿の健在ぶりを間近に見て嬉しくなり、

「お懐かしや……」

という言葉を呑《の》み込んで、

「へヘッ……、この度は、面目もないことにござりまする……」

と、楓と共に平身低頭した。寺役人達は、笑いながら妙秀尼に会釈をして、その場を任せると総門から離れた。

怒った顔をそのままに、妙秀尼は老爺を掃部と認め目の奥に笑みを浮かべた。

「この度は大層なお働きにて……」

そっと掃部に告げるその声も温かだ。

「大それたことを企み、痛み入り申す」

掃部も平身低頭の体をそのままに囁いた。

「姫に子を生《な》す喜びを覚えてもらい、豊臣の血を世に遺《のこ》し、太閤殿下のお嘆きをお慰め申し上げる。それはこの妙秀尼とて同じ想い……」

「それを聞いて安堵《あんど》いたしてござる」

「さりながら、ここから姫をお逃がし申し上げるわけには参りませぬ。御恩を蒙《こうむ》りし千姫様への遠慮もござりまする」

「それも重々承知の上。この身は妙秀尼殿の御意向に従うつもりにて」

「千代姫様には、この寺で天秀尼として生涯を終えていただくつもりにござりまするが、生涯の内の僅《わず》かな刻《とき》を、寺の外でお過ごしいただいたとて罰は当りますまい」

妙秀尼はニヤリと笑った。

「この身も天主にお許しを願うでござろう」

掃部もこれに倣った。

「とは申せ、たとえ一時にせよ、姫を外へ出せますかな」

「千代姫様にもしものことあらば、いつお命を狙《ねら》われかねぬと存じ、寺へ入ってよりこの方、姫の逃げ場は設けておりまする」

「さすがは甲斐殿……」

「倅殿には、毎夜のごとくこれへお訪ねあるように……」

妙秀尼は意味ありげに告げると、隙《すき》を見てするりと結び文を楓の懐《ふところ》へ忍ばせた。

「忝《かたじけの》うござる……」

掃部は頭《こうべ》を垂れた。

妙秀尼は万感の想いを込めて掃部を見ると、

「ええい、不埒者《ふらちもの》めが！　早々に立ち去れい！」

と、老爺と嫁を叱りつける体を繕い、颯爽《さっそう》として、踵《きびす》を返した。

――ここまで来た甲斐があった。

深々と低頭する掃部がやがて面を上げた時、妙秀尼の姿はもうそこになかった。

彼女の残り香のごとく、寺の内から花の香りが漂ってきた。

六

東慶寺西方の森の中に、一庵があり、そこにひっそりと尼が住んでいる。尼の他には、下仕えの尼が二人いて、身の回りの世話をしている。

噂では関東の武将の側室であったのが、ここで余生を送っているという。

この庵の裏手の松木立を進むと、灌木《かんぼく》に覆われた斜面に出て、その中に板戸が隠れている。板戸の向こうは少しばかり洞《ほら》となっていて、そこを抜けると再び灌木が生い繁った木立に続き、寺の裏庭を囲む柴垣《しばがき》に行きつく。

この寺こそ東慶寺で、柴垣を越えるとすぐに方丈の裏壁にぶつかる。

壁には窓ひとつないのだが、その一隅は隠し戸になっていて、一間の床の間に繋《つな》がっている。一間の主《あるじ》は天秀尼であった。つまり、天秀尼の部屋からは、床の間の隠し戸を経て人目を忍んで件の一庵に辿《たど》りつけるようになっているのだ。

この細工を施したのはもちろん妙秀尼である。天秀尼の命を奪おうとする企みがあれば、ここから逃がそうとして、時をかけ密かにこれを作らせたのだ。

幸いにも千姫の後ろ盾は強力で、天秀尼に害を与えんとする気配はなく、使うことのない仕掛けに終ると思われたが、妙秀尼はここに至ってこの仕掛けを使って天秀尼を件の一庵へと導いた。

一庵の尼は、妙秀尼の実家である成田家家中の女で、妙秀尼が東慶寺に入ると同時に、ここへ庵を構えた。妙秀尼が天秀尼を守るように、彼女らもまた成田家の姫である妙秀尼を守らんとしたのである。ここは鎌倉。関東の名族・成田家には庭のようなものだ。

下仕えの若い尼は、天秀尼と背恰好《せかっこう》、歳、顔付きも似た者を厳選してある。

天秀尼が抜け出した折は、一人がその身替りとなり東慶寺へ入る。それが翌夜から続けられた。

今、明石掃部は、河本姉弟と共に、一庵の外にいて物陰からそっと窺っている。庵の火灯窓《かとうまど》にはぼんやりとした灯《あかり》が点《とも》っていた。

「そっとしておいてやりたいが、そうもいかぬでな」

掃部は、傍らにいて息を潜めている楓にぽつりと言った。

「お気になさらぬよう、息を殺してご警護をいたしまする」

闇の中をよいことに、楓はうっとりとした表情を浮かべていた。夜風に乗って、ほのかに楓の女の匂《にお》いが掃部の鼻腔《びこう》をくすぐった。

合戦に息子を亡くし、放浪の中妻を亡くした掃部は、庵の中の若き男女にその夢を託していたが、楓は彼の乾いた心をしっとりと濡らす。

――いかぬ。いかぬ。

それが明石掃部の生への執着を強くする。

――聖父《ちち》と聖子《こ》と聖霊のみ名において……。

掃部は祈った。

やがて月が出て、庵の灯は消えた。

庵の一間では、天秀尼が千代姫に戻り、真田大助の腕の中で身を震わせていた。

女を知らぬ大助ではないが、今宵《こよい》は彼もまた震えていた。この先、何年生きるかは知らねども、今自分の腕の中にいて身を震わせている女を生涯の妻と思い、五感五体に刻み込み生きていかねばならぬと心に誓うからこそ。

二人は言葉少なに身を寄せ合った。

命をかけてまで自分を妻と信じ、目の前に現れた男に、何と言って自分の想いを伝えればよいのであろうか。この庵で何度逢瀬《おうせ》を重ねても、二人に飾った言葉は不要であった。

二人の交わりが、互いの運命の血を求め合っただけだとしても、これは天から与えられたただ一度の恋であることに違いない。

その証である和子の誕生が二人の絆《きずな》を永遠のものにする。

二人は互いの僅かな思い出を確かめ合い、戦国の世から忘れ去られた己が真の姿を求めた。

その一時がえも言われぬ陶酔《とうすい》を呼び起こすのだ。

大助も千代姫も、もう夢幻《ゆめまぼろし》に互いの面影を見ることはない。

「姫ばかりが辛い想いを……」

この先、千代姫に待ち受ける苦難を思うと、どれだけ我が妻を慈しんでも足らぬと大助はただひたすら彼女を労った。

「辛《つろ》うはござりませぬ。女子は己が分身を世に送り、そこからも夢を見られまする。これほどの幸せがござりましょうか」

千代姫は妙秀尼が用意した純白の夜着に、頭には黒々とした下げ髪のかつらを着けている。その姿を月明かりに見ると、天秀尼とはまた別人のごとく艶《あで》やかである。

千代姫は違う自分になることで、束《つか》の間《ま》の還俗《げんぞく》に身を委《ゆだ》ねている。

「姫……」

かける言葉を探しつつ、大助は静かに千代姫の帯を解いた。若武者と愛くるしい姫は、互いの血肉を絡《から》ませながら、夢のかなたへ落ちていった。

第八話　亡将

一

「また見失のうた……」

津田四郎兵衛《つだしろべえ》は歯噛《はが》みした。

炎天が容赦なく四郎兵衛と彼が乗る馬に照りつける。

この信濃国の北東・高井郡は、所謂川中島《いわゆるかわなかじま》四郡のひとつで、夏は暑く、冬は寒いという内陸部ならではの気候である。

四郎兵衛が見失ったというのは、彼の主君でこの地の領主・福島正則のことであった。

安芸広島城主として五十万石を領した、戦国きっての武将であった正則も、ここへ改易の上減転封されて三年が過ぎていた。

この地へ来た翌年には、嫡男《ちゃくなん》・忠勝《ただかつ》も早世し、合わせて与えられた越後国魚沼《えちごのくにうおぬま》郡の二万五千石の所領も幕府に返上した。今では二万石の小大名となり、彼は失意の中暮らしていた。

その憂うつから逃れたいのか、このところ正則は突如として陣屋《じんや》から単騎《たんき》駆《か》け出し、領内を巡るのである。

家来《けらい》達も黙って見ているわけにもいかない。慌てて馬腹を蹴《け》って後を追うのだが、時として振り切られてしまうのだ。

「ふん、四郎兵衛。汝《うぬ》も随分と鈍《なまくら》になったものよの」

やがて陣屋へ戻って来る正則は、この時ばかりは笑顔を浮かべる。

四郎兵衛には、それが悔しくて堪《たま》らないのだ。

もっとも、家中《かちゅう》の者達は、

「殿もまさか、そのまま逐電されまい。津田殿も、負けて差し上げればよいのじゃ」

「見事、振り切られた時の御気色は格別によいのであるからな」

などと言い合った。

「何をたわけた……」

敵の急襲を受けた時は、どうするのだ。こんなことでは、

「我に続け！」

と、大将自ら開門を促し出陣する時、肝心の大将を見失うではないか。ついていけぬ己《おの》が不覚を恥入りもせず、何を悠長に構えているのだと、戦国を生き抜いてきた生一本な津田四郎兵衛は腹が立って仕方がない。

それゆえ、泰平に慣れ切った家来達に活を入れる意味においても、四郎兵衛は正しく老体に鞭打《むちう》ち正則の後を追うのだ。

戦国の気風を残す、主従の戯事《ざれごと》にも見えるが、この四郎兵衛の気骨が正則の救いでもあった。

「うーむ、殿もまだまだ衰えてはおられぬな。せめて一万の兵があれば……」

福島正則の下で存分に兵を動かし、将軍家相手に戦うのだがと、心の内で思うのだが、

「ふふ、この身がこれでは面目ない、か」

四郎兵衛は苦笑いを浮かべて陣屋へ戻った。

その正則は、桶沢川《ひざわ》の辺りにいた。

馬に水をやり、大岩に腰を下ろし、遥《はる》かにそびえる北信五岳を見上げて大きく息を吐いている。

「我は弓よ。乱世においては役に立てど、泰平となりて川中島の土蔵に入れられしか……」

一人になると繰り言が出る。

繰り言を言わんがために一人になるのだ。

この男ほど、戦国の世に忘れ物をした武将はいないかもしれない。

豊臣秀吉子飼の臣。秀吉が天下人としての趨勢《すうせい》を確かなものとした賤《しず》ヶ岳《たけ》の合戦の折は、七本《しちほん》槍《やり》の一人の栄誉を受け、二十七歳にして伊予国分山《いよこくぶやま》十一万石の大名となった。それからは尾張清洲《おわりきよす》で二十四万石。関ヶ原の役の功で安芸広島五十万石の太守へと昇りつめた。

だが、福島正則の人生はそこから転落の一途を辿《たど》る。

正則が、関ヶ原の折に徳川方に付いたのは、対立していた石田三成憎しからで、戦後も豊臣家の恩顧《おんこ》を忘れず、秀頼への想《おも》いを憚《はばか》らなかったことが、徳川家から煙たがられた。

大坂の陣では出陣を許されず、半ば軟禁同然で江戸に留守を命じられ、終戦後四年で改易の憂き目を見た。幕府の許可なく広島城の石垣を修築したことが原因である。

だがこれは明らかに幕府の言いがかりで、元和三年（一六一七）に洪水で壊れた折に許可を求めていたにも拘《かかわ》らず、それを徳川の謀臣《ぼうしん》・本多正純に握り潰《つぶ》されたのだ。

どうせこんなことになるのならば、あの時辛抱せずにこうしておけばよかった――。

そのように思うのが人の常である。

関ヶ原で徳川家康に与《くみ》したことに悔いはない。だがその後、豊臣家を滅ぼしてしまったことは痛恨の極みであった。

慶長十六年（一六一一）に、徳川家康と豊臣秀頼の会見を実現させた後、すぐに盟友の加藤清正を始め、堀尾吉晴《ほりおよしはる》、池田輝政《いけだてるまさ》、浅野幸長《よしなが》、前田利長《まえだとしなが》といった豊臣恩顧の大名が次々に死んだ。

この連中が生きていれば、大坂の役は起こらなかったかもしれない。

――だが、おれはあの折生きていた。

何ゆえうまく立廻《たちまわ》れなかったのか、自分に腹が立つ。

豊臣家には恩がある。だが徳川家康にも義理が出来てしまっているから、大坂へ入城して自分が総大将になって、戦ってやるという気概を示せなかった。

結局、密《ひそ》かに大坂城へ兵糧米を送り込み、一族の正守《まさもり》、正鎮《まさしげ》を入城させ、大和宇陀松山《うだまつやま》城主であった弟の高晴《たかはる》は徳川家に従わせつつ、秀頼を助け出すように指図を与えたに止《とど》まった。

それでも大した成果はあげられず、正守、正鎮の最期は知れず、高晴は内応の疑いをかけられ改易となった。

悔しいのは、その後である。

大坂の役の翌年。死の床に就いた家康を駿府《すんぷ》に見舞った折。家康は正則に対して、

「将軍家（秀忠）に不服あらば、遠慮は要らぬ。安芸に戻られ兵を挙げるがよい」

非情な言葉を投げかけた。

直情径行で激しやすい正則は、

「真《まこと》にお情けなきことじゃ……」

と、床の傍《そば》から下がった折に涙した。それが家康の最期の正則に対する調略であったと知りつつ、正則は更なる徳川家への忠誠を誓ってしまった。

思えば、二代将軍・秀忠の代になれば、徳川家への恩はない。家康の死後、うまく安芸に戻り、

「大御所のお言葉通りにいたして候《そうろう》」

とばかりに、西国を巻き込み兵を挙げられなかったのか。

安芸の隣国には反徳川の防長二州の領主・毛利家がいる。その西の九州には、細川、黒田、加藤といったかつての盟友達がいる。さらにこれもまた反徳川の島津家もいる。

福島正則ほどの武将が肚《はら》を括《くく》れば、それなりに味方が現われたかもしれない。将軍家といっても相手は戦下手な秀忠である。しかも、戦上手の本多忠勝、榊原康政《さかきばらやすまさ》、井伊直政《いいなおまさ》といった徳川家の名将は既にこの世になかった。

――ここに座って遠くの山を眺めているくらいならば、大いに戦《たたこ》うて死ねばよかった。

六十二になった正則は、日々そんな想いにかられて、余生を過ごしているのである。

「さて参るか……」

繰り言はこれまでにして、陣屋へ戻らんと正則は立上がった。これでも、まだ二万石の領主なのである。吹けば飛ぶような采地《さいち》に未練などないが、戻って官吏共の話も聞かねばならぬ。

「うむ……?」

正則は、西の方からやって来る三人の男を認めた。

五十絡みの男に若者が二人。一見すると旅の百姓に見えるが、土豪《どごう》らしき趣《おもむき》を醸《かも》している。

――まさか、将軍家の回し者か。

咄嗟《とっさ》にそんな想いが頭をよぎった。

三人は歩き方、物腰に何やら心得たものがある。余の者はわからねど、正則には気配でわかる。いよいよ自分を討ち果しに何者かが遣わされたのかもしれない。それならば久しぶりに腰の太刀を抜いて存分に働き、討たれたとて本望だが、

――いやいや、今のおれを討ったとて、何の得にもなるまい。

すぐにそんな拗《す》ねた想いがしてきた。

そうこうするうちに、三人組は正則の傍《そば》近くへとやって来て、恭《うやうや》しく頭を下げたのであった。

二

「これは御領主様で……」

五十絡みが口を開いた。

「汝らはこの辺りの者か」

自分を領主だとすぐにわかるからには、そうなのであろう。それに、正則はどうも男に見覚えがあるのだ。

「いえ、我らは旅の者にござりまする」

男が応《こた》えた。

「はて、それならば何ゆえおれを知る」

正則は怪訝《けげん》な顔をした。三人は刺客ではなさそうだが、やはりただの百姓ではない。

「幾度か、お目にかかっておりまするゆえ」

「会《お》うているとな……？　そう申せば、汝には見覚えがある。どこで会うたかのう……」

「随分と前のことになりまするが、関ヶ原にて……」

「ほざくな！」

正則はくだらぬ戯言《たわごと》と叱《しか》りつけんとしたが、怯《ひる》まず堂々たる物腰で、にこやかな笑みを湛《たた》えている五十絡みの男の顔が、あの日の関ヶ原の風景に溶け込んできた。

「まさか……」

正則の記憶が蘇《よみがえ》った。男は宇喜多秀家の家老・明石掃部である。

「さて、思い出してくだされましたか」

「思い出したぞ。うむ、いかにも幾度か会うた。あの折は真によう戦うたのう」

「素姓が知れた上は、我らを捕えまするか」

「ははは、笑止な……」

正則は笑いとばした。

「今さらそのような面倒をしたとて何になろうや」

「それを聞いて安堵《あんど》いたしてござる。これはまた、長く九度山におりました者にござりまする」

掃部は、傍らで畏《かしこ》まっている真田大助を示した。

「何じゃと、ならば六文銭の……」

「いかにも」

「生きておったか、真田の倅《せがれ》よ」

「坂崎出羽守殿が、お救《たす》けくださりまして」

「何、出羽守が……。ふふ、あ奴《やつ》も死んだが、おもしろいことをしたものよ」

正則は、久しぶりに口にする言葉の数々と、明石掃部、真田大助が突如として訪ねて来た不思議に興奮の面持ちとなった。

「右大臣家をお救け申し上げることはできませなんだが……」

掃部がぽつりと言った。

「左様か」

正則は、掃部が出羽守と計り、千姫、秀頼、大助を救け出さんとした流れを瞬時に悟り、

「じゃが、掃部頭、よくぞ考えてくれたのう」

豊臣の姓を持つ正則である。主筋《しゅうすじ》の秀頼の命を救けようとした掃部の想いが胸に沁《し》みて、目に

涙を浮かべた。

「おれは、大坂には何もして差し上げられなんだ」

相変わらず感情の起伏の激しい正則の様子を見て、掃部は頰笑《ほほえ》んだ。

「それに控えるは、真田の家来か」

正則は、少し離れて控えていた小太郎にも声をかけて、

「面構えよの」

と、戦乱の日々に戻ったかのような会話を楽しんだ。関ヶ原の折は敵味方に分かれて戦った遺恨などは露ほどもない。昨日の敵は今日の友。その割り切りがまたいかにも戦国武将らしく、掃部も嬉《うれ》しくなってきた。

「掃部頭も真田の倅も、そのように畏まるな。周りには誰《だれ》もおらぬ。世が世であれば、共に兵を率いて軍陣で肩を叩《たた》き合《お》うた仲じゃ」

「忝《かたじけの》うござる」

掃部は、大助と共に、正則が再び腰を下ろした大岩の前に、どっかと胡座《あぐら》を組んだ。

「して、何ゆえ人目を忍び、ここまでおれに会いに来たのか。そのわけを聞こうではないか」

「まず、お報《しら》せしたきことがござってな」

掃部が頰笑んだ。

「御身内の伊予守殿と兵部少輔《ひょうぶのしょう》殿のことにござるが……」

伊予守は正守、兵部少輔は正鎮のことである。共に大坂の役の折は、大坂方に付いて戦った件《くだん》

の武将で、二人は正則の甥《おい》に当たる。

「ほう、あの者らもちっとは役に立ったか。城外での決戦で行方知れずになったと聞いておるが」

「某《それがし》と共に血路を開き大和川を越えた辺りで、別れ申した」

「左様か。ふッ、逃げ足の速い奴らよ」

正則はふっと笑った。

福島正守、正鎮の両将は、大坂夏の陣の折に、天王寺、岡山口の決戦に、茶臼《ちゃうす》山西方の部隊に属して戦ったが、乱戦の中敵を見失い、明石掃部隊と合流して戦場を離脱した。

「真に面目もない……」

福島正則には合わす顔もない。また、大坂方の自分達が、正則に繋《つな》ぎを取っては福島本家に災いを起こすやもしれぬ。

「これより死人となり申す」

二人は掃部にそう言い遺して、いずこへともなく消えていった。

「共に船で逃げんとお誘いいたしたが、落ちる当てがあるとのことでござったゆえ、今もきっと生きておいでござろう」

「それは何よりであった。おれが大坂城へ入れなんだゆえ、我が家の右大臣家への面目を立てんと、あの者らには苦労をかけた。生きていてくれたら何よりじゃ」

正則は穏やかな表情を浮かべながら、何度も頷《うなず》いた。

「真にありがたい報せじゃが、それを報せに来ただけでもなかろう」

「おんでもないことでござる」

「あの福島が、川中島に押し込められて、いかな間抜け面をしているか、見物に参ったか」

「さにあらず、まだまだ一暴れできようと、確かめに参ったのでござるよ」

「一暴れじゃと？　ふッ、誰を相手にすると申すのじゃ」

「これは異なことを申される。貴殿ほどの御方が一暴れとなれば、相手は天下の兵でござろうが」

「笑止な……。今のおれに何ができよう」

「右大臣家は、大坂での決戦の折、某にこう仰せになられてござる。この城を捨て徳川ともう一度戦うてみたい。豊臣と真田と吉利支丹。この三つが揃《そろ》えば、徳川を討てよう、とな」

「右大臣家が、そのようなことを……」

正則は、ぎろりと目を剝《む》いた。

「その三つの内、二つまではこれに揃うてござる」

「いかにも……」

「後ひとつの豊臣の血を手に入れることも叶《かの》うてござる」

「戯《ざ》れ言《ごと》を申すな。おれは左様なよまい言は信じぬぞ！」

「よまい言ではござらぬ」

掃部は、自信に充《み》ちあふれた表情を見せた。

三

東慶寺の外の一庵に、真田大助は三月ばかり通った。すべては妙秀尼の指図通りであったが、それも、彼女が千代姫の体を隅々まで把握しているからにほかならない。

逢瀬《おうせ》での求め合う情熱が激しく一致すれば、結び付きも深くなるのに違いない。

やがて妙秀尼は、千代姫に胤《たね》が宿ったと確かめた。

そうして、その歓喜と共に、大助と千代姫は二度の別れをせねばならなかった。

「委細、お任せあれ……」

この後は、身替りを駆使し、天秀尼には気うつの病を装わせ、見事に和子を生み落し、掃部と大助の手に渡るようにしてのけると、妙秀尼は誓った。その時の、妙秀尼の目の鋭さと、母となる天秀尼の肚を括った厳しい表情を、掃部と大助は忘れられない。

産むまでの間に、掃部と共に大助は小太郎を従え天草に戻り、鎌倉には楓を残した。

川中島にはその道中に立ち寄ったのである。

今、掃部は豊臣家の血を引く和子の存在を明かした上で、

「その和子が、いかなる御方《おかた》の御胤かは、まだ申し上げることはできぬが、貴殿は豊臣の姓を賜わる御方でござる。まだこの世に生を受けぬ和子なれど、男であれ女であれ、やがては豊臣家の馬印を掲げる御大将の後見をなされていただきとう存ずる」

掃部は正則に、一気に伝えた。

正則は当惑しつつ、明石掃部という吉利支丹大名の人となりはわかっているつもりである。

「掃部頭、そなたが戯言を言いに、わざわざ来たとは思わぬ。されどその話、俄《にわか》に信じられるものではない」

「ならば、何年かかったとて構わぬゆえ、信じて合力を願いたい」

掃部は、そう言うと懐《ふところ》から手の平に載るくらいの小さな香炉《こうろ》を出して見せた。

「これは、和子の母から託された物でござる」

正則は食い入るように見つめた。

その香炉は、豊臣家の内でもごく僅《わず》かな者だけが、太閤秀吉に与えられた物で、他でもない正則も持っている品であった。

前の右大臣豊臣秀頼は、落城にあたって千代姫にこれを与えたのであろう。そしてこの香炉を掃部が預かっている。それは確かに豊臣の血を受け継ぐ者がいることの証《あかし》であった。

「左衛門大夫殿。この地に押し込められたとて、貴殿は大名じゃ。我らと違うて容易《たやす》う動かれぬ身でござる。さりながら貴殿がここでの暮らしに満足をしているとは思われぬ。このまま生涯を終えてしもうてよいものかと悔やむ想いは某とて同じ。豊臣、真田、吉利支丹……、各々の恨みをぶつけて、もう一戦仕《つかまつ》らぬか」

「いかにしてここを出ろと申す」

正則は、掃部に説かれて心揺さぶられた。

「我らと同じ。一度死んでしまえばようござる」

「なるほど、一度死ぬるか」

「貴殿が死ねば、すぐに噂《うわさ》は我らに届く。その時こそ迎えをやりましょう」

「いずれに行けばよい」

「東寺南大門《とうじなんだいもん》前に杉丸《すぎまる》なる老爺《ろうや》が営む掛茶屋がござる。それへ行て、松島市兵衛《まつしまいちべえ》が参ったぞと、お告げくだされ」

「まだるいことじゃのう」

「未《いま》だ向背定かならぬ御仁ゆえにのう」

「ふふふ、吐《ぬ》かしよるわ」

「一刻も早い合力を願うておりまする」

「頼りにされるのはありがたいが、おれも既に老いぼれよ。はてどうしたものか……。じゃがひとつだけ申しておく。おれはそなた達の邪魔はせぬ」

「それを信じて、まず今日《こんにち》は立ち去ろうと存ずる」

「左様か。ゆるりと一献傾けとうはあるが、それも難しかろう。用心いたせ」

「忝うござる……」

掃部、大助、小太郎の三人は、一礼すると立ち上がった。

「関ヶ原の折は、してやられたのう」

正則は懐かしそうに回想した。

東軍の福島正則隊、西軍の宇喜多秀家隊がぶつかり合ったのが関ヶ原合戦の戦端であった。実質両軍の戦闘は、宇喜多家先鋒《せんぽう》の明石掃部と、正則の戦であった。

方々で戦闘が行われたとはいえ、小早川秀秋の裏切りが起こるまでは、宇喜多、福島の戦闘が何よりも華々しく見応えのあるものであった。

明石掃部の戦巧者ぶりと、兵力では宇喜多隊に劣ったものの長く持ちこたえ東軍の敗北を防ぐ奮戦を見せた福島正則の充実ぶりは、後世に語り継がれるべき成果であった。

「何の。数に勝りながら、左衛門大夫殿の首を頂戴《ちょうだい》できなんだのは不覚でござった」

二人の戦国武将は、束《つか》の間《ま》戦話を楽しみながら別れた。

「東寺南大門、杉丸、松島市兵衛……。お忘れなきように……」

掃部は、大助、小太郎を連れて、そのまま川中島を立ち去った。

大助、小太郎の顔には、名にし負う福島正則と、少しだけでも言葉を交わせたという興奮が表われていた。正則にはそれもまた心地がよい。

「明石掃部め、老いぼれを担ぎ出して何とする……」

すぐにも三人の跡を追い、このまま立ち去りたい衝動を抑え、

「家来共には苦労をかけた。ちっとは身の立つようにしてやらねばのう」

正則は独《ひと》り言《ご》ちると馬上の人となり、凄《すさま》じい勢いで陣屋へと駆けた。

四

大矢野松右衛門こと明石掃部もその後、一月足らずで天草へ戻った。

千束大三郎こと真田大助も、小太郎を従え共に戻った。

遊学することになっていたが、上方、江戸の人の賑《にぎ》わいにはどうも付いていけずに、やはり天草で百姓仕事に精を出すのが自分には性に合《お》うていると戻って来たことにした。

「よい心がけじゃ……」

富岡城代の三宅藤兵衛は、相変わらず渡辺伝兵衛と、千束善右衛門には上手《うま》く取り込まれていて、千束大三郎の言葉をそのまま受け取った。

「まず天草には新田を拵《こしら》えねばならぬ。若き者に精を出してもらわねばのう」

そうして年貢のことばかりを考えていた。

自然とその目は、大矢野松右衛門にも向けられて、

「どこぞへ逐電したかと思うたぞ」

と、半年以上旅に出たままであったことを皮肉った。

「島原では、相当厳しゅう年貢を取り立てていると聞く。天草の百姓共は幸せと心得よ」

――小役人づれが。

掃部は、大名気取りで天草の地を巡廻《じゆんかい》している三宅藤兵衛にさらなる失望を覚えていた。

少し天草を離れていた内に、藤兵衛は何かを心得た感がある。

男も四十を過ぎれば、自分の先行きが見えてくる。いくつもの夢を捨てながら、新たな望みを得る工夫に迫られる。

泰平の世にあっては、武功をあげて新たな土地を切り取り身代を増やす機はなくなる。徳川将軍家に上手く取り入り、一城の主《あるじ》に取り立てられる者もいるが、藤兵衛は寺沢家の家臣である。明石掃部は、宇喜多秀家の家老ながら、豊臣秀吉の直臣の扱いを受けて十万石と官位を得たが、この先そんな例はまずあり得ない。

となれば、自分はこの天草にこだわって生きていこうと彼は心得たのである。

それは領民と共に汗を流し、幸せを築いていこうという望みではない。

寺沢家の中でも、天草という飛地を支配する特別な存在になろうとする、権力への固執である。

家中の誰もが口を挟めず、主君さえも、

「天草のことは三宅の意に任す」

という立場で天草に君臨し、富岡城を我が城のごとく扱い、一国一城の主を気取ることなのだ。

三宅藤兵衛のそういう想いが窺《うかが》い見えるだけに、掃部はやり切れない。

天下の合戦に二度破れ、それでもなお吉利支丹の解放を願う身である。臥薪嘗胆《がしんしょうたん》の日々には堪《た》えられるが、三宅藤兵衛ごときに天草統治をしたり顔で語られるのは気が滅《め》いる。

こういう類《たぐい》は、三宅藤兵衛でないと天草は治められぬ、という風評を立たせることに余念がないゆえ、上の者への体裁を整えるために、下の者に苦労を強《し》いる。

彼は島原での圧政を聞き及んでいるはずだが、悪い方に感化される恐れがある。

徹底的に絞り上げたとて、百姓は何とかするものだ。島原に比べればありがたかろうと、天草の者達を宥《なだ》めすかし、今まで以上に厳しい年貢の取り立てに踏み込むかもしれない。

宥められて従っている間はよいが、この地には地侍や、浪人が帰農《きのう》した百姓も多い。

一旦《いったん》、怒りが爆発すると一命を賭《と》して戦うであろう。

掃部は、そんな連中を兵士に鍛えあげて、まず天草を占領し、富岡城を落し、ここに反幕の勢力を築き、その版図を拡大する計略を密《ひそ》かに立てている。

それゆえ中途半端に立ち上がられては困るのだ。

豊臣の和子を迎え入れ、真田の血を引く軍師を置き、吉利支丹解放を叫んで蜂起《ほうき》するのにはまだ早過ぎる。掃部にはもう失敗は出来なかった。

死ぬのは恐くないが、吉利支丹の禁教が未来永劫《みらいえいごう》続くようになっては、魂が救われぬ。

和子が二十歳になるまでの間、この地の吉利支丹達と地下組織を作り上げ、一気に天下を引っくり返す——。

その時、自分が生きているかさえもわからぬが、二十年経《た》ったとて、真田大助はまだまだ老け込む歳ではない。この先、兵法を学ばせ、秘密裏に武器製造が出来る仕組みが完成すれば、戦には勝てると掃部は真剣に考えているのだ。

——二十年じゃ。

二十年経てば、九州は実戦の経験がない大名達で充ちていよう。その家来達もまた、泰平に浮かれ、逆わぬ百姓達を相手に威丈高《いたけだか》に振舞う者共ばかりとなる。

――こちらはその間鍛えあげれば、そんな者共を蹴散らすのは苦もないことじゃ。

まず九州を押さえ、ここを吉利支丹の独立国家とすれば、南蛮《なんばん》からの援《たす》けもあろう。

――その日が来るまでは、ここの者共を怒らさないでくれ。

それが掃部の願いであったのだ。

一方島原の状況は刻々と悪くなっていると、山善左衛門から報せが届いていた。このところは豊作が続いているので、何とか百姓達は食い繋いでいるが、凶作が続くようなことになれば、島原の百姓達も元は武士で力自慢が多いから、いつ暴発が起きても仕方がない。

掃部の勧めで、善左衛門は島原の有力な百姓の吉利支丹達を説き、表向きに棄教を装い、地下深く潜伏し時を待つよう促していたが、

「思わぬところで抑えが利かぬようになれば、天草にも飛び火するやもしれぬ」

と、嘆く日が多くなった。

掃部は、天草の古老達を、

「心逸《はや》るでない、堪えよ。今はただ堪えるのじゃ。やがて和子が来よう」

と励ました。

この地に和子が来る――。

これが合言葉となった。望みがあれば人は屈辱にも、苦労にも堪えられる。

翌年の夏。

鎌倉の件の庵室で、天秀尼こと千代姫は玉のような男子を密かに生み落した。気うつの病に床に臥《ふ》す天秀尼の身替りを、妙秀尼は見事に人目にさらさず守り通したのだ。

「互いにもう、心躍らす大事には出合わぬと思うておりましたがのう」

妙秀尼は、天秀尼と一年近くに渡る暗闘を乗り越えた苦労を称《たた》え合った後、己が想いの限りを祈りに込めて、和子を楓に託したのであった。

楓には、妙秀尼のはからいで、成田家から和子の親を装う武家夫婦と供侍がつけられた。女房は和子の乳母となり、九州へ向かったのだ。

豊臣秀吉から、秀頼、千代姫を経て四代の血を受け継ぐ子ゆえ、天秀尼はこの子に四郎《しろう》と名付けた。四郎は楓によって天草の千束屋敷に密かに運びこまれた。千束善右衛門は、これに先立って己が妹・よねを、天草へ呼び戻していた。

善右衛門の妹・よねは、肥後国・宇土の益田甚兵衛《ますだじんべえ》という浪人に嫁いでいた。益田甚兵衛も小西行長の旧臣で、吉利支丹であったが、主家滅亡の後は宇土に残って帰農していた。

宇土は、大矢野島東部から三角ノ瀬戸《みすみせと》を隔てて目と鼻の先にある半島を、少し東へ入ったところにある。かつては南肥後を治めた小西行長が宇土城に住み、当然のごとく吉利支丹が多く暮らした。小西家断絶の後は加藤清正の息・忠広が領主となって後、宇土城は廃されかつての賑わいは薄れてしまっていたものの、それだけに吉利支丹がひっそりと暮らすには都合がよく、天草との行き来にも不自由はなかった。

掃部によって和子の来着を報された千束善右衛門は、よねが四郎を生んだ体《てい》にして、これを大三郎の養子にしようと図ったのだ。

千束大三郎としての真田大助も、ここにおいて独り身というのも都合が悪かろうと、渡辺伝兵衛の娘・なみを妻とした。

天草の古老達は、大いに沸き立った。

すっかりと天草の有力者となっていく、千束大三郎が実は真田幸村の忘れ形見の大助で、その子・四郎は、豊臣家の血を引くのである。自然と二人を神のように崇《あが》めるようになった。

この喜びを素直に大声で叫び合えないだけに、尚《なお》さら心の内で未来への望みが高まり、この四郎が天草に奇跡を起こしてくれるのではないかと信じたくなるのだ。

とにかくこの子が偉大なる御大将になるよう健《すこ》やかに育てていく――。

明石掃部と真田大助がこの地にもたらした、信じ難い栄光を天草の古老達は、しみじみと嚙みしめたのである。

鎌倉からは、天秀尼と妙秀尼の限りなき願いが、宗旨の垣根を越えて届いていた。

色んな人の想いが込められて生まれてきた四郎の父となり、真田大助は風格漂う大人になっていく。四郎を迎え、祭りのようになった天草は、あっという間にその年を終え、時は寛永《かんえい》元年（一六二四）となった。

五

信濃国川中島は、その年もまた暑い夏を迎えていた。

高井野陣屋から、突如として飛び出した騎上の士が一人。

この地の領主・福島正則であった。明石掃部と真田大助のおとないを受けてから二年がたち、正則は六十四歳になったが、この二年で彼は随分と若やいだ。酒も控え、武芸に励み、新田を切り拓《ひら》き、治水の普請《ふしん》にも力を注ぎ、あれこれと書画、骨董《こっとう》の類を売り捌《さば》き、それをもって利殖《りしょく》を得た。

目覚しい名君ぶりに、家来達は驚いた。正則は昔から大酒飲みで酒癖が悪く、かつて酒席で黒田家家臣・母里太兵衛《ぼりたへえ》に大杯で酒を勧め、断られると、

「黒田武士は酒に弱く役にも立たぬ」

と、罵倒《ばとう》したこともあった。この時は、怒った太兵衛が見事に大杯の酒を飲み干し、正則がうっかりと口にした、

「何でも褒美を取らすぞよ」

という言葉を持ち出して、正則が豊臣秀吉から拝領した名槍〝日本号《にほんごう》〟を奪い取った。

「しもうた……！」

この時は正則も己が不覚を嘆いたものだ。

そんな大酒飲みで豪快ばかりが目立った福島正則が、俄に勤勉になるというのは、

「何かが殿に取り憑《つ》いたのであろうか」

誰の目にもそのように映った。

いきなり単騎で駆け出すのは変わらぬが、身の不運を嘆き、それを忘れんがためという翳《かげ》りが消

えて、日々生き生きとしていた。

「殿！」

この日もまた、津田四郎兵衛が馬腹を蹴って正則の跡を追いかけた。

四郎兵衛の表情にも充実さが窺われた。

「今日は逃がしませぬぞ！」

二騎は追いつ追われつ、桶沢川の辺りまで駆けたが、

「四郎兵衛、大儀！」

やがて正則は馬を止めて、にこやかに四郎兵衛に振り向いた。

「ははは、殿、この四郎兵衛もまだまだ捨てたものではござりますまい」

四郎兵衛は、してやったりと正則の傍へと馬を進めた。

「じゃが四郎兵衛、そちはもうゆるりと休むがよい」

「何と……」

四郎兵衛は、意外な主君の言葉に首を傾《かし》げたが、正則は下馬して川の辺りに佇《たたず》むと、続いて降り立った四郎兵衛に、

「館にちっとは金が貯《たま》っておろう。それを皆で分けるがよい」

「殿、まさか所領を返上され、腹を召されようと……」

「ふッ、それもまたよいが。わしは思うところがあって一旦死ぬぞよ」

「一旦死ぬ？」

「左様。福島左衛門大夫は、太閤殿下に呼び出され、黄泉《よみ》へ参るのじゃ。せめて死に際を美しゅうせんと思い、この二年、領内を富ませ、家来達にも金を遺したということよ」

「一旦死ぬのはよろしゅうござりまするが、いかようにせよと……」

四郎兵衛は、正則独特の戯言かと思ったが、

「三日ばかり床に臥した後、わしはそうっと抜け出すゆえ、我が骸《むくろ》を焼いたことにせよ」

「検視を待たずに左様なことをいたせば……」

「二万石は取り上げられようが、どうせ将軍家からの捨扶持《すてぶち》じゃ。倅の備後守は既に死んだ。そち達も、おれのような運の尽きた者にいつまでも付合うことはない」

「殿……」

四郎兵衛は正則のやさしく綻《ほころ》んだ口許《くちもと》を見て、主君の想いが呑《の》み込めた。

「委細、承知仕りましてござる。検視の者には、こう暑うては亡骸《なきがら》がすぐに腐り果ててしまうゆえ、火葬いたしした。そのように告げてやりましょう」

「うむ、それでよい」

「して、一旦死んだ後は……」

「そのうちに、天下の兵を相手に一戦仕る」

「それでこそ殿。この四郎兵衛は……お供は叶いませせぬな」

「そちは生きよ。生きて、おれの最期を見届けてくれ」

「畏まってござりまする」

四郎兵衛は頭《こうべ》を垂れた。俯《うつむ》いた目はしとど涙に濡《ぬ》れていた。

「おれに無念はない。四郎兵衛！」

「ははッ！」

「その前に、仕事じゃ。この二年のおれが働きを疑《うたご》うて、領内に間者《かんじゃ》が放たれておる」

「やはり左様で……」

四郎兵衛はニヤリと笑った。

ただの気晴らしで領内を駆け廻っている福島正則ではないと気付き、嬉しかったのだ。

「あの、海福寺《かいふくじ》裏手の炭焼き小屋でござりまするな」

「さすがは四郎兵衛、そちも気付いておったか」

「ははッ。いつ殺してやろうかと思うておりました」

「何をしたとて疑いがかかる。二万石の老いぼれがそれほど恐しいか」

正則は吐き捨てると、たちまち馬上の人となり駒《こま》を進めた。四郎兵衛はこれに続く。

海福寺は高井野の陣屋の東方にあり、陣屋からは半里（約二キロ）と離れていない。その裏手は小高い山になっていて麓《ふもと》に炭焼き小屋がある。そこに近頃二人の男が住みついているのだ。

正しく将軍家が遣わした間者に違いない。泳がせておけばよいと放《ほう》っていたものの、この地に住む者に対する生殺与奪の権は自分にある——。

「あ奴らをまず血祭りにあげてくれるわ……」

老武士の二騎はたちまち海福寺を通り越して、件の炭焼き小屋へ迫る。

「小屋に潜む二匹のねずみ！　これへ出よ！」

正則の戦陣に鍛えられた声が響いた。

その勢いにすべてを悟ったか、二人の男が躍り出て、裏山の繁《しげ》みに逃げ込まんと駆けた。

「おれを見くびったか！」

それより速く、二人に迫った正則の太刀が鞘走《さやばし》った。四郎兵衛が続く。

二騎が疾風のごとく通り過ぎた時、二つの首が転がっていた。

この年。寛永元年七月十三日。

福島正則は六十四歳の生涯を閉じたと、福島家から幕府へ報告が上がった。

ところが、幕府検視役・堀田勘左衛門《ほったかんざえもん》が高井野の陣屋に到着してみると、既に正則の亡骸は火葬されていた。勘左衛門は、織田信長、浅野長政《ながまさ》、小早川秀秋に仕えた古兵である。正則の姿をよく知るゆえに検視役を務めたというのに、

「これでは来た甲斐《かい》も無い。何ゆえ勝手に亡骸を荼毘《だび》に付したのじゃ」

と、厳しく家老の津田四郎兵衛に詰問した。

「はて、こなたは我が君がどのような男か、御存じのはず……。我が君におかれては、心のみならず、この体までも腐っては面目もない。我が骸はすぐに燃やせ。今わの際にそう仰せになられた。家来の某が、それを守らぬわけにはいきますまい。何ぞお疑いでもござるかな」

四郎兵衛は、照りつける陽光に顔をしかめながら、涼しげな顔で応えたという。

第九話　圧政

一

益田甚兵衛の子にして、千束大三郎の養子となった四郎はすくすくと育った。

この子が、実は大三郎の実子で、真田家と豊臣家の血を引く貴種《きしゅ》であるとは、ごく僅《わず》かな者しか知らなかったが、天草の古老達が一様に期待を抱き大事にする様子に触れ、領民達は、

「四郎殿には、どうも生まれついての威《い》が備わっておるような」

「いや、真《まこと》に何やら神がかっておいでじゃ」

「四郎殿が竹の枝を折ったとて、止まっている雀《すずめ》が逃げなんだと聞いた」

「手を差し出すと、何処《いずこ》からか鳩《はと》が舞い下りてきて、掌《てのひら》に止まったそうな」

などと、噂《うわさ》し合った。そして吉利支丹《きりしたん》達は話の終りを、

「天主の使いかもしれぬぞ……」

と、小声で締め括《くく》るのであった。

今に何か奇跡を起こしてくれるのではないか、成長が楽しみだ――。

この想《おも》いが、天草中に広まり、百姓達は日々苦しくなる暮らしに堪《た》えてこられたといえよう。そ

れだけに、噂話には尾ひれがついた。

明石掃部は、四郎の人気ぶりに、

「あまり騒ぎ立てると、三宅藤兵衛がうがった目で見るかもしれぬ。困ったものじゃな」

と、気にかけた。

赤児《あかご》の時ならよいが、四郎はもう八歳になっていて、実にはっきりとした物言いをして、学才もあった。

同じ年頃の子供の中では腕っ節も特に強く、四郎が出て行くとどんな喧嘩《けんか》も止まるほどだ。

それもこれも、四郎が慕い、

「爺《じ》ィ」

と呼ぶ、松島市兵衛の教えが身についてのことである。

松島市兵衛は、益田甚兵衛のかつての家士で、四郎が千束大三郎の養子になるにあたって、傅《もり》役《やく》として千束家に入ったとされているが、その正体は死んだことになっている福島正則であった。

正則が信濃国高井郡を出てから、京の東寺南大門前に出ている杉丸の掛茶屋を訪ね、天草へやって来たのが六年前。

この間、正則は手塩にかけて四郎を育てた。今までが失敗の多かった男だけに、豊臣の血を引く四郎を何としても、名将に仕立てんと持てる限りの経験を生かしたのである。

「若、人の上に立つ者は、周りにいる者を労《いたわ》ってやるのが何よりでござるぞ。身に威徳の備わっている者は、叱《しか》りつけずとも自《おの》ずと人が付いてくるものでござる」

あの時は家来《けらい》にこんな風に声をかけてやればよかった。あの局面で短気を起こしたのは己《おの》が過ちであった。もう少し書を読めば心が落ち着いたものを……。

七十を過ぎた正則の人生訓は、反省の上にあり、しかも豊臣秀吉という不世出の英傑《えいけつ》を傍《そば》で見てきただけに、大いに頷《うなず》けるものがある。

その正則に教育されるのであるから、四郎が大人びるのは当然の理《ことわり》であったし、四郎には少しでも早く立派な大将になってもらいたいと願う掃部にも、ありがたいことであった。

「さりながら、とかく百姓に目立つ者があれば睨《にら》まれるものじゃ」

四郎の人気に三宅藤兵衛がけちを付けぬかと、それが気になってしかたがなかったのだ。

「門殿……」

正則はここへ来てから掃部をそう呼んだ。

「こなたの想いはわかるが、この地の者は吉利支丹の信心も止められ、表立って何かを崇《あが》め慕うこともできぬのじゃ。若を天主と見立てたいのであろうよ。今は無邪気なものよと、笑いとばしておけばよいではないか」

「確かに、申される通りじゃな」

正則に言われると、掃部も心が落ち着いた。

「わしもすっかりと、百姓の臆病《おくびょう》が身についたものでござるよ」

風が吹けば田畑が荒れるのではないか。日照りが続けば水が涸《か》れまいか。御触《おふ》れが出れば年貢の心配をする。

その暮らしにどっぷりと浸《ひた》っている自分に掃部は苦笑いを浮かべた。

「臆病ではない。新たな智恵《ちえ》が身についたのよ」

正則は掃部を労る。

真田大助も三十を過ぎて随分と貫禄《かんろく》がついたとはいえ、この地で明石掃部の心を慰められるのはやはり物事に長じた福島正則だけであった。

それが六十になる掃部には真にありがたい。

「市殿が来てくだされてほんにようござった」

掃部は正則をそう呼んでいた。松島市兵衛であるゆえ〝市殿〟だが、呼ばれて正則は〝市松《いちまつ》〟と呼ばれた若き日を懐かしむ。

まだまだ死なれぬ老将二人であった。

「そのことよりも、この天草の地に四万二千石の検地とは、たわけたこともあるものよ」

正則は、四郎のことを案ずるよりも、毎日のように千束屋敷の内でこれに憤《いきどお》っていた。

領主・寺沢広高は暗愚な大名ではない。

家臣が四万二千石と検地の報告をしたのを決して鵜呑《うの》みにはせず、やがては四万二千石の豊かな地にする目標値として受け止め、いかに徳川将軍家が大領を加増してくだされたか喜ぶ姿を見せておけば、幕府への覚えもよかろうとこの石高を公称したのである。

それゆえ、天草統治については、

「あの地に四万二千石は辛《つら》かろう。民百姓が追い詰められて一揆《いっき》など起こさぬよう、手心を加えることを忘れてはならぬ」

そのように申し渡していたらしい。

庄屋の渡辺伝兵衛は、近頃それを知ったのだが、どうも富岡城代の三宅藤兵衛は、

「この数年、百姓達と励んで参りましたによって、ほぼ検地の通りの取れ高となりましてござります」

などと、唐津の主君に報《しら》せているようなのだ。

掃部の予想は当っていた。三宅藤兵衛は、自分でないと天草を治められぬという実績を誇示し、主君の信を得てこの地の王となるつもりなのであろう。

寛永七年（一六三〇）となって、天草の島々に、

「最早《もはや》、天草の地も四万二千石となった。今までの殿のありがたい思し召《おぼめ》しに応《こた》え、これからは御恩返しのつもりで年貢を納めるよう心得よ」

と、触れて回ったのである。

「真にとんだところに来たものよ」

正則は、これに伴い千束屋敷に集まった天草の古老を前にぼやいてみせたが、

「じゃが、苦しい想いをさせられればさせられるほど、いざとなればためらうことのう暴れられると申すものじゃ。それまではその怒りはしっかりと貯《た》めおき、今は黙って年貢を納めようぞ」

と、一同を宥《なだ》めた。

これに掃部が相槌《あいづち》を打つ。

「新田を耕し、新たな作物を得れば、何とか持ちこたえられましょう」

そして大助が力強く応えると、天草の古老達は皆元気付いたのだが、

「天草は何とかなりましょうが……」

渡辺伝兵衛が眉《まゆ》をひそめた。

「島原では恐ろしいことが起こっていると、善左衛門殿から報せがきておりまする」

「恐ろしいこと？」

掃部はしかつめらしい表情で訊《たず》ねた。島原で起こったことは、天草に好《よ》い影響を与えるはずがない。

いかに百姓共を苛《いじ》め抜くか――。三宅藤兵衛がこれを手本にするやもしれぬ。

最早、対岸の火事とは言えぬ状況になっていた。

二

天草の大矢野島と、島原半島の間に湯島という小島が、有明の海に浮かんでいる。

この数年の間、島原の有力な百姓達と、天草の古老達は、この湯島の漁師小屋で時折会合を持つようになっていたので、いつしか〝談合島《だんごうじま》〟と密《ひそ》かに呼ばれるようになっていた。

集うのは、一様に吉利支丹で、旧主・有馬家と小西家の浪人がほとんどであるから、皆気心が知れていた。

しかし、明石掃部、真田大助、福島正則がそれぞれ名を変えて天草の地にいることを知る島原の衆は山善左衛門だけで、この会合に参加している掃部は大矢野松右衛門として認識されていた。島原の圧政は厳しく、天草にこれらの将がいることを頼みに、今、島原の領民に暴発されては困るからだ。

掃部は、大助、正則と日々策を立て、四郎成人の暁《あかつき》にいよいよ天草で挙兵せんとしていた。それまではひたすらに従順を装い、密かに武芸で体を鍛えるよう若者を指導し、農具を鋳造する傍らで武器を製造し、村人総出で行う農作業に軍事演習の意味合いを持たせ淡々として時を待つのだ。

挙兵すれば、まず島原を落し、この地で虐《しいた》げられている吉利支丹を救済するつもりではあるが、談合島での議題はあくまでも、吉利支丹がいかに生き延びていけるか、であった。

しかし、山善左衛門が天草の古老達に報せた島原の吉利支丹狩りは、掃部の想像を絶するものであった。

山善左衛門達の指導で、吉利支丹達は深く潜行したが、中には表向きには仏教徒であると上手《うま》く装えぬ者もいるし、棄教を拒む者とている。

領主・松倉豊後守重政は、棄教せぬ者の息子の指を切り落し、拷問《ごうもん》の末に海へ投げ入れた。それでも棄教せぬと、〝切支丹〟と額に焼き印し、ついには雲仙《うんぜん》地獄と呼ばれる熱湯壺《つぼ》に逆《さか》さ吊《づ》りにして浸《つ》けて殺してしまったという。

「何と……」

島原の古老達が涙ぐむ中、天草の古老達は、行き場の無い怒りを浮かべた。

「それだけではござらぬ。松倉豊後守は、己が吉利支丹狩りを誇り、将軍家に吉利支丹が巣食う呂宋《ルソン》を攻め落してみせましょうと申し出たと」

善左衛門は続けた。

「呂栄を攻め落す？　松倉ごときにできるわけがなかろう」

掃部は呆《あき》れ返った。たかが四万三千石の小大名が、十万石級の城を建て、呂宋に遠征するなどと大言壮語を吐くとは、最早狂したとしか言いようがない。

しかもそれらの軍費は、またも領民に重税を課すことで補おうというのだ。

「そのような戯言《たわごと》を、将軍家は受け入れたのか」

掃部の語気も強くなる。

「それが、上様におかれては、そちは大気者よとお喜びになられたとか」

将軍家は、二代秀忠が隠居して、今は三代家光《いえみつ》の世となっていた。

家光に人を見る目と、異国を見回すだけの器量がないのか。若い家光をおだてあげ、何とか取り入らんとする松倉重政がたわけ者なのか。ここまで人間を迫害し、残忍《ざんにん》な方法で殺す者が、領民の上に立ってよいものか。

掃部は身震いした。

「松倉豊後守は悪魔である。これほどまでに残忍な者はいまい……」

よほど挙兵して、首を落してやろうかと思ったが、まだまだ時期尚早《しょうそう》である。その想いをぐっと堪《こら》えた。

「世には天罰というものがござる。悪魔に天罰くださらんことを祈ろうではござらぬか。松倉豊後守に天罰がくだり、彼の者が死んだとて、幕府の年寄共も呂宋攻めなどというたわけた企てがなくなり、むしろほっといたすはず」

これには一同の者も深く頷いた。

「願わくは、その倅《せがれ》に慈悲の心が備わっておりますように……」

掃部は天に向かって十字を切った。

一同はこれに倣う。

談合島から、一斉に悪魔払いの気が放たれた。

三

小浜《おばま》の湯は、島原半島の西方、雲仙岳の麓《ふもと》にある。千々石灘《ちぢわなだ》に臨《のぞ》む海辺には湯煙があがり、古くから親しまれた。十一月も半ばとなると、湯量が豊富な小浜には人が多く集まって来る。

島原の領主・松倉豊後守重政もまた、この湯を好んだ。

近頃は、呂宋遠征の準備と、吉利支丹取締まりのため、足繁《あししげ》く長崎へ通っている重政であった。

長崎奉行は豊後府内の城主竹中重義《たけなかしげよし》で、この男もまた悪魔のごとき吉利支丹への迫害者である。

類は友を呼ぶ。重政は長崎における異国との貿易に上手く関《かかわ》り、おこぼれに与《あずか》らんと、吉利支丹の弾圧指南をすることで重義に近付いていた。そして、雲仙地獄での拷問を娯楽のように勧《すす》めたのだ。

普通の男ならば、

「貴殿に慈悲はないか」

と、その拷問の仕方を諌《いさ》めるであろう。だが竹中重義は、

「ほう、これならば切支丹も、さすがに恐れ戦《おのの》いて棄教するでござろうのう」

と、同調し自らもこの拷問を行い、徹底的に弾圧したのだ。

この日も松倉重政は長崎から島原へ戻る道中、小浜の湯に立ち寄らんとしていた。

「小浜の湯は真によい。雲仙の湯壺のように煮えたぎってはおらぬゆえにな」

彼は終始上機嫌であった。

かつては豊臣家に仕えた身である。それが徳川将軍家からの信を得るには、並大抵ではない領内統治の実績が必要なのだと重政は思っている。

そして己が地位の向上こそが、領民の幸せを呼ぶのだと信じている。

いつか外様《とざま》の身から譜代の臣へと認められ、幕府の要職を務めるようになれば権力が手に入る。権力があれば自然と金が入ってくる。そうなれば、今ほど年貢を取り立てずともよくなる——。

重政の思考はそういう流れでしかない。

このような男は総じて吝嗇《りんしょく》である。この度は呂宋遠征に向けての軍船の視察と、竹中重義が密かに行っている密貿易への投資目的であったために、供揃《ともぞろ》えも二十人ばかりにしていた。

長崎まではさのみ長い旅ではない。小浜の湯での微行などを考えると、これくらいでよかろう。

千々石灘の沿岸を、円を描くように進むと、島原城とは雲仙岳を挟んで西側に位置する小浜の湯へ着く。その少し手前は、海辺と崖《がけ》が両脇《りようわき》に迫った細道が続く。当然僅かばかりの供揃えも縦に伸び切る。

細道に出てしばらく進んだ時であった。

崖の方から凄《すさま》じい音がして、次々と岩が転がり落ちてきた。

隊列は混乱した。

重政は堪らず落馬した。前後の家来《けらい》達も岩の下敷きになる者、激突して海辺へと放《ほう》り出される者が続出した。隊列は縦に伸び切っているから重政は孤立した。

ひとしきり岩の崩落が収った時。

松倉重政は、頭を砕かれて息絶えていた。

混乱する行列の中に、いつの間にか供侍を装った男が二人いて、

「殿!」

と叫びつつ、守るふりをして手にした鉄扇で重政の頭を打ち据え、いずこへか消えていったのだ。

それに気付いた者は誰《だれ》もいなかった。

家来達にも死傷した者が数人出たが、落石が何者かの仕業で、重政は殺されたのではないかと生き残った者達の中で疑う者もいた。

しかし、刺客に気付いた者もなく、他殺であれば警護の不手際を咎《とが》められかねない。

ここは天災による事故死であることにしてしまおうと話がまとまった。重政は岩に頭を砕かれて絶命したのであると――。

家臣の中には、重政が長崎奉行・竹中重義に、密貿易についてもっと自分にも絡ませてくれと迫り、

「この儀については、今あれこれと故障がござってな、あまりお騒ぎあらば、貴殿の身に関りまするぞ」

と、強い口調で窘《たしな》められていたのを目にした者もいて、

「もしや、長崎奉行の手の者が、殿の口を封じんとしたのやもしれぬぞ」

などと推量したので、とにかく事故ですませておきたかったのだ。

下手に何者かが仕組んだなどと言えば、かえって御家《おいえ》の不手際を咎められる恐れもある。

重政の嫡男・勝家《かついえ》も既に三十四歳になっていた。ここは滞りなく跡を継げるように幕府に取りはからわんと重臣達が動き出し、重政は小浜の湯での療養中に不慮の死を遂げたとされた。

その数日後。

談合島に、島原と天草の古老達が集まり、密やかに天主へ祈りを捧げた。

〝われらを悪より救い給え

アーメン……〟

そして、大矢野松右衛門こと明石掃部は、

「天主は、松倉豊後守に天罰をくだされた。ありがたいことでもあり、忌《いまわ》しいことでもある。天

主に謝し、死して後は豊後守の魂が清められるように祈ろうと存ずる」

そのように説いた。

島原の古老達は、真に天罰だと感謝しつつも、松倉重政の死には、大矢野松右衛門が深く関っているのではないかとうすうす感じていた。

小浜の湯への道中、重政を落石の事故に紛れて殺害したのは、河本小太郎と掃部の下男である竹四郎であった。二人を指揮したのは真田大助で、今は竹四郎と共に掃部に仕える楓もこれに加わっていた。

挙兵の想いは日に日に募るがこれを堪える掃部は、重政の暗殺という形でひとまず島原を救おうとした。

重政ほどの極悪人はまずいまい。この男が死ぬことで少しは島原にも安穏な日が来よう。

しかし、悪魔が死んだとて、その子はやはり悪魔であった。

四

身に流れる血を忌しく思い、新たな血を求める者もいるが、武士というものは総じてさにあらず。血が欲することを否と言わず、そこに身を任せてしまおうとする。いや、むしろそれに執着するというべきか。

松倉勝家は、父が領民に敷いた圧政を顧みなかった。

急死を遂げた父に代わって、父以上に領民をいたぶり搾取《さくしゅ》することに情熱を注いだ。

重政は偏狂な男であったが、小才はあった。

長崎奉行・竹中重義と巧みに交誼《こうぎ》を結び、彼の持つ利権のおこぼれに与るなど、領民に重税を課す以外にも、身を肥やす手段を知っていた。

だが、勝家は重義との交誼を続けることが出来なかった。重政と共に吉利支丹迫害を行い、長崎奉行として貿易の利権を恣《ほしいまま》にした竹中重義であったが、密貿易の不正が知られるところとなり、勝家に構っていられる状態ではなかったのだ。

やがて、寛永九年に二代将軍で大御所の秀忠が死去すると、三代・家光は翌年に初めて鎖国令を発布した。竹中重義は罷免《ひめん》の上切腹に処された。

吉利支丹達は、天の報いだと悪魔の長崎奉行の死に胸を撫《な》でおろしたものだが、こうなると松倉勝家は、ますます領民に重税を課すことで財政を潤すことしか考えなかった。

父・重政の死が、吉利支丹への酷過ぎる迫害による祟《たた》りではないかと噂されているのも彼の耳には入っている。それが勝家の心をかえって荒《すさ》ませた。

「この身に祟れるものなら祟ってみよ……」

これはお上の思し召しであり、自分は忠勤を励んでいるだけなのだと、怒りに充《み》ちた姿勢で、吉利支丹を探り出しては〝切支丹〟と罵《ののし》り改宗をするまで拷問にかけた。

しかし、松倉家の新しき当主の領民に対する断固たる対応は、外から見ると頼もしくも映った。

天草の領主・寺沢広高は寛永十年に死去し、堅高《かたたか》が襲封《しゅうほう》した。堅高の目から見ると、跡を継ぐ

や勢いよく吉利支丹を取締まる勝家の働きぶりはなかなかのもので、同時期に襲封した堅高にとっては、

「後れをとってはおられぬ」

と思わずにはいられなかったようだ。

将軍家も三代目となり、戦国の生き残りもほとんど消え果てた今、新たな将軍と大名の仕組みを築いていかんと、寺沢堅高も張り切った。

「我が領内に吉利支丹はおらぬのか。島原では、あれほどの取締まりをしていると申すに、唐津、天草は手ぬるいと思われては傍《かたわ》ら痛い。しっかりと見極めるのじゃ」

堅高は三宅藤兵衛に強く指示を出した。

藤兵衛の頭の中は、天草における自分の地位をいかにして守るか、だけしかなかったので、吉利支丹の摘発を俄《にわか》に強化し、陰湿な手段に訴え始めた。

貧しき民を買収して、これに訴人をさせたり、百姓達の集いに間者《かんじゃ》を紛れ込ませたりして、吉利支丹と思しき者は捕え、法外な科料を課した。

逆う者には容赦ない拷問が待っていた。

藤兵衛は、かつて吉利支丹であっただけに、吉利支丹の行動の形態などを把握していて、探索は微に入り細をうがつ。

「負けてはならぬ」

掃部は、天草の古老と諮《はか》り、今まで以上に吉利支丹の集いには注意を払い、尻尾《しっぽ》を摑《つか》まれぬよう

に吉利支丹達を戒めた。

それでも時は、見過ごしに出来ぬ厄難を生み出して、掃部に突き付けていく。天草、島原一帯に、飢饉《ききん》がやってきたのだ。そして、両地方ともその為政者は、飢饉を救済するどころか、今まで通りに重税を課し、厳しく取り立てたのである。

多くの領民は吉利支丹であることの誇りを胸の奥に秘め、

「千束の若が、いつか我らを救ってくださる」

と、四郎を崇拝することで痛みに堪えた。

四郎は美しく、力強く成長を遂げた。十三にして元服し、老いて尚矍鑠《なおかくしゃく》たる老将、明石掃部、福島正則に、父・真田大助と共に薫陶《くんとう》を受け、この間に自分の出生の秘密をも知った。

祖父・真田幸村、豊臣秀頼の無念、母・千代姫の不運と自分を生み落した情熱を思うと、まだあどけなき身とはいえ、太平記の故事に身を置き換えて、彼は武者震いを禁じえなかった。

何ゆえ自分は戦うために生まれてきたのかという疑問よりも、自分は徳川と戦うために生まれるべくして生まれてきたのだと、四郎は確信を得たのである。

彼は領民達の苦難と、自分への慕情を思うと、洗礼を受けずにはいられなかった。

掃部は豊臣の貴種でもある四郎の先行きを思うといかなものかとためらったが、

「若も我らも、吉利支丹によって助けられたのだ。よもや構わぬ」

正則は笑いとばし、洗礼の機を窺ってきた真田大助は、自らは洗礼は控え、子の四郎に気持ちを託すことにした。

戒厳の中、四郎は掃部を神父として洗礼を受け、ジェロニモとなった。

天草の民にとって正しく生き神となった四郎が、三宅藤兵衛の手に落ちぬよう、領民は四郎の入信を鉄の団結で隠すと共に、

「ジェロニモ様のおためならば……」

その気運が盛り上がった。

天草の古老達は、挙兵を心待ちにしたが、その反面飢饉と吉利支丹弾圧によって、掃部達が深く潜行しながら進めてきた挙兵の準備がはかばかしく進まなかった。有力な百姓衆の内、数人が投獄され、錬兵や武器製造も滞りがちとなれば無理もない。

せめて飢饉を乗り越えねば――。

それは明石掃部と福島正則の一致した想いであったのだが、この飢饉が天草、島原を大きく揺り動かしたのである。

五

島原での飢饉は、そもそも領民が疲弊している上に起こったものであるから、その痛手は度を越えていた。

年貢は米や麦だけではない。松倉家はあらゆる物に税を課した。煙草《たばこ》の葉は一株につき半分を取られた。しかもよい葉を選んでのことだ。茄子《なす》ひとつにしても実を何個納めよと割当てられる。そ

れも取り上げられぬ貧しい者には、山で薪《たきぎ》を刈らせるという具合だ。

そして妻や娘を人質に取り、税を納められぬとなると、これら女を凍った池に放り込み、時には裸にして焼印を体に押しつけたりした。

何とかして年貢を納めれば、食べる物がなくなった。やむなく、木の根や草までも食べて飢えをしのいだが、すぐにまた徴税となり、方々で例の〝みの踊り〟が赤い炎をまき散らしながら行われた。

飢え死にする者。病にかかり、治る術《すべ》もなく自ら海へ飛び込んで死ぬ者は跡を絶たなかった。

これでは、もう死んだ方がましだと領民の多くが観念し始めたその年。

寛永十四年十月。

島原口之津《くちのつ》村の庄屋・与三右衛門《よざえもん》の息・太郎兵衛《たろべえ》の嫁は、身重であったというのに、年貢三十俵の質に取られた。

これを主導したのは田中宗甫なる松倉家の武士で、未進米の取り立てに執念を燃やす無慈悲《むじひ》極りない年寄りであった。

宗甫は、

「三十俵を納めさえすれば戻してやる」

と、申し渡して太郎兵衛の妻を水牢《みずろう》に入れた。

「嫁は産み月に入っておりますれば、何卒《なにとぞ》このわたしを牢にお入れくださりませ」

与三右衛門とその倅は手を突き、額を地にすりつけて懇願したが、

「ならぬわ！　年貢を納めれば戻してやると申しておるのだ。すぐにかき集めて参れ！」

宗甫はすげなく追い返す。

だが、どうしても年貢が払えない。そうこうするうちに、六日の間水牢に入れられた嫁は、水牢の中で子を産み、苦しみながら死んでしまった。

与三右衛門は嘆き悲しんだ。

「もう生きていたとて詮《せん》もない。どうせ死ぬのなら、嫁の仇《あだ》を討ちたい……」

一族の者達がこれに同調した。

口之津の山善左衛門は、

「無念はお察し申すが、闇雲《やみくも》に兵を挙げても、返り討ちにあうだけじゃ。まず落ち着かれよ」

と慰め、軽挙を戒めた。

与三右衛門は一旦は押し止《とどま》った。それと共に、かつて信じた吉利支丹の教えに身をさらし、少しでも心を抑えようと考えた。

どうせ死ぬのだ。ならば、堂々と吉利支丹の祈りを天に捧げん――。

南有馬《みなみありま》村の庄屋・次右衛門《じえもん》の弟に角蔵《かくぞう》という隠れ吉利支丹がいた。彼もまたそのような想いに捉われて、北有馬の百姓・三吉《さんきち》を誘い、礼拝をせんと、吉利支丹達を募った。

角蔵は、空になった籾蔵《もみぐら》に、天主の像を掲げ、隠し持っていたクルスを首にかけて、祈りを捧げたのである。

吉利支丹達はここに集った。与三右衛門達も話を聞いて南有馬村に向かった。

吉利支丹でない者も、この礼拝に加わることで、日々の苦しみから逃れようとして、たちまち吉利支丹の教義に魅せられた。

「聖父《ちち》と聖子《こ》と聖霊のみ名において、アーメン……」

共に唱えると、吉利支丹達はかつての幸せな日々に戻った気がした。

――これはいかぬ。

山善左衛門は、この集いを知り嘆息したが、もう止められなかった。

彼は慌てて一族の者達と共に、南有馬村へ向かった。

島原城下から、この法度《はっと》破りの集いを聞きつけ、代官の本間《ほんま》九郎左衛門《くろうざえもん》、林兵左衛門《はやしへいざえもん》の二人が捕吏を引き連れ、小早船《こばやぶね》で乗り込んで来たからだ。

「ええい！　控えよ！　禁教のお達しを忘れたとでも申すか！」

林兵左衛門は、角蔵と三吉に神妙にいたせと礼拝の中止を命じたが、二人はこれに従わない。

怒った捕吏達が天主の像を引き倒すと、二人はこの捕吏を蹴り飛ばし、像を守った。

「おのれ！」

林、本間は、抜き打ちに角蔵と三吉を斬《き》り倒した。

その場は悲痛に充ちた叫びがとび交い、天主の像には斬られた二人の血がべっとりと付いた。

「ええい、静まれ！　次は誰じゃ！　斬られて死にたいか！」

林兵左衛門は、吉利支丹達に一喝をくれた。

辺りは水を打ったように静まり返った。

「この後は二度と天主の教えなどに惑わされぬと誓うならば、今日のところは帰してやろう。だがその前にまず、誓紙を書けい！」

兵左衛門は勝ち誇ったように言った。

この場には百人近い百姓や漁師など領民がいた。それに対して武装はしているが、捕吏は三十名ばかりである。このまま獄舎へ連行するのも骨が折れる。

まず、参加者の名を控えておいて、後でまた一軒一軒廻《まわ》って科料を取り立ててやる——。

我ながらよいことを考えついたと、傍らの本間九郎左衛門と目で合図をしながら悦に入ったのだが、いつもは平身低頭で詫《わ》びる領民達の様子が違った。

領民達は、微動だにしなかった。彼らが静まり返ったのは、怒りと絶望に一時声も出なかっただけなのだ。

「どうせ殺されるのじゃ。誓紙など書いたとて何になろう……」

やがて呟《つぶや》くような声がした。声の主は口之津村の与三右衛門であった。

「何だと……、今ほざいたのは何奴じゃ！」

兵左衛門は息まいた。

「口之津村の与三右衛門じゃ……。嫁と孫を殺された与三右衛門よ！」

与三右衛門は叫ぶや、懐に隠し持った短刀を抜くと、人の溜《たま》りから抜け出て、いきなり林兵左衛門の腹を刺し貫いた。

まさかの出来事に呆然《ぼうぜん》とする本間九郎左衛門であったが、

「おのれ、狂したか！」

我に返って与三右衛門を袈裟《けさ》に斬った。

「親父殿《おやじ》！」

息子の太郎兵衛を始め、与三右衛門の身内達五人が、彼らもまた隠し持った短刀を抜いて、九郎左衛門に殺到した。

「慮外者めが！　こ奴らを斬れ！」

九郎左衛門は、捕吏達を指揮して五人に向かった。たちまち五人は斬り立てられ、手傷を負ったが、

「最早、堪忍《かんにん》ならぬ！」

そこに駆け付けた山善左衛門が、浪人とはいえ武士の意地を見せつけ、腰に差した刀で捕吏に立ち向かった。善左衛門に続けと、山家の家人達三人が打刀、脇差などを抜いてこれに続いた。

「ええいッ！」

山善左衛門は捕吏を見事に斬り倒した。かつて小西行長の軍勢にいて転戦した、あの日の感触が蘇った。

与三右衛門の身内五人も、これに力を得て態勢を立て直した。

すると、その場にいた吉利支丹達も、次々に捕吏に石を投げ、一人、二人と倒れる捕吏の武器を奪い、善左衛門達に加勢した。

堪らず九郎左衛門は捕吏に守られて逃げた。

善左衛門は追撃した。

十人ばかりの捕吏を討ち取ったものの、九郎左衛門も必死である。残った捕吏共々山へ逃げ入ったので、

「よし！　ここまでじゃ。深追い無用！」

善左衛門は、勇士達をまとめて、捕吏から武器を奪った。礼拝所となった籾蔵へ戻ると、口之津村の庄屋・与三右衛門は虫の息で、

「善左衛門殿、すまぬ……」

と、騒動を起こしたことを詫びたが、善左衛門はもう肚《はら》を括《くく》っていた。

「遅かれ早かれ、某《それがし》も奴らを殺してやるつもりにござった。ご案じ召さるな。かくなる上は、太郎兵衛殿と共に、憎き田中宗甫も血祭にあげてくれましょうぞ」

「忝《かたじけな》し……」

与三右衛門は息を引き取った。

善左衛門は、しっかりと十字を切ると、吉利支丹の勇士達を見回して、

「得物ある者は我に続け！　得物が無くとも、恨みを晴らさんとする者は、石塊《いしくれ》を懐に入れて共に続け！」

号令を発して、原城下にある代官所に押し寄せた。そこに田中宗甫がいると、既に善左衛門は情報を摑んでいた。

宗甫はもっぱら年貢の取り立てに忙しく、吉利支丹の礼拝の取締まりは林、本間に任せ、押収し

た米や作物を数えてしてやったりの表情を浮かべていた。

この老武士は、まさか林が殺され、本間が命からがら雲仙岳越えをして逃げているとは思いもしていなかった。

山善左衛門は時を移さず、これを攻めた。そして、その一方で有馬、小西旧臣の帰農組には決起を促す使者を送り、談合島にも使いをやった。

田中宗甫の配下は十人ほどで、代官所にはその他に五人ばかり手代が詰めている程度で、彼らは物品を検《あらた》めることに時を費していた。

そこへ、山善左衛門が到着した時。彼の背後には百名ばかりの男達が付いていた。

代官所といっても、廃城となった原城下にある武家屋敷を改築した程度の館である。

周りに堀があるわけでもない。まず善左衛門はそこを包囲し、門前の繁みに伏兵を置いて自らも身を隠した上で、鬨《とき》の声をあげさせた。

「何の騒ぎじゃ……」

百姓達が喧嘩でも始めたかと、宗甫は実にのんびりと門を開けさせて、配下の者に様子を見に行かせた。

そこへ、善左衛門は繁みに隠した伏兵三十人を突撃させた。

虚を衝かれて、田中一派は何も出来ないままに、代官所の内へ一揆軍の進入を許してしまった。

「な、何をする……、お、おのれ、ただで済むと思うてか！」

中庭の縁に立ち宗甫は槍を揮《ふる》ったが、この代官所の内にいる者は、下働きの者の他は、最も百姓達から憎まれている。憎しみを力に変えた男達は臆《おく》せず乱入して、武士達に襲いかかった。武器の無い者も石塊を投げつけ、代官所にある武具を奪い、塀外に待機していた連中を代官所内に引き入れた。

山善左衛門は会心の働き――。次々と宗甫の配下を斬り倒し、戦国生き残りの意地を見せ、怯む宗甫の高股《たかもも》を斬り裂いた。

「な、何をする……」

宗甫は槍を取り落してその場に崩れ落ち、恐怖に顔を歪《ゆが》めた。

「何をする……。おのれに天罰を与えるのよ」

善左衛門は、傍の太郎兵衛を促した。

「田中宗甫、恥を知れ！」

太郎兵衛は進み出ると、宗甫が取り落した槍で、憎き妻子の仇を串刺《くしざ》しにした。

「首をあげよ！」

善左衛門は、田中宗甫の首を槍に結びつけ、これを掲げて行軍した。

その頃には、島原の吉利支丹達が戦闘を聞きつけ、刀槍を手に集まってきた。

物言わぬ宗甫の口が、虚空の風を吸い込み、どす黒い血糊《ちのり》が不気味に固まり始めていた。

第十話　挙兵

一

「斯様《かよう》な戦が初陣とは、これでよかったのかどうか……」

真田大助はしみじみとして言った。

今回、天草四郎と名乗りをあげ、領主に反旗を翻《ひるが》えす息子を目の前にしてのことであった。

南蛮胴《なんばんどう》に身を包み、錦《にしき》の陣羽織を羽織った四郎は十六歳となっていた。

大助が大坂の役で戦った歳《とし》と同じである。

「今思わばあの戦は大坂方に勝ち目はなかったが、万がひとつにも徳川家康を討てば、天下はどう変わるかわからなんだ。そのおもしろみがあった。さりながら……」

「父上は、この戦はただの百姓一揆《いっき》であると申されまするか」

四郎はにこやかに問うた。やや下ぶくれの涼やかな顔は、母・千代姫によく似ている。

「いや、吉利支丹を解き放ち、人を人とも思わぬ不埒《ふらち》な大名へ天罰を下す、立派な戦であったな」

大助は口を噤《つぐ》んだ。

もう何度も、この会話は父子の間で語られてきたものであった。

大助自身、この天草に身を潜めてからは、吉利支丹への厳しい取締まりに加えて、民百姓に苦しみを与える大名とその家来《けらい》に対して怒りに燃え、いつでも決起をしてやると息まいたものだ。

しかし、それが子供の初陣となるとつい考えてしまう。四郎は、豊臣秀吉から四代に当る血を引いた貴種《きしゅ》なのだ。せめてもう少し時を窺《うかが》い、堂々たる出陣が出来なかったものか。ついその言葉が口をつき、四郎に窘《たしな》められる。

自分もそのような歳になったのかと、苦笑いを禁じえなかった。

「天下の兵が押し寄せてくるであろうと、掃部殿と爺《じい》殿から聞いておりまする。父上と存分に迎え撃ってやりとうござりまする」

四郎は落ち着き払っていた。

あくまでも自分は、豊臣秀頼の意志を忠実に守り通した、明石掃部、真田大助、天秀尼、妙秀尼達の想《おも》いによって生まれてきた者で、反徳川の旗をあげるのは今この時なのだと言い切る。

――大したものだ。

やはり四郎は今この地に求められて生まれてきた聖霊なのであろうと、大助は噛《か》み締めた。

今年に入ってから、吉利支丹が信じるズイソ――この世が終るという終末思想に、天草、島原の者達は取りつかれた。

秋となり阿蘇《あそ》山が噴火し、連日天は焼け、狂い花が咲いた。

その間に多くの吉利支丹が殉教し、領民達は苛斂誅求《かれんちゅうきゅう》に苦しめられ、命を落としていった。

四郎を救世主と意識して崇《あが》めたのも、ただ辛《つら》い現状を忘れたいからだけではなかったはずだ。

そして、四郎をこの世に導いた自分も、三十七になっていたが、父・幸村が大坂城に入った時よりは随分と若かった。

「後、五年あれば……」

天草と島原に凶作が起こり、ズイソが広まりをみせた時、明石掃部は歯嚙《はが》みした。

存分に戦えるだけの備えが、飢饉《ききん》の発生で揃《そろ》わなかったからである。

桝屋五郎兵衛は、命を賭《と》する覚悟で、吉利支丹の蜂起《ほうき》を助ける南蛮《なんばん》の加勢を求めたが、カソリックである南蛮諸国は、カソリックとプロテスタントの争いである三十年戦争などもあり混乱していた。

このところ、徳川幕府との関係を強化しているのはオランダで、交渉は難航していたのである。

そのような中で、ついに島原で暴発が起こった。

松倉家は、圧政に堪《こら》え切れず領民が一揆を起こしたと風聞が立つのを恐れ、これを吉利支丹の法度破りであると喧伝《けんでん》したので、天草の三宅藤兵衛がいきり立ち、天草に厳戒を敷いた。

少しでも吉利支丹の疑いがある者を、次々と牢《ろう》へ入れたのだ。

この情報は、表向き藤兵衛に取り入っている庄屋の渡辺伝兵衛に筒抜けであった。

千束善右衛門は、真田大助、四郎父子を、福島正則と共に渡辺屋敷に移し、明石掃部は天草の同志に蜂起の準備を促しつつ、軽挙を戒しめた。

かくなる上は、挙兵するしかないと決断しつつも、掃部は動かなかった。

五年前に、加藤忠広の改易によって肥後の国主になった細川忠利《ただとし》の出方が気になったからだ。

島原の松倉家は援軍を細川家に求めているようだ。これに細川家が応ずると、兵力は強大である。下手に兵を挙げられない。

「なに、細川は動けぬよ」

福島正則は達観していた。幕府の命なしに、諸家が勝手に兵を出すことは御法度であるからだ。忠利は今江戸にいる。細川家の家老達は、自国の防御を固め、国境に兵を出し叛徒《はんと》に備えたが、松倉家への兵糧送付の他は、

「江戸よりの御指図なくば出陣の儀はなりませぬ」

と拒んだ。

正則の読みは正しかった。どれだけ早くとも江戸からの指令には一月近くはかかるであろう。

老将二人は、大助と相談の上、寛永十四年（一六三七）十月二十八日に、天草四郎時貞《ときさだ》を総大将に戴《いただ》き、いよいよ出陣の運びとなったのだ。

「しからば四郎殿……」

今、大助、四郎父子は、渡辺屋敷の奥の間で、最後の語らいをしていた。

いざ出陣となれば、真田の末孫・大助と、豊臣の貴種・四郎は、迷いなく一心同体となって働かねばならなかった。

「父上、運命《さだめ》とは申せ、父上の子としてこの世に生を享《う》け、この地で共に生き、兵法を学んだ日々は格別でござりました」

四郎は、もしや父は自分を生み出したことに迷いを生じているのではないかと気遣い、この言葉

を伝えたかった。

「ありがたし。この先は、共に矢弾《やだま》を潜《くぐ》り、修羅の道を歩まん」

父子はしっかりと頷《うなず》き合って、その〝念〟を鎌倉の天秀尼にとばした。

やがて挙兵の報は関東に届こう。その折は、我ら二人の戦いぶりをお喜びくだされたし――。

「いざ……」

大助は褐色の当世具足。佩盾《はいだて》には、大坂の役では掲げなかった六文銭をあしらっている。

武者人形のように美しい四郎と庭へ出ると、胴には十字架が描かれた南蛮の騎士のごとき甲冑《かっちゅう》に身を固めた明石掃部。その傍らには、四郎が〝爺殿〟と呼ぶ、福島正則が、緑がかった鉄錆《てつさび》地塗りの甲冑姿で、並び立って、二人を迎えた。

さらに、渡辺伝兵衛、千束善右衛門、大江源右衛門、森宗意軒、河本小太郎達も、今日のこの日に備えて密《ひそ》かに調えた具足を身に着け、一斉に畏《かしこ》まった。

「これは涼しげな御大将じゃ。ここまで生き長らえた甲斐《かい》があったものよ」

正則が豪快に笑った。もう七十七になるが、彼はこの日を楽しみに生きた。そして、相変わらず矍鑠《かくしゃく》として、誰《だれ》からも頼りにされている。

「殿、いかがいたしまするか」

掃部が一礼した。

「いざ、出陣！」

四郎のやや甲高い声が屋敷内に響き、一同は渡辺屋敷を出た。

既に屋敷の周りには、錆《さ》び槍《やり》を手にした浪人百姓や、立ち上がった百姓の男達が竹槍を手に大挙集まっていた。

二

島原での吉利支丹勢の進撃は凄《すさま》じかった。

山善左衛門は、林兵左衛門、田中宗甫を血祭にあげた後、松倉家に恨みを抱く領民達を次々と兵士に加え北上した。

その途上、松倉家が置いている役所、蔵はことごとく襲い、物資を奪い取った。

ここで善左衛門は兵を二手に分け、一手を廃されていた原城に集結させ、奪った物資の集積場兼女子供の避難場とした。そして本隊はそのまま島原城を目指したのである。

松倉家家老・多賀主水《たがもんど》は、五百ばかりの兵を調え、一揆勢を迎え撃たんと島原から南へ三里（約十二キロ）ほど離れた深江《ふかえ》村に陣を張った。

山善左衛門は、自ら軽兵を率いて多賀主水の軍に小当たりをしては退《ひ》き、また押し出しては退き、松倉の軍勢に恐れたと見せかけ、この間に、一揆勢に加わった有馬家旧臣の有家監物《ありえけんもつ》に兵を託《たく》し、島原城下へと進軍させた。

監物は、手薄になった城下の防御を難なく打ち破り、江東寺《こうとうじ》、桜井寺《さくらいじ》などに火をかけ、城下を混乱に陥らせた。

多賀主水はこれに気付き、有家勢を討たんと島原に戻ったが、ここで善左衛門は決死の突撃を敢行して、松倉勢を潰乱《かいらん》させた。

松倉勢は、散り散りに城へ逃げ込んだ。

一揆勢は、勝ちに乗じて城へ迫り、大手門を破り城内に攻め入った。

城内の武士達は、討伐隊が出た上は吉利支丹の暴徒など、すぐに鎮圧されるであろうと高を括《くく》っていただけに、しっかりと城の備えを固めておらず、逃げ帰ってきた兵達の収容にも当らねばならなかったので、慌てふためいたのである。

松倉家の者達は、この地の領民が、元は有馬家や小西家の旧臣から成り立っていることに考えが及ばなかった。ただひたすらに、領主の取り立てに従う臆病者《おくびょうもの》と侮《あなど》っていた。

それに対して、山善左衛門、有家監物などは、戦国の生き残りで戦術にも長《た》けていた。

しかも長年戦わなかった身が、

「まだまだやれる……」

という自信に充《み》ち、生き生きとしていた。

「まず武具を奪え！」

一揆軍は大手門を破ると、武器庫、米蔵などを片っ端から襲い、鉄砲、弓、槍などを奪い取った。

一揆軍の中には無慈悲な主《あるじ》を見限って浪人した、元松倉家家中の者もいた。

それらの浪人が城内を手引きしたのである。

だが、寄せ集めの軍勢に城攻めは難かしい。四万三千石の大名の城には不釣り合いな城普請《ぶしん》をした島原城である。この先、諸々の城門を閉ざして迎撃に移れば、味方に被害が出るだけである。善左衛門と監物は撤退を命じた。

自分達が苦しい税を課せられ出来た城が堅固で落せず、引き上げていくのは真に傍《かたわ》ら痛いことであるが、今は亡き松倉重政は、この点においては松倉家に幸いを残したというべきか。

それでも吉利支丹一揆軍は大いなる成果を収めた。何といっても鉄砲弾薬を始め、武器を奪い取ったのは大きかった。

善左衛門と監物は、島原城下の村々に陣を張り、次なる一手を話し合った。

ここまでは、林兵左衛門を討ち取った成り行きでの戦闘であった。

はっきりと布陣が出来ているわけではない。やがて、島原を留守にしている勝家が、手勢を率いて江戸から戻ってこよう。その折には幕府も援軍をさし向けるに違いない。

「ここはひとつ、天草から総大将を迎え入れ天草の吉利支丹勢とひとつになり申そう」

善左衛門は、監物に意見を述べた。

「天草も、この機に立ち上がりましょうや」

「それはきっと……」

「左様で」

「今少し、時を稼げればようござったが」

善左衛門は、天草の内情を監物だけに打ち明けた。

「何と……。それは確かに、我らに堪《こら》え性《しょう》がござりませなんだな」

監物は絶句すると、諸々軍備を整え、ここぞと立ち上がらんとしていた天草の現状に想《おも》いを馳《は》せ、これからの戦況を憂えた。

そこに、天草へ放った使いが戻ってきて、天草四郎の決起を伝えた。

「大矢野松右衛門殿は、困った顔をされていたのであろうな」

善左衛門は眉《まゆ》をひそめたが、

「いえ、これこそ天主の思し召し。天下の兵を相手に存分に戦わんと仰せでございました」

「左様か……。明石掃部殿が……」

善左衛門は、最早構わぬであろうと、明石掃部の名を口にした。

そして、豊臣、真田の血を引く四郎に、ひとまず天草姓をつけたことを報《しら》されて、

「天草四郎様……よい名じゃ。我ら、四郎様とどこまでも！」

監物と、天草四郎を総大将として迎え入れることを確かめあったのである。


天草軍は始動した。

総大将・天草四郎を勇士達が取り囲み、まず大矢野島の支配を宣言し、要所に火を放ち、七百の兵をもって上島へ渡り、上津浦《こうつうら》に巡廻《じゅんかい》に出ていた三宅藤兵衛の手の者を、苦もなく追い払った。

富岡城の三宅藤兵衛はこの報せを受けて、

「何じゃと、渡辺伝兵衛、千束善右衛門、その倅と孫が……？」

地団駄を踏んだ。

聞けば立派な軍装を整えているという。渡辺、千束は巧みに自分に取り入りつつ、いつか兵を挙げんとしていたのだ。

さらに、怪しき奴と予々《かねがね》目を付けていた大矢野松右衛門が、軍師のように千束大三郎と、天草四郎と名を変えたその倅に寄り添っていて、巧みに兵を動かしているという。

「おのれ……、目にものを見せてくれん！」

三宅藤兵衛は、この天草の地を統治できるのは自分だけだと固く信じて生きてきたのだ。それを吉利支丹の百姓ごときに蹂躙《じゅうりん》されるのは、身震いするほど忌しい。

「すぐに使者を立てい！」

藤兵衛は、唐津に援兵を求め、細川家にも援軍を請うた。藤兵衛は細川家当主・忠利とは従兄弟《いとこ》に当るゆえに、格別のはからいを期待したが、前述のごとく幕府の許しなしに援兵は送れない。当主・忠利も江戸にいるので、そこはやはり事務的な交渉にしかならなかった。

じっとしてはいられぬ藤兵衛は、手勢百を率いて上島の対岸である本渡《ほんど》へ出陣し、郡代役所に入ると、無差別に吉利支丹狩りを始めた。

「ここは一息にかかろうと存ずる」

真田大助は、このまま下島から本渡へ渡り決戦を主張したが、ここで島原から天草四郎の出陣を請う声が届いたのである。

三

天草四郎は、真田大助、明石掃部に付き添われ、五十名の精鋭と共に島原の大江《おおえ》に渡り、熱狂の中迎えられた。

山善左衛門、有家監物、大江源右衛門らは、四郎が放つ威風にたちまち魅せられた。

掃部は、四郎の素姓はここで明かさず、彼が千束大三郎こと真田大助の息子であると告げ、

「某《それがし》が大矢野松右衛門というは世を忍ぶ仮の姿。真は備前・宇喜多家旧臣・明石掃部頭にござる。これまで生き長らえたは、徳川将軍家への無念を晴らすため。いっそ腹を切って死んでしまおうと思うたこともござったが、吉利支丹には吉利支丹の死に様がござる。我らを根絶やしにせんとするならば、必ずや手痛い想いをする。命を賭して、それを思い知らせてやりましょうぞ」

と、声をあげた。

神秘をもって島原にまで名が響き渡った天草四郎が、真田幸村の忘れ形見・大助の子で、父子には吉利支丹きっての名将・明石掃部がついている――。

やりきれなさと義憤にかられて一揆軍に加わった者達の絶望は、たちまち希望に変わった。

反乱を起こしたとて、結局は鎮圧されてしまうものだと誰もが諦《あきら》めていた。しかし、同じ殺されるなら、少しでも多くの敵を屠《ほふ》ってやりたい。圧政をした者のせいで、多くの善良なる者が敵も味方も犠牲になる。その愚をお上に教えてやる――。

そんな反乱に対する誇りが、この三人の登場によって確立されたのである。

「畏《おそ》れ入りましてござりまする」

得意満面の笑みを浮かべる山善左衛門の周りで、島原勢の武将達はひれ伏した。

ここに、島原の一揆勢は心ひとつにして、天草四郎の旗の下で戦うことになった。

「某には、どうすることもできず、最早これまでと立ち上がってござりまするが、いやはや、立派にお成りになられました……」

山善左衛門は、大助と四郎を島原の衆の中で誰よりもよく知るだけに感慨無量であった。

真田大助が明石掃部と共に天草へ来てから二十年近くの歳月が流れていた。

その内、四郎が誕生し、福島正則が味方となり、松倉重政を誅《ちゅう》した。

「長かったような短かったような……」

「いや、善右衛門殿、島原の衆はよくぞここまで堪え忍ばれたものじゃ」

掃部には再び軍陣で号する感触が何よりも心地がよい。

「よし、評定と参ろう」

掃部は、四郎を大将と仰ぎ、大助と島原の将達を迎え、戦評定を開いた。

これによって四郎を中心とした布陣を整え、寄せ集めの島原の一揆勢は、ひとまず軍団としてのまとまりを得た。

だが、ここでも、掃部と大助は、

——もう少し時があれば。

と、溜息《ためいき》をつくことが多かった。まとまったとはいえ、急拵《きゅうごしら》えは否めず、飢饉に弱った百姓兵がどれだけ戦えるかわからぬ現状に不安はつきまとう。

「我らよりも、徳川の方が急拵えでござりましょうよ」

それを四郎が元気付けた。

「なるほど、戦を知らぬのはいずれも同じか。門様、勝ちにも色んな勝ちがござりましょう。我らは、ただ前に進むのみでござる」

大助がニヤリと笑った。

戦に敗れても、勝負を制することもあろう。大助はそう言いたいのだ。

そういえば九州へ落ち延びた時、掃部はまだ十六の大助にそんな話をしたことがあった。

大助、そして四郎……。父子を仕込んだ自負が掃部の迷いを断ち切った。

天草軍は、島原での松倉勢力を掃討し、ことごとく島原城へ封じ込み、城を囲んだ。

「おのれ、松倉の臆病者めが、百姓が恐うて出てこられぬか！」

「その城は、わしらが拵えてやったものじゃ。堅固でよかったのう！」

大助の指示で、圧政を受けてきた領民達は、城に向かって悪口雑言を放った。

大坂城での攻防でも、戦闘が膠着《こうちゃく》した折は、挑発に乗った方が負けであった。

城に籠《こも》る松倉勢は、民百姓からの罵倒に堪え切れず、二度、三度と城門を開けて打って出た。

大助はその都度城門の前に物見を出し、相手が出れば挑発しつつ逃げるよう命じた。

城兵はこれを追う。充分引きつけておいたところで、木立に置いた伏兵を突撃させて、松倉勢の横腹を突かせた。そうして相手が迎撃態勢を取るとまた兵を引く。

城兵も孤立を恐れ引き上げるが、その度に兵力を消耗した。わかってはいても負けた気がせず、怒りにまかせて、打って出てしまうのだ。

「真田大助、真に親譲りよ」

掃部は満足した。少しでも相手の兵を減らしつつ、味方の士気を高め、かつ実戦に慣れさせる。真田幸村が好んだ用兵であった。

小戦闘でも、数をこなすうちに、一揆勢も戦を知り自信が生まれるというものだ。

四郎も何度か、後方からこれを眺め、戦の運びを学んだ。そんな時でもゆったりとして騒がず、味方を鼓舞《こぶ》する姿に一揆勢は結束を固めていた。

そんな折、掃部の許《もと》に密偵として動いていた楓が唐津から戻ってきて、

「寺沢の軍勢が、ほどのう富岡《とみおか》に到着いたしまする」

との由を伝えた。

生まれたばかりの四郎を連れて、鎌倉から天草へ来てから十五年。楓は変わらず掃部の側《そば》近くに仕えた。三十半ばを過ぎても容色衰えず、身体壮健である。

「左様か、よくぞ戻ったな」

人を労《いたわ》る時の掃部は、キリストの使徒のごとく神々しい慈愛に溢《あふ》れる。楓は掃部に声をかけられた時、一途《いちず》に慕ってきた自分は何と幸せな女であろうと、何度思ったことかしれない。

「いよいよでござりまするな……」

掃部のすることに、一切言葉を挟まなかった楓であったが、大戦の予感につい言葉が出た。

「戦はこれからじゃ。そなたにも働いてもらわねばならぬ」

その夜、楓は明石掃部の宿営に留《とど》まり、甲斐甲斐《かいがい》しく掃部の身の回りの世話をすると、翌朝にはまた、いずこかへ消えていた。

寛永十四年十一月十日。

唐津の寺沢家の軍勢は、富岡に船団を組んで来援した。その数千五百。鉄砲も百六十挺《ちょう》を装備していた。

翌日、本渡で陣を張る三宅藤兵衛の軍と合流し、

「殿から御拝借仕《つかまつ》ったお味方の軍勢、一兵たりとも粗末にはいたし申さぬ」

藤兵衛は大仰に感じ入ってみせた。

主君・寺沢兵庫頭堅高は江戸にいる。

そろそろ急使が江戸に着き、堅高は幕府の命を受け国表へ向かっているだろう。国入りの際は討ち平らげているようにいたさねばならぬと、藤兵衛は闘志を燃やしていた。

先年、藤兵衛は天草の番代永勤を命じられ、天草統治の功を主君より称えられている。

天草に一揆が起こり、唐津の手を煩わせたのは、生涯の汚点であった。

三宅藤兵衛は、いつしか悪魔になっていた。しかし彼にしてみれば、天草を四万二千石の飛地として成立させるために情熱を注いだだけに過ぎない。

それが思うにまかせないのは領民達の努力が足りないわけで、自らも棄教したにも拘《かかわ》らず、領

民達が依然密かに信仰を続けているのが腹立たしくてならなかった。

やがてその苛立《いらだ》ちは、己が天草での地位失墜《しっつい》への怯《おび》えとなり、彼を魔の支配者へと変えていったのである。

既に、富岡の町役人・用左衛門《ようざえもん》の子供を棄教に従わぬと流罪《るざい》にし、礼拝を行った者達を海へ投げ込んだり、かつて吉利支丹であった者とは思えない残虐《ざんぎゃく》な行いをしていた。

それが領民の反感を募らせ、いつか暴動が起こるとは思わなかったのであろうか。

とかく、上の者に媚びへつらう者は、下の者には強く当たり、思わぬところで下の抵抗に遭い結局は、上からの信頼をなくす――。

藤兵衛は叛徒《はんと》に憎しみを増大させ、皆殺しにせんとする勢いで当たり、天草全土は憎悪に包まれたのである。

上津浦に陣取る一揆軍は千に充《み》たない。それは物見の報せで摑《つか》んでいた。

「捻《ひね》り潰《つぶ》してくれん」

藤兵衛は怒りに身を震わせながら唐津からの援軍を待ち、遂にこれを得た。

しかし、上津浦の天草軍は悠然と構えていた。

明石掃部と真田大助は、四郎と共に島原へ赴いたが、それでもなお上津浦には福島正則が陣中にあった。彼の存在が兵士達を落ち着かせていたのだ。

「三宅藤兵衛など聞いたこともない奴よ。聞けば明智日向守の家来《けらい》であった、明智左馬之助の倅とか申すが、親に似ぬ鈍よ」

正則は、陣中で藤兵衛をこきおろしていた。

「そろそろ唐津から援軍が来るとなれば、おれならまず夜襲のひとつ試みて、味方の士気を上げ、援軍に対して面目を立てるであろう」

藤兵衛は、そのような気配を見せず、勢いで本渡に陣を張ったものの、敵の数に戦《おのの》いて援軍を待ったと思われても仕方がない。それくらいの者には寝ていても勝てるというのだ。

福島正則がそう言うと、兵士達は活気付く。

やがて上津浦へ、島原より天草四郎、真田大助が、千五百の兵を率いて来着との報が入ると、

「よし、ちと動いてみるか」

福島正則は、森宗意軒を連れ、手勢百ばかり率いて陣を出たのである。

四

三宅藤兵衛は小躍りした。

上島で、百ばかりの小勢が、島子《しまご》を目指して行軍中であるとの報せを受けたからだ。

「ふッ、小勢で夜襲でもかけようと申すか」

藤兵衛は兵を割き、瀬戸を渡らせ、一手を島子へ進軍させ、もう一手は山を越えさせ、上津浦の南、下津浦《しもつうら》から敵本陣へ攻め入らせんとした。

だが、正則は、物見を立てて藤兵衛の策を読んでいた。

「たわけが。のこのこと出て来よったわ」

正則は、藤兵衛の一隊に兵をぶつけ、すぐに引いた。敵は勝ちを信じて打ちかかってきた。正則は引きつつ鉄砲と弓で相手の出端をくじき、時を稼いで上津浦へと引き返した。

藤兵衛の島子討伐隊は、進撃したが、ちょうどその頃《ころ》、上津浦で四郎、大助と合流した本陣の軍勢が島子に殺到してきた。

藤兵衛の支隊は、引くに引かれず四郎、大助の軍勢と激突したが、兵力は劣っている。たちまち押し返され、四郎、大助は、敵を呑《の》み込むようにして殲滅《せんめつ》した。

藤兵衛のもう一隊である下津浦勢は、上津浦の天草軍に迫らんとして山間《やまあい》の道を進んだが、これも山の両脇から兵を繰り出した天草軍に挟撃され、命からがら逃げ出した。

ここに天草軍はひとつになって本渡へ迫った。三宅藤兵衛の軍勢は大方が討たれ、残った者は本渡へ逃げ帰ったが、混乱する本渡に明石掃部が率いる船団が上陸して、五百の兵をもってこの混乱の中に斬り込んだ。

四郎、大助は悠々と瀬戸を渡り、さらに掃部と呼応して、三宅藤兵衛が陣を張る本渡に迫った。

「押し返せ！　引くな！」

三宅藤兵衛は、声を枯らして叱咤《しった》したが、こうなると劣勢は容易に挽回《ばんかい》できない。

「この天草の地が……」

自分の支配から奪われる悪夢に、藤兵衛は呆然《ぼうぜん》と立ち竦《すく》んだ。

援軍の百六十挺の鉄砲も、混乱の中では機能せず、逆に天草勢の矢弾を受けて倒れていく。突撃しては引き、鉄砲、弓隊を繰り出すのは明石掃部の至芸といえる采配《さいはい》であった。

「おぬしのこの駆け引きに、関ヶ原の折は苦しめられたものじゃ」

福島正則は懐かしそうに言った。

「何の駆け引きと言わば、さすがは市殿、我らとの息をぴたりと合わせてくだされた。戦は生きておりまするな」

「いや、真に……」

老将二人は、十歳は若返っている。

大助はこの二人に教え込まれた用兵を、四郎を守りつつ果している。

敵は総崩れとなり富岡城へと逃げて行く。

馬上勝ち戦を見つめる天草四郎、真田大助、明石掃部、福島正則……。並び立つ四騎めがけて、一騎の武者が駆けてくる。

「おのれ、小癪《こしゃく》な！」

四郎を守らんと河本小太郎、今は大矢野の姓を名乗る竹四郎らが、次々と槍を手にこの武者にかからんとするのを、

「通してやれ！」

掃部は制した。

騎馬武者は、三宅藤兵衛であった。

「さすがに、富岡の城へ逃げ帰るは恥と思うたか、そなたのような者にも武士の心が残っていたと

みえる」

掃部は、馬上本陣に現われ、四人の将を睨《にら》みつける藤兵衛を憐《あわ》れむように見た。

「黙れ！　浪人百姓ごときに天草を荒されては、生きておれぬわ！」

藤兵衛は怒りと無念にすっかりと常軌を逸していた。

「浪人百姓ごときか……。ならばちっとは気が休まろう。我は宇喜多家浪人・明石掃部」

「我は太閤殿下縁の福島左衛門大夫……」

「真田左衛門佐が一子・大助。いずれも徳川将軍家への無念を晴らさんと挙兵いたせし者」

三人は次々と名乗ってやったが、

「何をほざく！　この三宅藤兵衛を愚弄《ぐろう》いたすか！」

藤兵衛にはこの三人を認識出来る眼力も、余裕もなかった。

「ふッ、そなたにはわかるまいな。もしもここに、先年身罷《みまか》られた寺沢志摩守殿がいれば、目を丸くなされたであろうがのう」

掃部がつくづくと言った。ここに至って我らに気付かぬとは、戦国生き残りの者にあるまじきことだと藤兵衛を揶揄《やゆ》したのだ。

「ほざくな老いぼれが！」

藤兵衛はお前ごときの葉武者《はむしゃ》とは顔を合わせたこともないと言いたげな、明石掃部に向かって突進した。彼は依然、掃部を大矢野松右衛門と思っていた。

「哀れな奴よ！」

掃部も馬腹を蹴《け》って藤兵衛に向かって駆けた。

すれ違った時、三宅藤兵衛は掃部の槍を受けて落馬し、そのまま動かなくなった。

「竹四郎！　首を取れ……」

掃部は、竹四郎に藤兵衛の首をあげさせると、

「それ、悪逆無道の天草番代・三宅藤兵衛は天草四郎様が御成敗なされた！　今ここに勝鬨《かちどき》をあげ、この者によって命を奪われた者達の御魂《みたま》を葬わん！」

と、大音声をあげた。

天草四郎が采配を掲げたのを合図に、

「えい、えい、おーッ！」

と、雄々しい勝鬨が天草に響き渡った。

本渡の合戦は、天草四郎勢の圧勝であった。

寛永十四年十一月十四日の夜。天草軍は、本渡大矢崎《おおやざき》にて夜営し、大いに凱歌《がいか》を上げた。

やがてそれは聖歌に変わり、吉利支丹達は大勢で、実に久しくそれを奏でたのである。どの兵士の目にも涙が浮かんでいた。為政者に搾取され、ただ殺されていく身が仇《あだ》を討てた。いつ死んだとてよいという陶酔《とうすい》に誰もが浸っていた。

第十一話　春の城

一

原城は、島原半島南の有明海に突き出た丘陵《きゆうりよう》にある。東と南は海に面し、西と北は満潮時は海水の堀、潮が引くと泥田になるという天然の要害で、〝春の城〟と呼ばれた。

寛永十四年（一六三七）十二月九日。

天草四郎は、今は廃城となったこの城の改修普請《ふしん》を終え、島原、天草の一揆《いつき》勢をすべてここに集結させた。

これは、明石掃部と福島正則の策であった。

本渡の合戦で大勝した天草軍は、勢いに乗じて富岡城を攻めたが、三宅藤兵衛が戦死した後城番となった原田伊予《はらだいよ》はこれをよく守った。

二の丸に自ら火をかけ、ここも落ちたかと乗り込んできた天草軍の兵士に鉄砲を射ちかけ、決死の防戦をしたのだ。

「なかなかやる……」

福島正則は、伊予を称《たた》えると勝ちに乗る兵達を戒め、掃部、大助に諮《はか》りすぐに兵を引いた。

いつまでも城攻めにこだわっていては大局を失うからである。たとえ落したとしても、そこに守備兵を置けば兵力が分散する。大坂の役の折も、寄せ集めの将達による軍議は時に決裂し、結局、それぞれの将に兵を割くことで攻撃が分散した。

敵が多勢であるのに対して兵力を分散するのは愚の骨頂で、やがて雲霞《うんか》のごとく現われるであろう、天下の兵を相手にするのであれば、味方の兵は一丸となって当たるべきであった。

天草、島原の連合軍がひとつとなって原城に籠《こも》れば、どれだけの大軍が来たとて容易《たやす》く負けることはなかろう。今は兵と弾薬の消耗を控え、ひたすらに群がり来る敵を倒していけば、この地の噂《うわさ》を聞いて、国中の吉利支丹が立ち上がるかもしれないし、恩賞を望めぬ戦いに大名達の間に厭《えん》戦《せん》気分が漂い始めると徳川将軍家の権威が失墜するであろう。この先、何が起こるかわからないではないか。

天草四郎軍は、その想《おも》いをもって入城し、籠城《ろうじょう》戦に夢を見たのである。

「じゃが、持って二月であろうな……」

明石掃部はそう見ていた。福島正則も相槌《あいづち》を打った。

凶作による兵糧不足、飢饉《ききん》と過酷な吉利支丹弾圧による兵士不足。そして、思った以上に奪い取った鉄砲と火薬の量が少なかった。

掃部はこれも、後数年かけて天草で密造するつもりであったし、まず長崎を襲い、ここでポルトガルの援軍と合流する計画も立てていたのだが、挙兵までにこれも調わなかった。

枡屋五郎兵衛は未《いま》だにマカオ経由で、密《ひそ》かに吉利支丹の救済をポルトガルに訴えていたが、それもこの二月の間には叶《かな》うまい。

「これは、大坂の役の折よりも、勝ち目はないのう」

掃部は大助と語り合った。

四郎自身は、原城に入って尚《なお》思い悩む老将達に、

「この四郎は吉利支丹の手によって守られてきたのでござりますれば、吉利支丹のために兵を挙げるは我が本懐。天下の兵を相手に、大いに腕を揮《ふる》えば、戦に負けたとて、吉利支丹を殺し続ければ大変な騒動が起こるという恐ろしさを、刻みつけてやることもできましょう。さすれば、この先も表向きは禁教を掲げたとて、潜伏吉利支丹には目を瞑《つむ》るやもしれませぬ。四郎の命も無にはなりませぬ」

実に健気《けなげ》な言葉をかけたが、

「四郎様をここで死なせるわけには参らぬ」

掃部はそれだけはしっかりと心に秘めていた。四郎には真田と共に、この先も徳川と戦う総大将でいてもらわねばならない。この吉利支丹一揆で武名を上げ、戦が何たるかを知り、先に望みを託してこそ、亡き豊臣秀頼の意志を果せるのである。

この戦は始まりであり、終りであってはならないのだ。

戦いつつ、掃部は想いを巡らせた。

――大坂落城の折。もしも右大臣家を御救いできていたら、どうなっていたであろうか。

今生きていれば四十五になっていたはずで、この地に胤《たね》を何人か残したかもしれぬ。

だが、挙兵など出来たであろうか。ただ潜伏し、貴種《きしゅ》を遺《のこ》しつつ、

「いつか、いつか……」

と言い続けながら、暮らしていたに違いない。

幾多の苦難を乗り越え、幾多の偶然と好運が重なり、人の願いを身に背負いながら世に生を享《う》けた四郎であるからこそ、このような運命が巡ってきたのではなかろうか。

そしてその運命を切り拓《ひら》き、見届ける役目を自分は天主から与えられたのではなかったか。

それゆえ、掃部は何度も逃げては身を潜め、また戦ある地にやって来たのだ。

——この身の戦いは四郎様と共にまだまだ続くのじゃ。

決意を新たにした時、江戸から上使・板倉重昌《いたくらしげまさ》が到着した。

いよいよ幕府の命により、諸大名が出陣し、原城への攻撃を開始したのである。

二

江戸幕府に、島原の一揆が報《しら》されたのは十一月九日とされている。重昌が着陣したのはほぼ一月後であった。

幕府は板倉重昌を送り出した時は、島原が天草四郎なる神秘に充《み》ちた総大将の許《もと》、大いに戦意盛んで手強い勢力になっているとは思ってもみなかった。

何しろ、九州肥前から江戸に急使を送ったとて、返事が来るのに一月はかかる。

この隙《すき》を衝《つ》いて、天草四郎軍は天草、島原地方を席巻《せっけん》し、武器、弾薬、兵糧を手に入れたわけだが、九州に近付くにつれて板倉重昌は、単なる吉利支丹の一揆ではないと気付いたのだ。

幕府は、重昌を送り、九州諸大名に出陣の用意をさせれば、たちどころに乱の鎮圧は出来ると軽く考えていた。

重昌を送り出した約二十日後に、〝知恵伊豆《いず》〟と言われた敏腕老中、松平伊豆守信綱《のぶつな》を送ったのも、それくらいには乱も収まっていようから、戦後処理をさせようと思ったからだ。

板倉内膳正《ないぜんのかみ》重昌は、三河額田《みかわぬかた》の領主で、大坂の役では徳川家康の使者として大坂城へ出向いたことで知られ、先年の九州での細川家、小笠原家の国替えの折には、城引渡しの役を務めて、熊本、小倉に出張していた。

その辺りの実績を買われての上使であったが、柳生宗矩は一万二千石の小身《しょうしん》の重昌に、軍事における差配が出来るのか案じたという。

これに先立ち、島原の領主・松倉勝家、天草の領主・寺沢堅高が国入りしていたが、一揆勢の強大さにただ絶句した。

勝家は、島原城に籠ったままで、ろくに一揆勢を掃討出来ない城兵を叱咤《しった》したが、既に一揆勢は原城に入っていた。

堅高は唐津城へ入ってからしばらく動かず、八百の兵を率いて富岡へ入ったのは、こちらも天草一帯から一揆勢が引き上げた後で、世間から臆病《おくびょう》と笑われた。

さらに勝家は、島原城への兵糧米を細川家へ無心し、これを聞いた細川家当主・忠利は、

「どうせ滅びゆく者に、何ゆえ兵糧を渡してやらねばならぬのじゃ」

と、吐き捨てるように言ったという。当然である。そもそもが松倉家の失政がもたらした騒動で、動員させられる九州の大名達は迷惑この上なかった。

何事においても、幕府方は後手に回った。

十日に攻城側が仕掛けて、初めての交戦があったが、双方鉄砲を撃ち合うも、命中の精度は城方が巧みで、松倉勢には打ち抜かれて死傷する者が続出した。

佐賀の鍋島《なべしま》家の軍勢は、三、四町離れたところからぽつぽつと撃ちかけるだけで、まるで役に立たなかった。鍋島家としては、主君・勝茂《かつしげ》は江戸にあり、やがて帰国するまでは兵を損いたくなかったのであろう。

はかばかしくない攻撃に業を煮やし、板倉重昌は、十九日になって軍令を発し、本格的な攻撃に出た。

「そろそろ押して来るようじゃな」

その日の夕べ、城内を騎馬で巡廻《じゅんかい》する福島正則が、同じく浮武者として巡廻する明石掃部、真田大助、山善左衛門に告げた。

搦手《からめて》に鍋島家の兵が動いている。

「搦手から出丸に攻め上ろうとしているようにて」

大助が言った。

「そうしてどうする」

正則が問う。

「そこへ気を取られている隙に、大手から攻め入らんとする……」

「ふふふ、さすがは大坂で戦うた身じゃ。わしもそう見た」

「となると夜半に鬨《とき》の声をあげ、大手には明け方に仕掛けてくる。そんなところでござろうな」

掃部がニヤリと笑った。

その夜、彼らの推量通り、鬨の声と共に搦手の天草丸へ鍋島勢の一斉射撃が行われ、鍋島家老臣・諫早豊前守《いさはやぶぜんのかみ》が率いる軍勢が夜明けと共に防御柵《ぼうぎょさく》を乗り越え、崖《がけ》をよじ登って攻め込んできた。

「それ、石を落せ！　矢を射かけよ！　弾《たま》を無駄にするでない！」

天草丸には渡辺伝兵衛の二男・左太郎《さたろう》がいて、本戸但馬《ほんどたじま》の許で守備についていた。

真田大助は遊軍二百を率いて駆けつけ、敵に損害を与えつつ、この出丸から撤退した。

「よし！　攻め取ったぞ！」

諫早豊前守は快哉《かいさい》を叫んだが、この出丸の曲輪《くるわ》内は足場が悪く、ここに大軍を駐留させることも出来ず、次なる一手を思案した。

「よし！　撃て！」

大助はその機を見て取り、本丸へと続く田町門《たまちもん》の脇から、一斉射撃を命じた。

天草の衆は、昔から鉄砲の扱いに慣れている。鉄砲の銃身も長く工夫が凝らされていて射程が遠い。鍋島勢はばたばたと銃弾に倒れ、堪らず出丸《たま》を捨てた。

大手門を攻めたのは筑後柳河《ちくごやながわ》の立花左近将監忠茂《たちばなさこんしょうげんただしげ》であった。九州では戦上手で知られる立花家の嫡男《ちゃくなん》は、初陣《ういじん》に気負った。勇猛果敢《ゆうもうかかん》に突撃を繰り返したが、攻城戦には気負いが裏目に出る。家中《かちゅう》の者に戦を知る者もいたであろうが、たかが吉利支丹の暴徒など恐るるに足らずと考えていたのがいけなかった。

大手門のある三の丸は大江源右衛門が守っていたが、これに明石掃部が加勢し、見事な戦いぶりをみせた。

「引きつけよ！　まだ撃つでないぞ！」

掃部は十分に相手を引きつけておいて、塀の狭間《はざま》から鉄砲を撃ち白ませたかと思うと、次の瞬間に大手門を開き、槍《やり》隊を突撃させすぐに退却させて門を閉じる。

この戦法を何度か繰り返すうちに、立花勢はおびただしく兵を損傷し、撤退を余儀なくされた。

ここでも天草四郎軍は、原城攻防戦の一陣に勝利した。

この日、松倉勢は城を囲む仕寄《しより》のひとつの中から、立花勢の激闘と敗走を見物していた。

「それ、松倉のたわけに何ぞ声をかけてやれ」

福島正則は、二の丸の松倉勢の仕寄が見下ろせる城壁の上に立って、女房を水牢《みずろう》で殺された口之津村の百姓・太郎兵衛を呼んだ。

彼は田中宗甫を討ってから、原城に一族の者達と籠っていた。

「おのれ松倉長門！　何ゆえ攻めて来ぬ。この卑怯者《ひきょうもの》めが。ここまで年貢を取り立てに来ぬか！拷問《ごうもん》にかけてみよ！」

太郎兵衛は叫んだ。彼に続いて数名の男達が、松倉家が領民にしてきた非道を詰《なじ》った。

「おのれ……！」

　松倉長門守勝家は、身を震わせて口惜《くや》しがったが、松倉勢の周囲に陣取る大名達は、何とも嫌な顔をした。

　特に隣の仕寄の有馬家の家中の者達は、あからさまに舌打ちをした。島原の旧主である有馬家の連中にとって馴染《なじ》み深い、この地の百姓領民にそこまで酷《ひど》い仕打ちをしたのかと、色をなしたのである。

　原城には有馬家旧臣で帰農して島原に残った者もいる。それと戦わねばならない原因はすべて松倉家のせいなのである。

　松倉勝家は後に家政不行届きと、乱の原因を生んだことで斬首《ざんしゆ》される。切腹も許されずに首を打たれた大名は類を見ない。己が圧政を棚に上げ、この騒擾《そうじよう》はただ吉利支丹が一揆を起こしたと言い繕った勝家の姑息《こそく》は、ここで明らかになったのである。

三

「心地よし、心地よし……」

　福島正則は上機嫌であった。

「これで、いつ死んだとてよい」

　城内でそればかりを口にしている。

信濃の川中島で、うつうつとして暮らしていた日々を思うと、甲冑《かっちゅう》に身を固め、戦塵《せんじん》にまみれる日を再び過ごせたのは実に爽快《そうかい》であった。

勝ち戦が続くと、これほど心地のよいものはなく、

「あと、ひとつふたつ勝って冥途《めいど》の土産《みやげ》といたさん」

と、来るべき攻城側の来襲を読んだ。

近々、老中・松平伊豆守信綱が着陣する。その報を、楓が城内に届けたのである。

真夜中に海に面した城の抜け穴に入るのだが、切り立った崖《がけ》を伝って穴に辿《たど》り着くのは容易なことではない。

明石掃部は、原城を改築するやこの抜け穴を造らせた。二六時中穴の中には番人を置き、

「帰りましてござる」

が危機の報せ。

「戻りましてござる」

が無事に戻ったという合図であった。

これを楓はこともなくしてのける。

「大した女よ」

正則は、掃部を冷やかすように楓を称《たた》えて、

「老中伊豆守が来るまでに、何ぞ手柄を立てておかぬと、板倉も立つ瀬がなかろう。宮仕えと申すはくだらぬの」

と、嘆息した。

しっかりと状況を確かめぬまま上使として送られた板倉重昌は哀れであった。正則が見た通り、二十日に大敗を喫して尚、重昌は攻撃を急いだ。彼は、既に死を覚悟していたのである。一揆の原因を作った松倉家はともかく、鍋島、有馬の兵を多数死なせてしまっては面目がなかった。一万二千石ばかりの小身では自軍の兵も少なく、諸将の兵を使いこなさねばならない。それが重圧となって押し寄せるのだ。

諸大名も、消耗するのは自軍の兵なのだ。板倉ごときに指図される覚えはない。そんな想いが強い。己が一手で手柄を立てて、江戸からの覚えをめでたくしたい。相手はたかが百姓ばら、

「まず我らにお任せあれ」

というところである。

しかし、天草四郎軍は想像を絶する強さであった。城には百姓領民を含めて三万七千が入っている。戦闘が出来る兵士は一万以上。しかもただの百姓達ではない。いざ合戦となって、原城は立派な要塞《ようさい》で、籠っているのも立派な武士であると知れた。女子供に老人だとて、これだけの人数が揃《そろ》うと、城の改修普請や、武具の修繕《しゅうぜん》、投石の確保などを手伝える。兵は戦うことに集中出来るというものだ。

「その上に、どうも城内には名のある侍大将がいるような……」

前線に出て、命からがら退却した兵士達は口々に言った。

浮武者という、遊撃隊を率いる武将に、明石掃部、真田大助、福島正則がいることに、まだ気が

付く者はいなかったが、彼らの尋常でない働きに、

「大坂の役の無念を晴らさんとする者が、何人もいるのではなかろうか」

そんな声が攻城側にあがり始めた。

鍋島、立花、松倉、有馬の諸家は、大敗に考えを改め、幕府の上使である板倉内膳正重昌の下知に耳を傾けるようになっていた。

功名を競うあまり、上使に逆った上に敗北したとあれば、後の咎《とが》めもあろう――。

そこでいささか団結をしたのだが、既に重昌は追い詰められていた。

「元日の早朝をもって、総攻めをいたす」

重昌は遂に陣触れをし、寛永十五年一月一日に城攻めを強行したのである。

「よし、冥途の土産じゃ」

その日、福島正則は、老体とは思えぬ身軽さで馬に乗り、城中を駆けた。

夜明けの城外に、鍋島、有馬、松倉、立花の諸隊が次々に現われ、武者押しの響きが辺りにこだました。

「我らが何ゆえ籠城に及んだかは、最早《もはや》知れるところとなった！　存分に戦おうぞ！」

本丸の矢倉に立ち、天草四郎は大音声で号令した。

籠城側は矢文を放ち、この度の一揆が吉利支丹への迫害のみならず、非道なる領主の圧政に訴えるものであると伝えていた。

それを省みず、尚も命を奪わんとするならば受けて立とうではないか――。

四郎の言葉に、城兵は勢いづいた。

「皆、抜かるでないぞ!」

明石掃部、真田大助、山善左衛門も浮武者として駆けた。

敵は、本丸、二の丸、三の丸の各方面から塀に取り付いた。

「かかれ!」

板倉重昌の声が響いた。

「門殿、内膳正は死ぬつもりじゃな」

城壁の上から、大手前で下知する重昌を見ながら、正則は掃部に告げた。

「真《まこと》に……」

掃部は神妙に頷《うなず》いた。

「き奴《やつ》は幾つになったのであろう」

「はて、五十ほどでござらぬかな」

「老けたのう……」

かつては徳川家康の近習として華々しく仕え、大坂城への使者を務めた板倉内膳正重昌も、心労で老人のようにやつれているのが遠目にわかる。

「我らは幸せじゃのう」

正則の言葉が、掃部の胸を打った。長く浪々の身を続けてきたが、いつの時も戦う武士の意地を貫いてこられたのだ。

「確かに幸せでござる」

掃部の応《こた》える声に力が籠った。

攻城側の諸隊は、力攻めに押してきたが、戦を知らぬ諸隊の大将には芸がなかった。

城兵は、石を落とし、矢を射かけ、鉄砲で止《とど》めをさして、寄せつけなかった。

「せめて馳走《ちそう》仕《つかまつ》らん。門を開け！」

正則は、竹束を出て大手に迫る重昌の一軍を、掃部と共に遊軍を率いて突撃し追い払うと、

「斯様《かよう》な攻めでは、兵を損うのみじゃぞ！」

間近に迫った重昌に声をかけた。

「無益なり。引け引け！」

掃部が続けた。

その刹那《せつな》。重昌は呆然《ぼうぜん》と立ち竦《すく》んだ。

「ま、まさか……」

彼は混乱の中、夢を見ていると思った。

この日、正則は密かに造らせた水牛脇立兜《すいぎゅうわきだてかぶと》を被《かぶ》っていた。これはかつて黒田長政と交換した兜を模した物で、福島正則の象徴となった物だ。

さらに掃部は、大坂の役の折に着したのと同じ南蛮《なんばん》風の兜――。

重昌には、目の前の二人が誰かわかった。

しかし、その刹那。城中から放たれた一発の銃弾が重昌の眉間《みけん》を撃ち抜いた。

戦国一の鉄砲名人と謳《うた》われた駒木根友房《こまぎねともふさ》が放った一弾であった。糸針の穴をも通す下針金作《さげばりきんさく》と呼ばれたこの男も、小西家の家臣として出陣した関ヶ原の役に敗れて後は島原に潜伏していたのだ。

彼もまた、戦国の世に大きな忘れ物をした武士であった。

四

かくして板倉重昌は討死を遂げ、天草四郎軍はまたも大勝した。

寄せ手は大将を失い、最早攻める気力をも失い退却した。この日だけで死傷者は三千八百あまりに及んだのであるから、身内を殺されて一揆に及んだ者達は、ひとまず仇を討った思いに涙した。

福島正則の口癖のごとく、

「もういつ死んだとてよい」

解き放たれた気持ちになったのだ。

正則はもう、日々死にたがっている。

「いよいよ、江戸から松平伊豆守が到着するようじゃ。日々、ここの様子は江戸に報されているであろうから、黒田、細川、鍋島、有馬、小笠原といったところが続々と国入りしよう。正しく天下の兵じゃ。これと一戦仕れたならば、いつ死んだとてよい……」

城内は、来たるべき決戦に向けて、異様な盛り上がりをみせていた。

一月三日。老中・松平信綱は島原に到着し、板倉重昌の戦死を知った。

その後、信綱は、原城の現状を前にして身震いした。

廃城とは思えぬ大要塞に、諸大名の陣が対峙《たいじ》して、方々で鉄砲の炸裂《さくれつ》音がし、煙が立っている。

〝智恵伊豆〟と人に呼ばれ四十三歳になった信綱は、未《いま》だ戦国の気風が残る武家の世に育ったが、来たるべき文治政治を目指し、その功積をあげてきた。

彼から見ると、ここはさながら祭りの場であった。戦あってこその武士と夢を追い求めた年寄り達が、戦国の世を懐かしむのを疎《うと》ましく思っていた信綱も、実際に二十三年前の大坂の役を思わせる島原の地に立つと、言い知れぬ興奮を覚える。

――これはいかぬ。今これに起きていることは夢でのうてはならぬ。人は祭りを心待ちにするが、日々祭りが続いては泰平の世は成り立たぬ。

彼は心を戒めた。板倉重昌は、きっとこの祭りの陶酔に呑《の》まれて命を落したのであろう。重昌と共にこの地へ赴いた彼の息子・重矩《しげのり》は、父の弔い合戦に身を奮い立たせているという。

――これもいかぬ。

討っては討たれ、討たれては討つ。源平の尽きぬ戦いが武家の慣わしであるならば、これをなくさねば、徳川幕府百年の大計は脆《もろ》くも崩れさるであろう。

――これを最後の祭りといたさねばなるまい。

関ヶ原の無念が大坂の役となり、さらに島原の乱となった。戦乱は必ずまたやって来る――。

そんな期待を武士達に残してはならないのだ。

――いかに祭りを終らせるか。まずそこから始めねばなるまいが、何とか遺恨が残らぬように終らせるにはいかがいたさばよいのか。

〝智恵伊豆〟は頭を捻《ひね》った。

板倉重昌は、ひたすらに城を落さんとした。ただがむしゃらに兵を繰り出したが、それが敵の戦意と憎しみをさらに煽《あお》って、重昌も多くの兵と共に死んでいった。

この戦に勝者はいないと信綱は思っている。

内乱の鎮定に恩賞は出ない。動員された諸大名は将軍家からの覚えめでたくあらんと張り切るであろうが、多くの家来《けらい》が死傷すれば、感状だけで満足するであろうか。

原城の者共を皆殺しにすれば、島原と天草の地は誰が田畑を耕やし、土地に利をもたらすのか。

そうして、吉利支丹の恨みはこの先何年たっても消えぬであろう。

まったく得る物のない戦いなのだ。

――まずはいかにすれば味方の損害を少のうできるか。それから考えねばならぬ。

信綱は、板倉重昌の跡を継いで、幕府軍の総大将となり、まず囲みを厚くして、天草軍の矢弾と兵糧が尽きるのを待たんとした。

有馬村には、続々と諸大名の軍勢が集結した。天草の掃討を名目に、誰もいなくなった天草に駐留していた寺沢堅高の手勢、細川《ほそかわ》家の嫡男・光利《みつとし》が率いる肥後の軍勢、福岡の黒田勢、小倉、中津の小笠原勢などで、構えを厚くするには十分な兵力が揃ったのである。

その一方で、信綱は城中へ矢文を放った。

吉利支丹が起こした宗教一揆かと思えばさにあらず、松倉家と寺沢家の天草番代によって行われた圧政に堪《た》えかねてのものだということを、信綱はわかっていた。

　矢文には、

「籠城している者の中には、無理矢理吉利支丹に引き入れられている者もいると聞く。城に入らず島原、天草の地に残った者は咎め立てしておらぬ。それを疑わずに、心ならずも籠城している者は、何か合図をもって城を出よ。落人《おちうど》には前のように田地が下され、当分は年貢も免れるよう取りはかろう」

　という内容を記したのである。

　しかし、籠城側からは、この矢文によって投降する者は出てこなかった。彼らはもう何も信じられなかったのだ。ただ天主の許に手を取り合って召されることだけが望みであった。

　元より出てくる者はおらぬと思っていた信綱であったが、少くとも城の内にも心ある者がいて、このままではどうせ皆殺しの憂き目を見るのだ。女子供、先行きのある若者を、この後城から出そうと考えるかもしれない。今はそれでよいのだ。これが城中の団結を弱める種にならんとも限らないのだから、打つべき手は絶えず打たんと、その後もせっせと矢文を送りつつ、一方ではオランダ船に海上からの砲撃を依頼した。

　この作戦は、大した成果があがらず、城内からは矢文にて、

「日本国中に立派な武士がいるというのに、オランダ人の加勢を求めるなどとは、言語道断のことである」

　などと抗議が来た。

さらに、攻城側の大名からも、異国の援助を受けるのは武門の名折れであるという意見もあがり、信綱は十日ばかりでオランダ船を帰してしまった。

さらに、天草四郎の母と親族が細川家に捕えられていたのを引き出して、四郎に投降を求めるよう促したが、元より母というのは、千束善右衛門の妹・よねで、世を偽るための方便であったから、

「あの四郎様は、わたしの生んだ息子ではござりませぬ。天がこの地にお授けくだされた神の子でござりまする」

よねは、自分が何と言おうと、天草四郎の挙兵した志は変えられぬものであると言い張ったし、城からの反応も見られなかったのである。

五

「松平伊豆守はよう働く」

原城では、明石掃部が松平伊豆守信綱の手腕を認めていた。

華々しい戦闘は仕掛けてこないが、彼の打つ手のひとつひとつは実に当を得たものだと彼は見ていた。

矢文を次々に放ち、百姓達に投降を促しつつ、オランダ船に砲撃させる。

吉利支丹達が、南蛮からの助けを求めているならば、南蛮のカソリックと反目しているプロテスタントであるオランダからの攻撃は、最早スペインやポルトガルは日本における権益をオランダに

奪われてしまっていると思わせるに有効であった。

事実、掃部は枡屋五郎兵衛の交渉によるポルトガルからの救援に一縷《いちる》の望みを託していただけに、オランダ船からの砲撃には真《まこと》に衝撃を受けていた。

恐らくは、来援の大名達からも異論が出て、すぐにオランダ船を帰したのであろうが、信綱はただ異国の火砲の助けを得ようとしたのではなく、吉利支丹の心に動揺を与えようとしたのだ。

さらに、天草四郎の身内の者を引き出したのは敵の情に訴えるものである。となれば信綱もまた情を知る者なのであろう。

「この松平伊豆守とならば、話ができる」

掃部は、信綱の動きを見ながら直感した。

この間も、攻城側は坑道を掘り城内に進入を試み、籠城側はこれを察知し、この穴に糞汁《ふんじゅう》を流し込んだりして撃退したが、戦況は膠着《こうちゃく》していた。

信綱の周りには、江戸から九州に国入りした大名達が次々と攻城側に参陣している気配がある。

兵糧攻めにしつつ、城の周りに高い井楼《せいろう》を組み、上から大筒を撃ちかけ、塀や矢倉を破壊して、少しずつ本丸へ迫る戦法は、将軍家の信厚き、細川忠利あたりの意見であろう。

忠利は大坂の役の折は、二代将軍・徳川秀忠に従って出陣している。

徒《いたずら》に攻めかけず、囲みを少しずつ前進させ、矢文で戦意を喪失させる——。

「ふふふ、どうやら古兵共が集まってきたようじゃの」

福島正則は、いよいよ決戦の日が迫ってきたようだと、原城内の諸将に告げた。

既に二月も半ばとなり、城内の弾薬も兵糧も心もとなくなっていた。

「民百姓衆を何として生かせばようござろう」

軍議の場に臨んだ天草四郎は、穏やかに言った。

「うむ、よう申された」

掃部はこれを聞くと満足そうに頷いたが、百姓衆で籠城に参加した者達は口々に、

「我らもここで死にとうござりまする」

「生き延びることなど毛頭考えてはおりませぬ」

「女子供とて天主の許に旅発《たびだ》てるのでござりまする。何のお心遣《こころづか》いもいり申さぬ」

そう言って嘆いたが、

「皆の衆が死に絶えてはこの地はどうなる。皆生きて天主の教えを忘れずに、ここで生き抜くのじゃ」

真田大助が声に力を込めた。

大助は、徳川の兵を相手に存分に戦えれば、討死したとて本望であるが、この地に生きた者達は、領主の圧政に苦しめられ、それを糺《ただ》さんとして立ち上がったのだ。何も悪いことをしたわけではないし、松平伊豆守は、この度の戦が終われば、島原も天草もこのままにしておかないであろう。悪い夢を見たと思って再びこの地で生き続けてもらいたいと説いた。

「父上の申される通りでござる。この四郎の魂は、いつまでも滅びることのう、皆の幸せを祈り続けましょうほどに」

四郎が続けた。

一同は沈黙した。

掃部は、ゆったりとした口調で、

「右衛門作殿《えもさく》。そなたにしてもらいたきことがござる」

と、山田右衛門作という老武士を呼んだ。

右衛門作は、有馬家旧臣で、この度は本丸の副将という立場で、天草四郎を助けていた。

彼はそもそも南蛮絵師として名高く、原城にあっては矢文を認《したた》める役目も担っていた。

朔日《さくじつ》に旧主・有馬直純《なおずみ》から矢文があり、右衛門作とは顔馴染《かおなじみ》の家来・有馬五郎左衛門《ごろざえもん》を使者として差し向けるので、この度の籠城のこと、吉利支丹達の存念を訊《き》きたいとあった。

右衛門作は矢文を返し、有馬家への旧恩は未だに忘れてはいない。この度は、領主・松倉家の苛《か》政《せい》に堪えかねての籠城にて、存念を話しとうござると伝えていた。

それにより、三日に大江《おおえ》の浜で会見を済まし、籠城に至った経緯《いきさつ》を五郎左衛門に報せていた。

その際、掃部、大助、正則に加えて、天草の古老達に説得され、

「島原城内にいる女、子供を含めた民百姓達は、皆、吉利支丹浪人に無理矢理城内に引き入れられて押し込められているので、総攻めの折は何卒《なにとぞ》助けてやってもらいたい」

と、右衛門作は心ならずもそのように付け加えていた。

ここに至って城側が都合よく命乞《いのちご》いをしていると、松平信綱は解釈するであろうがそれでよかった。

信綱はそれと知りつつ、ここで女子供や年端《としは》もいかぬ若者を殺して、遺恨と島原、天草の過疎を生むならば、表向きはそのように取り上げ帰村させることをよしとするのではないか。

〝智恵伊豆〟のしたたかさに賭《か》けてみたのであった。

「はて、某《それがし》にこの上何をせよと仰せでござりましょう」

右衛門作は首を傾《かし》げた。

「貴殿には敵方に内応していただきとうござる」

「何と……」

第十二話　決戦

一

海側の城壁に打ち寄せる波は穏やかであった。

風は少しずつ温かくなり、芳《かぐわ》しい有明の潮の香りを運んできた。

数日前に激しい雨が降り、攻城側によって断たれた水脈を潤してくれた。

兵糧は最早《もはや》尽きかけていたが、

「食い物のことなど案ずるな。もうすぐ戦も終ろう」

福島正則は、どこまでも陽気である。

「武者震いがしよるわ」

城壁の上から、攻城側の陣を見下ろすと、大名達の軍勢の動きが慌《あわただ》しくなっている。しかも見違えるほど整然としている。

「次々に御大将が着陣したということでござりまするな」

その隣で真田大助が問うた。我が子である四郎をいつも横に置いておきたいが、四郎は総大将にして天主の使いとして本丸で鎮座しておらねばならぬ。

息子の分まで、今はこの名将の横に張りついて、戦を学ぶ大助なのだ。

「左様、総攻めも近いということよ」

正則はここに誰《だれ》が集うのかが楽しみのようだ。

「黒田は吉兵衛《きちべえ》（長政）の倅《せがれ》（忠之）か。ふん、倅は大したこともないが三左衛門《さんざえもん》はまだ生きていようから、倅についてこよう。こ奴《やつ》はちと手強い。有馬は、玄蕃《げんば》（豊氏《とようじ》）か。世渡りが上手《うま》いばかりで戦は大したこともない。鍋島は、伊平太《いへいた》（勝茂）であったかのう。あ奴は朝鮮でも功をあげた男じゃ、侮《あなど》れぬ。細川は……、三斎《さんさい》（忠興）は何をしておる。まだ死んではいまいに、隠居をしたままとは情けなきことじゃ。倅（忠利）もそれなりに戦場《いくさば》に出てはいようが、三斎に比べれば心もとなかろう。島津は山田（有栄《ありなが》）を遣わしたか。あ奴は戦上手であったが、千ほどの手勢では大した働きもできまい。まずその他の大将共は、たかがしれている。大殿、そなたの方がよほど戦を知っていようぞ」

正則は、城内を馬で廻《まわ》りながら戦国の思い出に浸《ひた》り、自分と同じような生き残りの武将の名を思い出しては悦に入った。

いつしか傍らにやって来た明石掃部は、老将の言葉に目を細めながら、

「何やら、小笠原の方が騒がしいのう」

言われて、二の丸の西から見下ろすと、二十人足らずの騎馬武者を率いた一手の武将が遠望出来る。

武将は、歴戦の強者のようで、彼が動くと他家の武士達も、恭《うやうやし》く頭を下げた。

参陣間なしで、原城の様子をまず巡検したいのか、城壁の下を悠々と駒《こま》を進めている。

「あ奴はいったい……」

正則は怪訝《けげん》な顔を眼下に向けた。

「おお、あれはもしや……」

明石掃部がニヤリと笑った。

「何じゃ、貴殿は知っているのか」

正則が問うた時、その眼下では顔見知りが見つけて声をかけたか、

「これは武蔵殿！」

と、声がした。

「ふふふ、やはりそうか」

掃部が頬笑《ほほえ》んだ。

颯爽《さっそう》と現われたのは宮本武蔵であった。

「ほう、やっと会うことができましたな」

大助も笑ったが、

「宮本武蔵？　剣術使いか」

福島正則は、まるで興がそそられぬといった顔をして横を向いた。

二

宮本武蔵は、養子の伊織《いおり》が小倉城主・小笠原忠真《ただざね》に仕えていることから、忠真の甥《おい》で中津の城主・長次《ながつぐ》の後見役として参陣していた。

相変わらず、兵法者としてはなかなか世渡りが上手く、細川忠利からも剣術指南を請われ、その名を知られるようになっていた。

彼は関ヶ原、大坂の役を経験している武人として、小笠原家家中《かちゅう》の者達からは大いに頼られる存在なのだ。

名将・水野日向守勝成の軍陣にあって戦った大坂の役はともかく、関ヶ原では槍《やり》を手に明石掃部の下で駆け回っていただけに過ぎぬのだが、二天一流《にてんいちりゅう》の生涯負けなしの武芸者として名が広まり始めた彼が、

「関ヶ原の折も、大坂の折も、ただ無心で刀槍《とうそう》を揮《ふる》いましてござる」

などと静かに語ると、戦を知らぬ連中はたちまち、心酔してしまうらしい。

武蔵は今、人生の蜜《みつ》を味わっていた。

一城の主《あるじ》にはなれなかったが、二十騎足らずの配下を従えて駒を進める姿は、一騎当千の武士を束ねる真の勇者として、幕府軍の兵士達に受け入れられている。

「我五十も半ばにいたれども、こ度の合戦で功を為《な》せば、一城の主も夢ではあるまい」

そのような気にもなっていた。

とはいえ、ここへ来てから武蔵は、かつて戦国の名将として君臨した大名達の着陣が気になって仕方がなかった。

「宮本武蔵？　兵法者づれに戦の何がわかろう」

と蔑《さげす》まれ、まるで相手にされないのではなかろうかという恐れと共に、かつて若き日に憧《あこが》れた勇将、智将を、自分も一手の将として窺《うかが》い見られる喜びに胸が躍るのだ。

福島正則が懐かしがるのとは、まるで意味合いの違う、宮本武蔵の憧憬《しょうけい》なのだ。

城の様子を巡見しつつも、武蔵は他家の陣を横目で眺め、老将達の姿を追い求めていた。

「わしも、兵法者づれを鼻で笑えるような大将になりたかった……」

五十半ばの武蔵には、今の成功を喜び噛《か》み締めたい想《おも》いと、ここまでしか名声と成功を成し得なかったかという悔恨が複雑に交り合っていた。

ふと我に返ると、城内から賑《にぎ》やかな歌声と太鼓の音が聞こえてきた。

〽かかれ　かかれ　寄衆もつこでかかれ
寄衆　鉄砲の玉の　やれあれんかぎりはか
〽あら有がたの利生や　伴天連（様）のおかげで
寄衆の頸を　やれずんときりしたん

「籠城《ろうじょう》勢もあがいておるようじゃ」

士気を高めんとしているのであろうと、武蔵はさらに駒を進めた。

確かに武蔵の見た目は正しかった。城中では、福島正則が歌え囃《はや》せと兵士達を意気盛んにさせていた。しかし、この騒ぎはそれだけのことではなかったのである。

「ひとつ夜襲、朝駆けにて、敵の力を試してやろう」

正則の思惑はそこにあった。

油断をさせて虚を衝《つ》く――。幕府軍が天草軍の夜襲を予期した上で、どこまで迎撃するかを確かめ、それによって、幕府軍がどれだけ戦の機微を捉《とら》えているか試したかったのである。

その様子で、敵の強さが知れる。

無謀《むぼう》な攻めになるかもしれなかったが、戦は博奕《ばくち》である。時に危ない橋を渡らねばならない。

二月二十一日の夜半。

暗黒の大江口に、天草軍約三千の兵がいつしか湧《わ》いて出るように現われたかと思うと、攻城側の陣に突進した。

兵を率いるのは、明石掃部、真田大助、福島正則の三将であった。

攻城側は、思いの外慌てず、篝《かがり》を焚《た》き、敵を見極め、数を恃《たの》んで返り討ちにしようとした。

「ほう、夜襲を読んでおったか」

福島正則は馬上苦笑した。

攻城側は夜襲を予期して、迎撃態勢を素早く整えていた。

手応《てごた》えが今までとまるで違う。敵兵は動きに無駄がなく統率もよくとれている。歴戦の古兵《ふるつわもの》が着陣したゆえであろう。

「それでも、夜襲を迎え撃つのに慣れてはおらぬ」

掃部は兵士一人一人の質は、戦国の折のそれとは比べものにならぬと見た。

天草軍は、この何年もの間、密《ひそ》かに小西家浪人達と共に、掃部が夜の行軍を百姓達に教えていたから、闇《やみ》に強かった。

明石隊、真田隊、福島隊は、その精鋭によって構成されており、しかも三隊が入り組んで攻め入ったので、闇の中で敵は友軍と敵軍の区別がつかず、夜襲を予期していたとて、思わく通りには戦えなかった。

天草四郎軍の三隊は、黒田勢の柵《さく》を五ヶ所破り、寺沢陣地を荒らし、鍋島勢の本陣まで迫り、方々に放火し井楼《せいろう》を焼崩した。

しかし、逆にこの火によって敵味方の区別がつくようになる。

そこへ押し出してきた一隊があった。

いや、一隊かと思えば、二隊三隊が現れ出て、方々から鉄砲を撃ちかけてきた。

いずれも小勢であるゆえ、並の武将であれば、

「踏み潰《つぶ》してくれん！」

と、ついむきになり正面にいる小勢を突き崩さんと突撃したくなったであろう。

真田大助も、そんな想いに捉われた。

敵は、何とも〝小癪《こしゃく》〟であるのだ。

しかし、この時彼の一隊の前には、福島隊がいたので、大助は命拾いをする。

正則もまた、思わず突撃を命じそうになったが、この小勢が立花勢であることに気付いて、瞬時に兵を引かせた。

「こ奴らから離れろ！　間合を取れ！」

先日来、原城に突撃してきては手痛い目に遭っていた立花勢とは様子が違ったからだ。

「鷹《たか》よ、あの向こうに見える大将らしき者の様子が見えるか？」

正則は引きつつ、鷹という配下の者に問うた。鷹は千里眼の持ち主で、正則は戦の度に千里眼の者を従者に取り立て、側《そば》へ置いていた。

鷹は、その名で呼ばれているだけに遠くの者が見えて尚《なお》、獣のごとく夜目が利いた。さらに方々の火炎による明かりで、大将らしき人影をはっきりと捉えた。

「なかなかのお年寄りにござりまする」

「兜《かぶと》の脇立《わきだち》は？」

「胴の印と同じ、輪型にて……」

「左様か……。ふふふ、夜襲を読まれたのも無理はない。とんでもない奴がいた」

正則は何を思ったのか、兵を引かせて大胆にも自らは殿《しんがり》に立って、

「懐かしや飛驒守《ひだのかみ》！」

と叫んだ。

たちまち立花の兵士達が押し寄せてきたが、

「引け引け！」

と号令しながら、件《くだん》の老大将が駒を進めて来た。

「何と。もしやそなたは……」

立花の老大将は、正則を見て笑みを浮かべた。

「ふふふ、わしよわしよ！」

正則は豪快に声をあげた。

立花軍の老大将は、江戸から松平信綱の許《もと》に諸将軍と共に派遣された立花飛驒守宗茂《むねしげ》であった。

勇と義で、〝戦国無双〟を謳《うた》われ、

「其兵《その》を用ふるや、奇正天性に出《い》づ、故に攻あれば必ず取り、戦へば必ず勝てり……」

と評された名将であった。

歳《とし》は正則より下であるが、もう七十は過ぎていよう。

九州平定を目指す島津家と激闘を繰り広げ、豊臣秀吉の九州平定戦で活躍し、やがて豊臣の姓を下賜される。

それ以後は、秀吉の信頼厚く、朝鮮の役でも武名をあげ、関ヶ原では豊臣家の恩顧《おんこ》に応《こた》えて西軍に付き、徳川家康からの多大なる恩賞の誘いを断った。結局、大津城を攻めている時に関ヶ原の本戦が終り、かつての仇《かたき》である島津義弘を助けつつ九州へ退却し、本領の柳川へ戻り徹底抗戦を貫いたが、黒田如水、加藤清正の懸命の説得を受け開城降伏した。

宗茂は、よほどその人柄が慕われたようで、方々の大名から客将として誘われた後に、徳川家の軍事顧問として請われた。

大坂の役の折には、豊臣方に付くのを恐れた家康、秀忠から懸命の説得を受け、秀忠の相談役となり入城はしなかった。

その功をもって筑後柳川十万石余の旧領が与えられ、大名の列に復した。関ヶ原の役で西軍に付き所領を没収され、また旧領に復された大名は宗茂をおいて他にない。

今は、将軍家光の相伴衆を務め、定府となっていたのだが、この度松平信綱の軍師として九州へと戻っていた。

「まさか、おぬしのような老いぼれまでここへ寄越すとは、徳川の武辺もしれたものじゃのう！」

正則はにこやかに声をかける。

宗茂の顔も綻《ほころ》んだ。

「そういうそなたも、死にきれずに一揆の大将か！」

「大将など畏《おそ》れ多い。大坂城に入らなんだ罪滅ぼしをしておるのよ」

「罪滅ぼしとな」

「おぬしが大坂城に入っておれば、城は落ちなんだものを……」

正則が、ニヤリと笑うと、

「参りまするぞ！」

明石掃部と真田大助がそれぞれ単騎でやってきて正則を促し、宗茂に一礼すると、二人は彼を連れて退却した。

宗茂は、これを追わんとする養子の忠茂《ただしげ》を、

「追うな！　あれはそなたらごときでは相手にならぬ。決戦の日を待つがよい」

と制して軍勢をまとめた。

「我らが陣は、敵を追い払うた、それだけでよい」

宗茂は、もう一度今の正則とのやり取りを思い返していた。

「大坂の役か。ふッ、あの折わしは何をしていたのであろうのう」

三
「やはり、とてつもない男が寄せ手に来ておったのう」

夜襲を終えて、出丸に戻った福島正則は、興奮冷めやらぬ様子で、軍議に臨《のぞ》んで立花宗茂の存在を伝えた。

籠城方の武将達は、溜息《ためいき》をつきながら、それでもそれぞれが顔を輝かせた。

天草四郎軍の武将達の多くは、小西、有馬、加藤、松倉、島津といった九州の大名の旧臣や浪人であったから、立花宗茂がどのような武将かは知っている。

義をもって生きてきた宗茂が、幕府軍として参戦しているのは、宗茂なりに外せぬ義理があってのことに違いない。

宗茂と戦えるのは本望であったし、また敵に宗茂がいる限り、原城は遅かれ早かれ落城の時を迎えるであろう。

「かくなる上は、我らは戦うだけ戦うて、武士らしい最期を遂げん」

吉利支丹を迫害すれば多くの死人が生まれる。浪人武将達は、自分達の強さが、この後の吉利支丹を守るよう、華々しい働きが出来るようにと誓い合い、この島原、天草の地に天からの使者のごとく現われて自分達を導いてくれた、明石掃部、真田大助、福島正則に感謝した。

渡辺伝兵衛、千束善右衛門、山善左衛門などはしみじみとして、この三人の士がいなければ、一揆はすぐに鎮圧されて、ここまでの戦いにならず、吉利支丹達はさらに嬲《なぶ》られて地獄の苦しみを味わっていたであろうと頷《うなず》き合った。

そして、総大将・天草四郎の側近の将達は、神の使いである四郎を何とか殺さずに済む法はないかと、四郎のいないところで喧々囂々《けんけんごうごう》と談合が何夜も続いた。

その傍らで、山田右衛門作は一人、松平信綱と内応を続けていた。

彼は裏切り者の汚名を着てでも為さねばならない一事を託されていた。

決戦を控えて、天草四郎は百姓達、武家以外の籠城衆の内、女子供、十五歳から下の少年達に、生きて密かに島原、天草の地に吉利支丹の教えを残してくれるようにと因果を含めた。

彼らを、改宗したにも拘《かかわ》らず籠城軍に無理矢理引き込まれた者達として出丸に集め、出丸の門を配下の数名に開かせ、一斉に攻城側に投降させる。そして自分は、出丸で内応が起こったと本丸へ報せに行き、今度はよきところで本丸の塀を内から爆破して、幕府軍を引き入れる――。

そのような段取りを、右衛門作は矢文で信綱に告げていた。

右衛門作と共に裏切り役を務める配下の者も、百姓一揆勢の年寄り達で、四郎はこの連中の説得にも苦労したのだ。

右衛門作は攻城側と矢文のやり取りをする役を任されていた。その役儀を利用して信綱に内応する体《てい》を装ったのだが、信綱は右衛門作と配下の命は元より、投降してきた領民達は以前通りの土地に戻し、数年の年貢免除の上で不問にすると返答してきた。

これらは幾つかの矢文の中に紛らせて右衛門作に届けられるのだが、互いに内通した文には端《はし》に少しだけ焦《こ》がした跡をつけて証《あかし》とした。

天草四郎は、籠城以来本丸で軍の象徴として腰を落ち着けていたので、父・真田大助や、師である明石掃部、福島正則とはなかなか一緒にいる機会がなかった。

それゆえ、本丸副将の武人であり絵師である山田右衛門作とはよく語らい、彼の万事につけてゆったりとした物腰に親しみを覚えていた。

彼が描いた四郎の絵は、日本の絵師にはない夢の世界にいるような不思議が広がっている。

「右衛門作殿、皆で嫌な役目を押し付けてしもうたが、これで心おきのう戦えると申すもの、忝い……」

四郎は、右衛門作の苦衷《くちゆう》を慰めた。

右衛門作は、四郎が豊臣家の血を引いていて、天下の兵を相手に一戦仕《つかまつ》り、徳川に一泡吹かせてやるのだという想いを知っている。

そして彼は、十六で、女子供を逃がして堂々と戦い死んでいく覚悟を決めている。

その姿を見ていると誰よりも四郎を生かしたくなるが、武士の誇りを持ち続けるならば、幕府に逆った総大将は死なねばなるまい。それが何とも辛《つら》かった。

四郎には右衛門作の胸中が見える。

「悲しまずにいてくだされ。この四郎ほど幸せな者はおらぬと、真《まこと》思うておりますれば」

この世に生を享け、あらゆる期待を持たれて、弱輩の身で幕府の十二万になる兵を相手に戦えたのであるからと四郎は言う。

徒花《あだばな》を絵に描《か》くと、どのような物になるであろう。

右衛門作はそんなことをふと思い、絵筆を取れども、なかなか筆は走らなかった。

四

夜襲から二日目に、松平信綱の許に、また一人江戸から軍師がやって来た。

この物語に何度となく登場してきた、水野日向守勝成である。

彼もまた戦国生き残りの猛将であった。

徳川将軍家三代に渡る家臣であるが、かつて家康に仕えていた時に父・忠重《ただしげ》から不行跡を咎《とが》められ勘当され、その後、実に多くの戦国大名に仕え、武名を挙げた変わり種である。

やがて再び徳川家康に仕え、父・忠重と和解し家督を継ぐと、関ヶ原の役では大垣《おおがき》城攻めで功を挙げ、大坂の役では真田幸村、毛利勝永、そして明石掃部と激闘を繰り広げた。

宮本武蔵が大坂の役で参陣したのは、この水野勝成の客将としてであった。

徳川家光は、勝成を信綱の許へと遣わし、城攻めの折は万事勝成と談合せよとのことであった。

松平信綱は早速軍議を開いた。

議上では、細川忠利と鍋島勝茂が、すぐにでも総攻めを行うべきだと主張した。

近頃《ちかごろ》起こった小戦闘で捕えた籠城方の兵士を取り調べると、どれもすっかりと痩《や》せこけていて、運んだ死体の胃を開けてみると、海藻しかなかった。城内の兵糧も尽きている様子が窺われる。

信綱にしてみても、兵の損傷を抑えつつ城を落さねばならないのは重々わかるが、いつまでも籠城が続くと、幕府の威信に関わることであるから、そろそろこの辺りで勝負をかけねばならぬと考えていた。

だが、水野勝成と立花宗茂は、細川、鍋島は銃火器が充実していて、仕寄も城に近く兵士の数も多いゆえ、功名に急いでいると見ていた。

他の諸将は十分に気持ちが盛り上がっていない。城攻めは味方の統率がとれていなければ上手くいくものではない。

大坂の役を知る大名もちらほらといるが、勝成の目には、もうすっかり城攻めの辛さを忘れ、寛永の世にあって、我が家の強さを誇り将軍家へ面目を立てようという、彼らの我欲ばかりが見えてくる。

諸大名は一気に落してみせましょうと勇ましいことを言い合い、来着したばかりの水野勝成に、

「日向守殿はいかが思われる」

と、水を向けてきた。勝成は仏頂面で、

「総大将は伊豆守殿である。万事御老中の下知にお任せいたさばよいことじゃ。老人の長居は無用でござる」

それだけ言い置いて軍議の場から退出してしまった。

立花宗茂はそれを見てニヤリと笑った。

城を囲み、兵糧と矢弾を尽きさせる包囲戦は退屈この上ない。時に城から仕掛けてきて戦うと被害も出る。功名への欲と、死んだ仲間の仇討ちに燃える幕府軍の諸隊の士気は昂《たか》まりすぎて爆発寸前である。

ここでひとつ、松平伊豆守を中心に戦うことの決まりごとをはっきりさせておく必要があった。

勝成はその辺りを正そうとしたのである。

伊豆守はそれに力を得て、二十六日に総攻めをすることを決めた。

その夜のこと。

立花宗茂は、水野勝成を誘って伊豆守の陣中を訪ね、夜襲の折に確かめた信じられぬ光景を打ち明けた。

「何と、福島左衛門大夫と明石掃部が……」

まず驚いたのは勝成であった。

「生きていたとは……」

信綱はこの二将と戦場でまみえたことはなかったが、福島正則と明石掃部が城中にいるということがどれほどの衝撃であるかはわかっている。

「なるほど、これは手強いはずでござる」

思わず唸《うな》ってしまったが、吉利支丹で名高い明石掃部の入城は頷けるものの、何ゆえ福島正則が死んだと偽り、二万石を投げ捨ててまでここにいるのか、それがわからない。

勝成は、そんな信綱にこの日一番の笑顔を見せて、

「いや、某《それがし》にはようわかる。もう一度だけ、祭りを楽しんでみたかったのでござろう」

ぽつりと言った。

宗茂はにこやかに相槌《あいづち》を打った。

老将二人の笑顔を見ると、

「そのようなものなのでござりましょうな。長年矢弾を潜《くぐ》り抜けてこられた御方《おかた》には」

祭りといわれると信綱にもわかる。己が存在を合戦でしか示されぬ男もいる。

そのような武士が二万石の小大名に納まって暮らすのは死ぬほど退屈なのであろう。

既に、名高き武将が原城内にいるようだと噂《うわさ》に上っていたが、それがまさか、今自分の目の前にいる二人の老将に劣らぬ戦国の名将であったとは思いもよらなかった。

「さらに、両名の他に〝六文銭〟を佩盾《はいだて》にあしらった者がござる」

宗茂は続けた。

「六文銭……」

勝成ははっとして宗茂を見た。

「まさか真田の……」

「左衛門佐（幸村）の亡霊が、そこにいるのかと思い申した」

勝成は沈黙した。戦上手で知られた彼が、大坂で何度も痛い目に遭わされた真田幸村の亡霊を宗茂が見た。もしや、遺児大助もまた生きていたのかもしれない。

「その奴が何者かは知らねど、総攻めは心してかからねばなりませぬな」

やがて重い口を開いた勝成に、

「これはこの老いぼれが、久しゅう見なんだ夜討ちに浮かれて、幻を見たのかもしれぬ。また、明石、福島、真田と申して、その戦ぶりを肌で覚えている者もおらぬゆえ、申したとて徒《いたずら》に気が後れてもいかぬと、今まで黙っていたのじゃが、こなたと御老中には伝えておこうと思うてな」

と、宗茂は頰笑んだ。

「それは何よりのこと。して、何ぞ言葉のひとつ交わされてござりまするか」

勝成は、宗茂の幕下にも一時いたことがあるゆえに、宗茂には丁重に話す。

「ふッ、ふッ、それがのう……」

宗茂は福島正則と一時交わした言葉を語り聞かせて声を弾《はず》ませた。

「その上で、おぬしが大坂城に入っておれば、城は落ちなんだものを……、などと」

「ははは、それはよい。かの御仁も、大坂のやり直しをしに参ったというところか」

勝成は爽《さわ》やかに笑った。

信綱は老将二人の会話を、怪訝な面持ちで聞いていた。

やはり、この島原で戦国の世から未《いま》だ抜け出せぬ男達の祭りが始まっている。

「御両所は、こ度の一揆には領民と吉利支丹の恨みだけではのうて、戦乱の世に生きた者が、その折の無念を晴らさんとしてこれに加わっていると申されまするか」

信綱は訊《たず》ねた。

「無念を晴らすというものでもござるまい。合戦には互いに正義や理屈がある。さりながら、己《おの》が信義を通せぬまま戦いを終えるのは何ともやり切れぬ。それは某とて同じことじゃが、江戸で遥《はる》か九州への出陣を命ぜられた折は、これが最後の戦と心得て血が騒いだものでござる」

宗茂はしみじみとして言った。

「飛驒守殿におかれては、こ度の戦の信義は何でござろう」

「逆い続けた某を大事にしてくだされた徳川将軍家への御恩返しでござる。その一戦が、ただ百姓を撫《な》で斬《ぎ》りにするものでのうて、安堵《あんど》いたしてござる」

宗茂の言葉に、勝成も感じ入って、

「福島、明石、真田の面々も、負けを覚悟の戦。せめて百姓や女子供を巻き込まず、存分に戦いたいのでござろう」

「左様でござるか。ならば某も、総大将として堂々と戦わねばなりませぬな」

「それでこそ天下の兵を束ねる御大将でござる」

「将軍家の軍門に下りくる民百姓は許させられよ。ここは九州の端。江戸表には、一人残らず撫で断りにしたと伝えたとて誰も困りますまい」

宗茂が続けた。

信綱はしっかりと頷いた。山田右衛門作とのやり取りも、出来る限り島原、天草の民を殺さぬようにするためであった。

「ただ、原の城に、福島、明石、真田などの大将がいたとて、それはあくまでも島原、天草に住みついた名も知れぬ浪人として討ち果す所存にござる」

そして信綱はきっぱりと言い切った。

老将二人は威儀を改めた。

この先も、戦国の世に生きた愉悦から脱け出せぬ者達が、この乱を見倣《みなら》い、また新たな祭りを画策せんとも限らない。ここは福島正則も、明石掃部も、真田大助も元より死んだものとして済ましてしまうのが何よりであろう。

松平信綱は、立花宗茂、水野勝成に深く謝して、総攻めに臨んだ。

——なるほどそういうことか。

信綱は、二人の戦国武将の薫陶《くんとう》を受けると、それだけで古今の英傑《えいけつ》になったような不思議な気分になっていた。

あの原城に、真に真田大助がいたのならば、今の自分と同じように明石、福島両武将によって覚《かく》醒《せい》したのに違いない。

——だが、この身は戦国の陶酔を断ち切ってみせる。それが三代将軍の老中としての務めなのである。

信綱は、吉利支丹の浪人と真田の末孫は必ず討たねばならぬと強い決心を固めたのである。

五

宮本武蔵は、きたるべき総攻めを控えて落ち着かなかった。

二十六日は大雨が降り、これでは火器が使えぬと、その日の総攻めは取り止めとなった。

さらに翌日。総攻めは明日となったが、諸大名の陣は明らかに浮き立っていて、いつ攻撃を仕掛けるかわからない物々しさであった。

大坂の役の折に世話になった水野勝成を陣中に訪ねると、
勝成はにこやかに迎えてくれたが、

「そなたの武名は聞き及んでいる」

「いよいよ総攻めじゃ。ようく見ておくがよい。あの城の中には、そなたの存じよりの者がいるやもしれぬぞ」

と、気になることを言った。

「存じよりの者？」

「色んな浪人がいるゆえ、見知った者がいるやもしれぬということじゃ。ぬかるでないぞ」

勝成は、それが誰かは告げず、

「そなたも、もう二十年ばかり早《はよ》う生まれておれば、おもしろい日々を送れたかもしれぬのう」

ほのぼのとした表情で送り出してくれた。

〝鬼日向〟と言われ、思うがままに生きてきた勝成には真に似つかわしくないやさしさであった。

それだけに、勝成にしてみても戦国武将として最後の合戦に臨むに当たって、自分に餞《はなむけ》の言葉を贈ってくれたのであろうと、武蔵は嬉《うれ》しかった。

――二十年前に生まれていれば。

さしずめその言葉が、彼の胸に突き刺さっていた。

兵法者として真剣勝負に明け暮れ、それなりの武名をあげられた。しかし自分も立花宗茂や水野勝成のような、大勢の兵士を差配し、思うがままに動かせる、一軍の将になりたかった。それでこそ戦国の世に生まれた武士の本懐ではないかと心の内で思い続けていた。

しかし諦《あきら》めるのは早い。かかる総攻めで、功をあげ一軍の将として認められることも夢ではないのだ。勝成の言葉にはそんな温かみがあった。

――よし、目にものを見せてやる。

武蔵は己を鼓舞しつつ、その時を待った。

すると、八ッ時分（午後二時頃）に、二の丸の出丸の門前に松平伊豆守の軍勢が進み出て、

「内応の者、出《いで》よ！」

と叫んだかと思うと、門の中から籠城していた女、子供、少年達が一斉に走り出てきた。

ほぼそれと同時に伝令が放たれて、出丸に内応する者があり、城に押し籠《こ》められていた領民達と

共に城を捨てて投降する由を各隊に伝えた。

内応については、松平信綱と一部の上使のみで行われてきた。それまでに明かすと、どこからか漏洩《ろうえい》する恐れがあったので、確かなものになるまでは攻城側にも報《しら》せていなかったのであった。

信綱は誤って攻城側が矢弾を浴びせぬようにと、自軍をもって領民達を回収し、唯一昨夜から伝えてあった黒田家が拠《よ》る大江山の陣屋へ、捕虜として収容した。

この時、山田右衛門作は出丸から、配下の数人と女子供達を逃がすと、

「寝返りが出たぞ！」

と、叫びつつ本丸へと逃げ込んだ。

これもまたすべては天草軍の計略通りであったのだが、思わぬことが起きた。

四郎に因果を含められながら、それでも尚、四郎と共に死なんとして右衛門作に続いた者達が生まれたのだ。

攻城側から見ると、内応して城を捨てる者と踏み止まる者が城内で混乱しているように見えて、真にそれが自然に映ったのだが、

――たわけたことよ。

右衛門作は、付いて来るなとも叫べずに、一部の者を本丸へ収容せざるをえなくなった。

「何ゆえ城を出なんだ……」

渡辺伝兵衛、千束善右衛門達はこれらの者達を叱《しか》りつけたが、

「かくなる上は、戦う者のあしでまといにならぬよう、黙って死んでもらうしかない」

明石掃部は、捨て鉢になって天主の許へと死を選ぶ者達が出たことを嘆き、

「さりながら、城を出た者達が、荒れ果てた島原と天草を、必ずや豊かな地にしてくれよう」

と、天に向かって十字を切った。

四郎もまた悲痛な想いで、

「死なば共に……」

と、十字を切る。

内応をしたと見せかけている山田右衛門作からは、総攻めは明日になるであろうとの報せを得ていたが、ここで状況が一変した。

「皆の者、抜かるな！　鍋島が抜け駆けをいたしたぞ！」

敵情を視察していた真田大助が叫んだ。

鍋島勢は、出丸での騒ぎは、内応による囚《とら》われの身の百姓達の救出であると、伝令によって報されたにも拘らず、二の丸の出丸が空になっているのを認めて、

「これは占領しておくに限る」

と、勝手に兵を率いて出丸を占領したのである。

こうなると他家も黙ってはいられない。

「すは、鍋島の抜け駆けぞ！」

とばかりにこれに続いたのだ。こうなるともう止められなかった。攻城軍は我も我もと兵を出した。

「よし……、いよいよじゃな」

福島正則は、明石掃部、真田大助と頷き合い、

「四郎様、見事な御大将ぶりでござるぞ。爺《じ》ィは嬉しゅうござる」

自分を拾って育ててくれた故・太閤秀吉に想いを馳《は》せ、その血を引く天草四郎に深々と礼をすると、

「それ、馬印を掲げよ！」

と、大音声で呼ばわった。

すると、本丸に千成瓢簞《せんなりびょうたん》の馬印が高々と掲げられた。それはかつて豊臣秀吉が、織田信長から許されたもので、功を立てる度に瓢簞《ひょうたん》の数を増やしたという伝説の馬印である。

「おう！」

城中の士気が一気に高まったのは言うまでもない。

豊臣、真田、吉利支丹――。これをもって徳川に勝利する。

豊臣秀頼の遺志が、今始まるのだ。

「サンチャゴ！」

四郎は鬨《とき》の声をあげた。

これは聖ヤコブのスペイン名である。イベリア半島の西北にあるサンチャゴという地は、ローマ、エルサレムと並ぶ三大聖地で、その昔、異教徒の侵攻に対して、キリスト教徒達は、

「サンチャゴ！」

と叫んで果敢に戦ったという。

明石掃部によって伝えられた故事により、原城で一斉に鬨の声があがった。

六

「我に続け！」

攻城軍の中で、宮本武蔵は大いに気を吐いた。

関ヶ原、大坂の役を両方知る武蔵は、小笠原家の陣中にあって、誰からも一目置かれている。この剣聖に従えば何も恐くはない。そう思わせるに十分な威風を五十五歳の武蔵は身に備えていた。

城内からは、

「サンチャゴ！」

の力強い鬨の声があがり、方々で激しい戦闘が始まっていた。

武蔵は鳩山《はとやま》出丸へ迷わず駆けた。

有馬勢が井楼の上から鉄砲を釣瓶《つるべ》撃ちにしたので、鳩山出丸の兵達は塀の内側に潜み、攻撃が止まったのだ。

「よし、城壁をよじ登れ！」

武蔵は下馬して城壁に取り付いた。野山を駆けて真剣勝負に励んだ彼にとっては、馬で戦うよりも白兵戦に持ち込む方が得意であった。

しかし、井楼の射撃が止《や》んだ。

天草四郎軍の鉄砲名人・駒木根友房が、これもまた砲術に勝れた森宗意軒と共に、鉄砲狭間《ざま》から井楼の射手を一人、また一人と狙撃したのだ。

井楼の射手は正確な狙撃に、ばたばたと倒れた。

「おのれ……！　怯《ひる》むな！」

武蔵は城壁の上を見上げた。すると塀の上から二人の老将が姿を現わして、

「武蔵！　来ておったか！」

そのうちの南蛮《なんばん》風の甲冑姿の一人が声をかけてきた。

「こ、これは……」

そこには、関ヶ原では幕下で戦い、大坂では敵味方に分かれて、道明寺で顔を合わせ、何も出来ぬままに追い立てられた、明石掃部がいた。彼は塀の向こうの台に立ち、武蔵を見下ろしていた。

そして、掃部の隣にいる武士は、水牛脇立兜を被っている。その姿にも見覚えがあった。若い日に目に焼き付けた残像は容易に消えぬ。武蔵はその兜を関ヶ原で確かに見ていた。

「わしは今、関ヶ原で戦うた御大将と、共に戦うておるぞ！」

掃部は再び叫んだ。

「何と……」

武蔵ははっきり思い出した。掃部の下で戦い、何度となく打ち破り、また押し戻された時、あの

同じ形をした兜が躍っていた。

——福島左衛門大夫……。

武蔵は啞然《あぜん》とした。明石掃部、福島正則が、頭上に立っている。戦国の名将にして、若き日に憧れたあの武将が——。

水野勝成が、存じよりの者と会うやもしれぬと言ったのはこのことであったのか。

口をぱくぱくとさせて、

「何と華やかな……」

武蔵は二人に思わず見入ってしまった。

掃部は、城壁に取り付いて出丸を落さんと、張り切る武蔵を眩《まぶ》しそうに見つめると、

「そう容易《たやす》う城は落せぬぞ武蔵！　こなたには兵法者がよう似合うておる。死に急ぐでないぞ」

にこりと笑いかけて、塀の上から石を落した。

我に返った武蔵は、落石に足をしたたか打ち、城壁の下に転がり落ちると、そのまま戸板に乗せられて、小笠原家の陣へと運ばれた。

七

天草四郎軍は、

「サンチャゴ！」

の鬨の声をあげつつ、実によく戦った。

島原、天草、有馬、この地方で帰農した者達は、武士を捨て吉利支丹として平和な暮らしを望んだはずであった。

それが、吉利支丹であるがために迫害を受け、捨て切れぬ武士の戦う本能が呼び起こされてしまったのは皮肉という他はない。

一命を賭して己が意地を貫く武士の精神と、死ねば天主に召されるという吉利支丹の信仰。死兵と化した彼らは、明石掃部、真田大助、福島正則という将を得て、この時代最強の武士となっていた。

彼らは存分に戦い、そして十二万という大軍勢に呑《の》まれて次々と討死を遂げていった。

それでも、本丸、二の丸、三の丸、出丸は容易に落ちなかった。

日は暮れ、夜になって攻城側は方々に火をつけて、数に物を言わせて攻勢に転じた。

三の丸は、細川、立花の軍勢が落した。

細川忠利、立花宗茂が指揮を取ったのだから無理もなかった。塀を壊し、火をかけ、城壁を崩し、圧倒的な火力で反撃を押さえて突入する。

精鋭揃いの細川、立花に攻められては、持ちこたえようがなかった。天草の古老・大江源右衛門は、敵兵と斬り結びつつ壮絶な討死を遂げた。

二の丸は、鍋島、小笠原勢が激しく攻めたてた。真田大助を大三郎の名で、己が息子として天草に匿《かくま》った千束善右衛門は、三の丸から攻め入った細川勢を迎え撃ち、敵の銃弾に倒れた。

やがて残すは本丸のみとなった。

夜が白々と明けていく。すると松平信綱始め、攻城軍ははたと攻撃の手を休めた。本丸の塀の向こうに、金の千成瓢箪を認めたからだ。

「何じゃと……」

立花宗茂は、豊臣姓を下賜された者である。

これを見ると、すべてを察した。

「福島も明石も真田も、この馬印をもう一度掲げたかったのか……」

恐らく、天草四郎なる若者は、豊臣の末孫なのであろう。

「お労《いた》わしや……」

宗茂は嘆息した。福島正則に、大坂城に自分が入っていれば、豊臣家は滅ばずに済んだと言われた。

そうであったかもしれぬ。真田幸村は名将であったが、自分の方が合戦に出る機会が多く、武名は知られていた。その自分が大坂城に入っていれば、幸村よりも将の統制がとれたであろう。その上で幸村と力を合わせれば……。

福島正則は、その想いを持ち続けてきたのであろう。そして明石掃部も、主君・宇喜多秀家と共に豊臣家から受けた恩顧を忘れず、豊臣家と吉利支丹を滅ぼした徳川とどこまでも戦うつもりなのであろう。

「それもまた、武士の生き様よ……」

宗茂は、養子の忠茂に、

「後は任せる」

と告げ、戦場から身を引いた。いつしか、水野勝成がこれに倣い、陣へ下がる宗茂と駒を並べ、

「いささか、羨《うらや》ましゅうござるな……」

ぽつりと言った。

老将二人の戦国は、ここに終った。

しかし松平信綱は、戦国武将達の祭りの後の感傷にも、散り際のこだわりにも付き合ってはいられない。

彼は言い知れぬ孤独に襲われていた。

幕府老中として、合戦の総大将の栄誉を担ったが、もう戦国武将や、豊臣家の亡霊に関《かかわ》ってはいられない。

「吉利支丹共は幻術を施し、寛永の御世に、怪しき馬印を浮かべたぞ！　御上をたばかる一揆の者共を、ことごとく討ち果してくれん！　それ！」

今の世には、死んだはずの武将が蘇《よみがえ》ることも、豊臣家の血を引く者もない。あるとすればそれは騙《かた》り物でしかない。それを認めたならば不埒《ふらち》な輩《やから》が又も浮かび上がる。

思えば信綱の仕事は、天下泰平の世にはびこる怨霊亡霊を鎮めることであった。

自分は古今東西に名を遺《のこ》す英雄ではない。

家政不行届きの大名家の領内に起こった〝切支丹一揆〞の後始末に来ただけの役人でなければな

らぬのだ。

信綱は事務的に戦を進めた。

「かかれ、かかれ！」

攻城軍は、豊臣家の幻術から解かれて、一斉に本丸へ攻め入った。

「大殿《だいどの》、最後の一暴れを仕れ」

城内では、いよいよ最期が来たことを悟っていた。

明石掃部は、城での名残にもう一度敵を突き崩さんと真田大助に告げた。

「もうこれほどの戦はできぬかもしれぬゆえにな」

大坂城落城から二十三年。掃部によって戦を教え込まれた大助の仕上げをここに見せる。

天草から島原、そして原城。真田大助は父譲りの勇猛さで、今まで敵を蹴散《けち》らしてきた。

そして息子・四郎を時に傍《そば》に置いて実戦を学ばせた。

「最後の最後まで諦めるものではございませぬ」

大助は生きてきた目的をひとまず果した喜びに相好を崩した。

福島正則は不敵に笑い、

「楽しき日々であった。千成瓢箪も掲げられた。豊臣の武辺はまだまだ続くぞよ！」

と、雄叫《おたけ》びをあげた。

掃部は、天草四郎にすり寄り、

「武運長久に……」

と、畏《かしこ》まった。四郎は万事涼やかさを崩さずに、

「サンチャゴ！」

と、声をあげた。

すると、山田右衛門作が門脇の壁に寄り、内応の約束通り、塀を爆破した。

「それ！　進め！」

松平信綱の号令で、幕府軍はそこから城内に押し入り、本丸へどっと攻め込んだ。

「それ！」

掃部と大助は鉄砲を一斉に浴びせかけ、何度か敵を突き崩しながらじりじりと後退した。

「さあ若を頼むぞ！」

正則は、海寄りの陣屋へ四郎を連れて行くよう掃部と大助に促した。

「わたしはこれにて敵を迎え撃ちまする！」

という四郎を、

「まだ城は落ちておりませぬわ！」

厳しく宥《なだ》め、

「さあ、早う！」

掃部と大助に頷き、老体をものともせず、陣屋へ押し寄せる幕府軍に立ち塞《ふさ》がった。

正則に、山善左衛門、森宗意軒、駒木根友房らが加勢する。

四郎は無念に美しい顔を歪《ゆが》めたが、やがて掃部と大助、河本小太郎、大矢野竹四郎に連れられて最後の砦《とりで》である本丸の陣屋へと姿を消した。

「ようし、これでよし。かかって参れ！」

籠城軍は、自ら本丸内の建屋に火を放った。投降を拒んだ者達は、次々とその火の中に消えていった。

内応した体となった山田右衛門作が、敵方にその身を確保される姿が遠目に見えた。

これで乱の真相が、松平信綱に伝わるであろう。

「引きつけよ！」

本丸の内が攻城軍で埋めつくされた時。

正則は宗意軒に合図を送った。

ニヤリと笑った宗意軒と正則が陣屋の中に躍り込んだ後、耳をつんざくような爆発音がしたかと思うと、陣屋は吹き飛び、本丸の方々で火薬が次々と爆発した。

後続の兵に押された攻城側の兵士達は、折り重なって倒れ、ある者は宙を舞い、ある者は火だるまとなった。

本丸は紅蓮《ぐれん》の炎に包まれ、天を焦がさんばかりに焼け落ちた。

無数の魂が天に召され、鳴り止まぬ炸裂《さくれつ》音は、フィレンツェの復活祭で弾ける山車の爆竹を思わせてどこか壮厳でさえあった。

戦はいつも落城で終った。

そしてこの原城の陥落によって、城を取り、国を取り、昨日の敵を友として、また戦いに明け暮れる――。そのような戦国の猛者達は消えてなくなった。

老中・松平伊豆守信綱は、これをあくまでも切支丹の一揆と断じた。

徳川の治政下において、圧政など起こり得ぬものでなくてはならぬのだ。

そして、禁教を世に確かめつつ、徒に弾圧をすれば十二万の兵をもって鎮圧せねばならぬほどの惨事に発展することを暗に示したのである。

その意味において、明石掃部の尽力は実を結んだといえよう。

しかし、豊臣の徳川への反撃はこれで終ったのであろうか……。

――いや、終るまい。

信綱は、燃えさかる城、折り重なって倒れている両軍の兵士、百姓達、有明の海に浮かぶ無数の死骸《しがい》を見廻《みまわ》しながら嘆息した。

豊臣の天下の折、我が家はこうであった。その歴史は塗り変えられぬ。この先、幕府に不満を抱く者は、それを思い出し新たな憎悪を募らせるやもしれぬ。

豊臣の治世に郷愁を覚える者は未だ多い。戦乱の世に生まれた徒花に、人は妖《あや》しい魅力を覚えずにはいられないからだ。

それを忘れさせるものは何か――。

「歌、舞、音曲、芸能、書画、学問、読物……。泰平でのうては楽しめぬものの芽生えこそ」

信綱は陣所へ戻った。

途中、杖《つえ》を手に汐浜《しおはま》から城を見つめる老将が目についた。何とも物哀しさが漂っていて、

「あれは誰《た》そ」

家来に問えば、

「宮本武蔵殿にござりまする」

という応えが返ってきた。

「ほう、すぐに名が出るか」

「それはもう、評判を呼んでおりましたゆえ」

「名は聞いたことがあるが、思うていたより小兵に見えるな」

「左様、でござりまするか」

「名高き兵法者も足に手を負うたか」

「城からの石落しに遭われたとか」

「石に足をぶつけたか……」

信綱は口許を綻ばせた。

「左様か、石にのう。兵法者も石には勝てぬか」

話すうちに信綱は何故か知らねど胸の内の屈託が晴れてきた。

「これからは、武将より兵法者が大事になろう。うむ、それでよい。ははは……」

硝煙の焦げ臭い匂《にお》いの中に、春の香りがほんのりと漂っている。

信綱は高らかに笑いながら、そのかぐわしき香りを探していた。

第十三話　夢のかなた

樹々《きぎ》の青葉、降り注ぐ陽光は、もう夏のものであった。

間もなく四月になろうという頃《ころ》。鎌倉東慶寺の住持《じゅうじ》・天秀尼は寺に一人の女を迎え、妙秀尼と共ににこやかな表情を浮かべていた。

天草、島原で吉利支丹が一揆《いっき》を起こし、多くの命が幕府軍、一揆軍双方で失われたという噂《うわさ》は東慶寺にも届いていた。

相変わらず妙秀尼の情報収集は巧みで的確であった。

実家の成田家の者達が動いていたのであるが、原城の決戦の折に、吉利支丹達が徳川家へのあてつけに千成瓢簞を馬印に掲げたことなども伝わっていて、

「何か、お取り調べがあるやもしれませぬ」

妙秀尼は、天秀尼に覚悟を促していた。

しかし、老中・松平伊豆守信綱は、あくまでもそれは一揆軍のあがきゆえの座興のようなもので、天草四郎が豊臣家の血を引く者であるような疑いは、まったくないと断じていたゆえ、天秀尼への

問い合わせなどはひとつも行われなかった。

鎌倉は平穏そのもので、天秀尼は駆込《かけこ》み寺としての東慶寺の名を確かにして、日々弱い女の救済に励み、仏道に精進していたのだ。

「随分と久しゅうございますな」

天秀尼が女に頬笑《ほほえ》んだ。

やや下ぶくれの愛らしい顔は、ふくよかな成熟した大人のものになっていた。

女は十五年以上も前に、この東慶寺に駆込んでいた。

その折は、女の夫が追いかけてきて、妙秀尼と棒で戦い退散していた。だが、その後話してみると、極道者の舅《しゅうと》との折合いが悪かったゆえの夫婦喧嘩《げんか》であったことがわかり、女は舅と共に叱責《しっせき》を受け追い返されたのである。

「その折には雑作をおかけいたしましてございまする」

「あれからはまた旅に出ていやったか」

妙秀尼が早く話を聞かせてくれとばかりに膝《ひざ》を進めた。

烈女・甲斐姫の快活さは今も健在であった。

「はい、九州まで参りました」

「ほう、九州では恐しい一揆があったとか」

「それはもう、大きな噂でございました。天草四郎という御大将が吉利支丹達を率いて、天下の兵を相手に目の覚めるような働きぶりであったとか」

女は、天草と島原で起こった騒擾《そうじょう》に詳しく、まるで目の前で見てきたように語った。

天草では番代・三宅藤兵衛の軍勢をあっという間に蹴散《けち》らし、藤兵衛の首級《しるし》をあげると島原へ渡り、松倉家の軍勢を城に封じ込め、堂々として原城に入った。吉利支丹に限らず、領民達は、天草四郎は神の遣《つか》いとして崇《あが》め奉った。そして四郎の許《もと》に結集した浪人や民百姓の前に、幕府軍は為《な》す術《すべ》もなく破れ、上使・板倉重昌が討死を遂げ、十二万の兵をもってやっとのことで攻め落とした。

決戦の折に掲げた千成瓢簞は、誰《だれ》の目にも神々しく映った――。

天秀尼と妙秀尼は、四郎の勇姿を心に描き、思わず顔が綻《ほころ》ぶのを抑えて、

「吉利支丹が法にそぐわぬ者だとて、信心が因《もと》で多くの人の命が失われるとは……」

「はい、真《まこと》に悲しいことでござりまするな」

二人は神妙に合掌してみせたが、聞きたいことはまだある。

「して、そなたの夫は、今どうしていやる」

妙秀尼が問うた。女は威儀を改めた。

この女が楓であることは言うまでもない。

「妙秀尼様にあの日、棒で叩《たた》き出されたあの夫は、子と共に、わたしを置いて旅に出てござりまする」

「旅に出た……」

天秀尼の声が弾《はず》んだ。

「はい。あの極道者の舅も一緒でござりまする。まだこの先も、夢を見ていたいと申しまして、今

頃はどこぞの大きな海の上におりましょう」

「左様か……」

妙秀尼も深く頷《うなず》いた。

天秀尼はこみあげる喜びをぐっと堪《こら》えて、

「そなたも寂しゅうなりましたのう」

と、労《いたわ》るように言った。

「いえ、生きていればまた、巡り合えることもござりましょう」

楓は嚙《か》みしめるように言った。

「きっと、どこぞ南の国辺りで巡り合えることが……」

天秀尼と妙秀尼は相槌《あいづち》を打った。

「さもありましょうのう。そなたが羨《うらや》ましゅうござりまするぞ」

天秀尼は、そう言うと、再び天に向かって合掌した。

楓は深々と頭を下げると、

「本日はお会いできまして、この上ものう幸せにござりました。もうお会いすることもないと存じまするが。どうかお健《すこ》やかに」

楓は東慶寺を辞した。

天秀尼は妙秀尼と共に総門まで見送った。

軽快な足取りで去っていく楓の姿は、たちまち芥子粒《けしつぶ》のごとき小さな点となって、春の名残を惜しむ鎌倉の空の下に溶けていった。

ひたすら楓の後姿を追う天秀尼の瞳《ひとみ》には、強いひとつの決意が浮かんでいる。

さすがの妙秀尼も何と声をかけてよいか戸惑って、

「この門の外へ出てみとうござりまするか」

ふっと頬笑みかけた。

「いえ、女子は己が分身の魂を通して、どこにいたとて夢を見ることができますれば……」

彼女の念は今、その分身に届き、彼女の頭の中に南の大海原を浮かび上がらせていた。


大海原には一隻のジャンク船が浮かび、南へと向かっている。

南へ向かうに伴って、春の海は夏の暑さに変わっていく。

この船に、枡屋五郎兵衛の姿があった。

彼も老いたが、船頭としての風格はますます身についていた。

赤銅色の顔に刻まれた深い皺《しわ》が、五郎兵衛を異国の人にさえ見せていた。

彼がその用を務めた三世・茶屋四郎次郎は、元和八年（一六二二）に亡くなっていた。

朱印船貿易は既に終りを告げ、五郎兵衛の廻船《かいせん》業も輝きを失っていたが、徳川家への出入りは続いていて、島原では、原城決戦の折に海に浮かんだ天草軍の兵士達を回収し回向《えこう》するのを願い出て許されていた。

その後、世の無常を覚えたと、枡屋をたたんで姿を消したのだが、今こうしてその姿をジャンクの上にさらしていた。

ジャンクは、中国の海賊貿易商人・鄭芝龍《ていしりゅう》の船であった。鄭芝龍は、後に国姓爺《こくせんや》と呼ばれ英雄的軍人となる鄭成功《せいこう》の父親で、かつて五郎兵衛が本拠としていた肥前平戸に住み、日本人の妻を娶っていたのだが、彼もまたニコラスという洗礼名を持つ吉利支丹であった。

今は台湾《たいわん》にあってオランダとの国際貿易で巨万の富を築いているが、日本の吉利支丹に深い同情を抱いていた。

その船に五郎兵衛が乗っているということは——。

「もういつまでも船底にいることもござりませぬぞ」

彼は、甲板《かんぱん》に五人の男を連れてきた。

五人は原城の陥落の際、有明の海に浮いていたのを、五郎兵衛に他の骸《むくろ》と一緒に回収され落ちのびた兵士であった。

そして、天草四郎、明石掃部、真田大助、河本小太郎、大矢野竹四郎の姿が甲板に現われた。

大爆発の間に抜け穴に逃がれ、海に浮かぶ——。

大坂城では豊臣秀頼を救《たす》けられなかった掃部であったが、この度は見事に助け出してのけた。

四郎は一揆勢と共に死なんとしたが、天草、島原の吉利支丹達はそれを望まなかった。

自分の御魂を弔い、死して後も吉利支丹のため、弱き民のために徳川幕府と戦う人がいてくれる。

それが彼らの願いであった。

豊臣、真田、吉利支丹の命脈が続く限り、いつか無念が晴らされる。

掃部は、彼らの想《おも》いを託されて四郎と大助を助けるために、またも逃げた。
自害をせぬのが吉利支丹の信条である。
——それにしても、また負け戦であった。
掃部は大助と、四郎の両脇《りょうわき》に立ち、遥《はる》か南の海を見つめた。
もうここは日本ではないようだ。
宇宙のごとき広い海と異国の島々が、彼らの前に広がっている。
時に海賊と戦いつつ、交易で利を得て兵を養う。
あの日の本は四方を海に囲まれているのだ。鎖国などが出来るはずはない。
この後、薩摩の島津などは密《ひそ》かに琉球《りゅうきゅう》を通じ交易を続け、国力を養うであろう。
——薩摩を富ませて、江戸を討つ、か。
戦には無限の兵法がある。
我らが為し得なかったとて、この血脈が続く限り……。
——かくなる上は、どこまでも逃げ続けてくれる。
「大殿、また振り出しに戻ったのう」
「さりながら、瀬戸内の海とは大きさが違いましょう」
大助が頬笑みながら、四郎を連れて舳先《へさき》へと歩みを進めた。
「ふふふ、二十数年の時を経て大海に出たか……」
彼らの戦いはこれで終ったわけではない。

掃部は大空を見上げると、

「我らの守護の天使よ、主の慈しみによって、あなたに委《ゆだ》ねられた我らを照らし、守り、導きたまえ。アーメン」

厳《おご》そかに十字を切った。

著者略歴

岡本さとる〈おかもと・さとる〉
1961年大阪市生まれ。立命館大学卒業後、松竹入社。松竹株式会社90周年記念新作歌舞伎脚本懸賞に『浪華騒擾記』が入選。その後フリーとなり、『水戸黄門』『必殺仕事人』などのテレビ時代劇の脚本を手掛け、現在も数多くの舞台作品にて脚本家・演出家として活躍する。2010年小説家デビュー。主な作品に「剣客太平記」「取次屋栄三」「居酒屋お夏」の各シリーズ、『戦国絵巻純情派 花のこみち』がある。

Kadokawa Haruki Corporation

岡本さとる

戦《せん》国《ごく》、夢《ゆめ》のかなた

*

2017年8月8日第一刷発行

発行者 角川春樹
発行所 株式会社 角川春樹事務所
〒102-0074 東京都千代田区九段南2-1-30 イタリア文化会館ビル
電話03-3263-5881(営業) 03-3263-5247(編集)
印刷・製本 中央精版印刷株式会社

ISBN978-4-7584-1308-4 C0093
http://www.kadokawaharuki.co.jp/

本書は書き下ろし作品です。